아름다운 날들

국립중앙도서관 출판예정도서목록(CIP)

아름다운 날들 : 이선재 에세이 / 지은이: 이선재.
-- 파주 : 범우사, 2019
  p. ;   cm

ISBN 978-89-08-12449-3 03810 : ₩14000

수기(글)[手記]

818-KDC6
895.785-DDC23   CIP2019000651

이선재 에세이

아름다운 날들

범우사

작가의 말

대학생 딸과, 고교생 아들에게 정장을 입히고 우리 부부는 사진관에 가서 가족사진을 찍었다. 환하게 미소 지으며 행복한 모습으로 여러 컷 찍었다. 아이들을 감싸 안았던 팔을 풀고, 꼭 잡았던 내 손을 놓고 그이가 병원으로 돌아간 후, 나는 울컥, 서러움이 복받쳐 털썩 주저앉고 말았다. 발가락조차 움직일 수 없을 만큼 몸에서 힘이 쭉 빠져 나갔다.

  우리 둘만의 사진도 찍을 걸…. 집으로 돌아와 사진첩을 뒤졌다. 서랍도 뒤졌다. 신혼여행 이후 20여 년이 넘는 세월을 보냈건만, 어쩌면 둘만의 사진을 이토록 하나도 찍지 않았을까, 우리는 아이들과 다른 사람들과 늘 섞이어 있었다.

  이대로 그이가 훌쩍 떠나버리면, 아주 먼 곳으로, 삶과는 정반대 방향으로 가버리면, 그이와 함께 했던 풍경들을 제대로 기억할 수 있을까. 그동안 우리는 무엇이 그렇게 중요하고 바빠서 함께 하지 못했을까. 봄꽃이, 단풍이 눈부시게 아름다운들 어쩌랴. 세상을 다 가진들

무슨 소용이랴. "당신이 참 좋아" 그 말이 나에게 얼마나 큰 힘이 되었는지, 아직 말하지 못했는데…. 우리 아이들이 성숙해 가고, 그 애들이 낳은 아이들이 커가는 것까지 바라봐야 하는데, 그 일을 나 혼자서는 할 수 없을 터인데, 아무것도 아닌 것을, 텅 빈 허공인 것을.

'마지막'이라는 말이 서러워 나는 하늘을 향해 눈을 감고 중얼거렸다. '사진 찍을 기회 좀 주세요.' 세상의 마지막 경계에 다다라서야 그 많은 시간들을 우리 둘이 함께 사용하지 않았다는 사실이, 얼마나 큰 잘못이었는지 알게 되었다. 비행기도 한 번 타보지 못했다는 사실도.

누군가 말했다. 고난을 겪어야만 행복으로 건너갈 자격을 얻는다고.

고맙게도 하늘은 잃어버린 시간들을 되찾아 쓰라고 우리에게 기회를 주셨다. 어둠의 터널에서 그이가 빠져 나올 때 우리 가족은 진한 웃음으로 벅차올랐다. 온 세상이 우리들로 가득 찬 기분이 들었다.

이제 우리에게 찾아온 시간들을 놓치지 않으리라. 아니 만들어 쓰리라. 기차를 타고 비행기를 날면서 함께 쓰고 또 쓰리라. 추억도 만들고 사진도 찍으리라.

　우리는 가방을 들고 세상 어딘가로 한없이 빠져들었다. 서로를 향해 웃고 또 웃으면서 이곳에서 저곳으로 여행을 다녔다. 아, 이런 시간을 가만히 붙들고 싶다.

　남편과 함께 보고 느끼고 즐겼던 순간을 최대한 생생하게 기억하기 위해 그곳에서 담아온 사진들을, 생각만 해도 눈이 절로 감겨지는 행복한 장면들을 나는 그림으로 그렸다. 그리고 그 그림들을 이 책에 실었다. 기억만으로도 기운이 날 때까지 추억하리라. 노을 빛 기슭에서 단 둘이 손잡고 노닐던 소풍을, 즐거웠던 여행을….

2019년 1월에

이 영 례

차례

1부 아름다운 날들

2부 웃을 수만 있다면

3부 나에게 선사한 하루

4부 아름다운 마무리

1부

아름다운 날들

콜로세움
(Colosseum)

아름다운 날들

너그러울 땐 온 세상을 받아들이다가도, 한 번 옹졸해지면 바늘 하나 꽂을 자리가 없을 만큼 비좁아지는 '마음'이란 어떤 것일까?

장자는 관용과 트임과 협력을 바탕으로 자유롭게 노니는 삶이 생명을 북돋우는 삶이요, 질 높은 삶이라고 했다. 무한의 시공을 유랑하며 자유롭게 움직이는 마음, 하늘의 이치와 자연의 리듬에 몸을 맡기고 살아가는 것이 신나는 삶이라는 것이다. 지난 날, 내 마음이 조금만 넓었더라면 나는 좀 더 가볍고 즐겁고 경쾌한 삶을 살았을 것을…. 이제 한 박자 늦추어 숨을 고르고 내 마음을 길들여야겠다.

남편은 대수술을 앞두고 하느님께 감사기도만 했다. 나도 하느님께 약속드렸다. "살려만 주신다면 다투지 않고 화내지 않고, 하느님 보시기에 아름답게 잘 살겠습니다." 수술은 성공했고 남편은 건강을 되찾았다. 그런데 감사만 하던 남편이 어느 날부터 초심을 잃고 화를 내기 시작했다. 예전엔 그러지 않았는데, 내가 너무 봐줘서 그런지 남편은 불쑥불쑥 화를 내곤 했다. 내 몫이던 화를 이젠 남편이 독차

피사의 사탑
(Torre di Pisa)

지했다.

한 번은 무슨 일로 다투다가 남편이 집을 나갔다. 추적추적 비오는 밤이었다. 차를 몰고 어디론가 가기에, 잠시 바람 좀 쐬다 오겠지 했다. 그런데 삼십 분이 지나도 오지 않았다. 그때 어디선가 정적을 깨고 소방차 사이렌 소리가 요란하게 들려왔다. 가슴이 철렁했다. 홧김에 빗속을 마구 달리다 교통사고라도 나면 어쩌지? 걱정이 앞섰다. 남편에게 전화를 걸었다.

"불! 불! 불!"

고함을 지르고 끊어버렸다. 혼비백산이 되어 돌아온 남편이

"불? 어디? 불?"

당황한 목소리로 '불 불' 했다.

"어디서 불이 났나봐, 사이렌 소리가 요란하게 들렸어."

태연하게 말하는 나를 보고 남편은 그냥 웃었고, 그날은 해프닝으로 끝났다.

사실 부부싸움이랄 것도 없지만 한 번은 이런 일이 있었다.

"오늘, 새로 부임해 오신 보좌신부님의 헤어스타일이 내 스타일은 아냐."

이 말 한마디를 했다가 그런 난리가 없었다.

"이 사람아, 신부님이 그러실 땐 다 이유가 있어. 여자들이 쓸데없이 신부님에 대해 이러쿵저러쿵 말들이나 하구. 쯧쯧쯧…"

"아니 내가 언제 신부님을 비난이라도 했단 말이야? 꽁지머리가 내 스타일이 아니라는 거지. 말 좀 똑바로 알아들어. 엉!"

남편의 잔소리에 나도 가만히 있진 않았다. 하지만 그땐 몰랐다.

내가 무슨 잘못을 했는지, 일 년이 지나서야 알게 되었다. 신부님께서는 소아암에 걸린 아이들에게 가발을 만들어 주기 위해 머리카락을 기르셨던 것이다. 나와 같은 신자들의 따가운 이목을 감수하시면서.

가발 한 개를 만들기 위해 삼십여 명의 모발이 필요하단다. 파마나 염색한 머리카락은 열처리 과정에서 녹기 때문에, 신부님의 머리카락처럼 결이 좋고 숱이 많아야 모발기부증서를 받을 수 있단다. 단순히 겉모습만 보고 판단했던 나 자신에 대해 반성하는 계기가 되었다.

지난 해 2월, 조카의 결혼식에서 우리 부부는 상당한 충격을 받았다. 명문대 출신에 성격도 서글서글하고 요즘 아가씨들이 딱 원하는 훈남 스타일인 조카가 하객들 앞에서 맹세한 선서내용 때문이다.

"하나, 버럭 화를 내지 않겠습니다. 하나, 쓰레기 분리수거는 제가 하겠습니다. 하나, 화장실 청소도 제가 하겠습니다…"

다 기억할 수 없지만 획기적인 내용이었다. 하객들의 눈이 휘둥그레졌고 몇몇 친척들은 인상을 찌푸리기도 했다. 신랑 못지않은 실력과 외모를 갖춘 신부의 선서도 버금가는 내용이었다. 아침밥을 꼭 챙겨드리겠다. 불평보다는 작은 것에 감사하겠다. 남편의 하루가 힘들지 않도록 신랑에게 웃음을 주겠다, 등등.

그로부터 2주가 지난 토요일 새벽, 남편이 내 손을 꼭 잡더니 "우리도 조카처럼 선서할까?" 했다. 그러더니 "첫째, 버럭 화를 내지 않겠습니다, 둘째, 음식물찌꺼기를 군소리 없이 버리겠습니다, 셋째, 잔소리하지 않겠습니다." 벽에 걸려있는 예수님 상본을 보고 맹세했다. "난 뭐라고 하지?" 잠시 망설이는 내게 "지금까지 해오던 대로 잘 하겠습니다 해." 나는 남편이 시키는 대로 했다. 선서의 효과는 상당했다, 무려 3개월 동안이나 잠잠했으니까.

그러다가 사건이 터졌다. 미국에서 딸 내외가 손주들을 데리고 6월에 온다는 연락을 받고 나는 여러 번 남편에게 부탁했다. 아이들이 오기 전에 집을 조금 손 볼 데가 있다고. 그는 듣는 둥 마는 둥했다. 다급해진 나는 마트에 가서 페인트와 붓을 샀다. 그런데 카드 쓴 내역이 바로 남편의 핸드폰에 떴는지 전화가 왔다.

"왜 의논도 없이 그런 걸 샀어, 당장 취소해!"

우악스런 목소리에 내 고막이 터질 뻔했다.

"왜 고함을 지르고 난리야. 이미 샀는데 어떡해!"

한마디 하고는 전화를 끊어버렸다. 그날 밤, 용도도 모르면서 물건을 함부로 샀느냐며 남편이 마구 혼을 냈다. 그동안 참았던 화가 한꺼번에 폭발하는 것 같았다. 나도 지지 않았다. 집을 손보는 과정에서 이런 일이 한 주에 두 번이나 연거푸 일어났다. 정말이지 요즘 이슈화되고 있는 졸혼과 황혼이혼을 이해할 수 있을 것 같았다.

나는 남편이 버럭 화냈던 사건들을 휴대전화에 날짜 별로 자세히 기록했다. 그리고 우는 모양의 이모티콘도 😠😠😠 삽입했다. 며칠 뒤, 남편에게 보여주었더니 "열 번을 채우면 자살하겠어." 맹세인지 협박인지 그는 단호한 목소리로 말했다.

그날 밤, 성당 기도모임에 가려고 준비하는 내 뒤통수에 대고 남편이 말했다.

"나, 화 좀 나지 않게 해달라고, 주님께 기도해줘."

대꾸도 없이 쌩하게 나왔지만 나는 기도하는 내내 '분노의 감정이 일어나지 않도록 남편을 도와주세요.' 주님께 간구했다. 그때 뇌리를 스치는 아이디어가 떠올랐다.

소주 두 병과 담배 한 갑을 사서 식탁에 올려놓았다. "이게 뭐야?" 남편이 물었다. "자기야, 주님께서 응답을 주셨어. 화가 나면 컵에 술을 가득 따라서 벌컥벌컥 마시래, 그래도 못 참겠으면 담배를 뻐끔뻐끔 피우고, 그래도 못 참겠으면 주 님 곁 으 로 오 ~~ 래." 마지막 일곱 음절에 힘을 주어 천천히 또박또박 "주 · 님 · 곁 · 으 · 로 · 오 ~~ 래." 발음했다. 어이가 없는지 그는 식탁에 올려놓은 소주와 담배를 장식장에 넣어버렸다.

기도의 효과가 이렇게 확실한 경우는 처음이다. 대수술을 받은 이후 한 번도 마시지 않았던 술을 마실 수는 없었나 보다. 아니, 주님 곁으로 가기가 싫었던 게지.

지나고 보니 우리 부부는 별 것 아닌 걸로 많이도 다투었다. 격한 감정을 억누르지 못해 몇 날을 아파했고, 부부교육(ME)도 받았고,《잊혀진 질문》,《당신의 그림자가 울고 있다》,《삶의 기술》 등 '인간의 마음'을 교정시키는 책들도 읽었다. 그동안 시행착오도 많았다. 하지만 끊임없이 대화를 나누고 '화 추방'이라는 목표 지점을 향해 꾸준히 전진했다.

부부싸움에 대해 수필가 정원모씨는 '여름날의 한 줄기 소나기가 된다. 화해 뒤에 샘솟는 고운 생기는 권태와 무료로 하품하는 커플이 손을 잡게 만드는 마력을 지닌다. 이따금 부딪치고 다툼이 벌어지는 것은 서로 관심이 있기 때문'이라고 했다.

이제 남편은 화를 내지 않는다. "자기야, 화내는 것보다 화를 참는 것이 건강에 더 안 좋다는데?" 걱정이 되어 물었더니 참는 것이 아니라 그냥 화가 나지 않는다고 했다. 정말 오~래 살고 싶은가 보다. 화를 내면 신경계 근육계 내분비계 호르몬계가 망가지고 치매에 걸리기 쉽다고 한다.

살다보면 불편하고 언짢은 감정이 일어날 때가 있다. 그럴 땐 실없는 농담을 던져보거나, 호흡을 조절하면서 여유를 갖고 천천히 마음을 가라앉히면 효과가 좋다.

요즈음 남편은 학창시절에 즐기던 기타연주에 매진하고 있다. 오늘은 내 친구들 앞에서 'the house of rising sun', 'kleine romanze', 'maria luisa' 세 곡이나 연주했다. 실력이 부쩍 는 것 같다. 지난 봄 이탈리아여행 때, 바티칸 대성당에서 손가락까지 걸고 화를 내지 않겠다고 맹세한 남편은 이제 아예 화를 내지 않는다.

《라틴어 수업》의 저자는 다음과 같은 말을 남겼다. "하늘에 가면 하느님께서 용서하지 못하고 불편하게 품고 간 기억과 아픔들이 무엇이냐고 물어 볼 것 같다. 그래서 이 땅에서의 기억을 정화시켜 좋은 기억만 갖고 가야겠다고 다짐했다" 그렇다. 무한의 시공을 자유롭게 유랑하는 마음도 화초처럼 길러주는 노력 여하에 달려있다

싱그럽고 발랄했던 젊은 날도 좋지만, 감싸고 품는데 인색함이 없고, 이해와 용서로 포용할 줄 아는, 중년이 나는 참 좋다. 요즈음이 내 생애 아름다운 날들이다.

쓸개가 간을 살리다

남편은 낙관자다. 간암 선고를 받고서도 감사하다고 했다.

밤 1시경 갑작스런 통증으로 남편이 응급실에 실려 갔는데 담석증이라고 했다. 다음날 CT 검사결과 간에 혹이 발견되어 큰병원에 입원을 하였는데, 남편은 "쓸개가 간을 살렸다"며 주님의 은총이라고 했다. 간은 무디기 때문에 통증이 없었더라면 절대로 암을 발견할 수 없었을 것이라며.

병실 사람들에게 그는 개그아저씨로 통했다. 사소한 것으로도 웃음거리를 만들고 익살스런 표정이나 몸동작을 하여 병원 분위기를 밝게 하였다. 수술 날짜가 잡히지 않아 두 달 동안이나 애를 태우는데도 정작 본인은 자칭 '방장'이라며 과일도 나누어 먹고 농담도 하면서 병원생활을 즐겼다. 남편은 두 달이 지난 후에야 간수치가 떨어져 수술을 받게 되었다.

외과병실로 옮긴 다음 날, 남편과 점심식사를 하고 있는데 50대 남자가 잔뜩 인상을 찌푸리고 우리 쪽을 바라보았다. 침대에 부착된

테이블에 두 발을 턱 올려놓고 비스듬히 누워서. 그는 집에서 가져오는 음식을 기다리는 중이었다. 우리는 커튼을 가리고 식사를 마쳤다. 툭하면 특실로 옮기든지 해야지 원… 하며 은근히 병실 사람들을 불편하게 하던 아저씨가 급기야 태클을 걸어왔다.

"보아하니 당신 말이야. 나랑 병도 같고 의사도 같은데 뭐가 그리 좋아서 희희낙락이야?"

남편은 어서 집에 가라며 나를 문 밖으로 내몰았다. 다음날, 로비에서 남편이 기다리고 있었다.

"어떻게 됐어?"

"한바탕 했지, 내일 죽더라도 오늘 사과나무를 심는 심정으로 살

진실의 입
(mouth of truth)

아야 합니다. 겁도 나고 화도 나겠지만 오늘 살아 있음에 감사해야지 이게 뭡니까? 이왕이면 가족들에게 좋은 인상을 남기고 죽어야지, 그리고 간암환자를 위해 특별히 만든 병원음식을 먹어야지, 몸에 좋지도 않은 음식을 왜 번거롭게 집에서 가져옵니까?"

남편이 얼마나 열정적으로 설득을 했는지 짐작이 가고도 남았다. 보험회사에서 돈이 충분히 나오기 때문에 죽기 전에 다 써야 하며, 언제 죽을지도 모르는 자신을 위해 가족들이 희생하는 것은 당연하다고 큰소리치는 아저씨에게. 동병상련의 입장이어서인지 설득의 효과는 며칠 만에 나타났다. 환자보다 더 환자 같은 아주머니가 삼시세끼 집에서 가져오던 음식이 중단되고, 특실로 간다는 말도 하지 않았다. 얼굴빛이 환해진 아주머니는 울먹이는 목소리로

"정말 고맙습니다."

수도 없이 남편에게 인사를 했다. 아저씨의 표정도 날로 좋아져갔다. 간이식을 받은 지 5년째 됐다는 50대 초반의 아저씨가 우리 옆자리로 온 후, 셋이서 삼총사가 되었다. 서로 농담도 하고 음식도 나누어 먹고 좌담도 하였다.

"난 막걸리와 쐬주를 준비했소, 박선생은 족발을 준비하고 이선생은 보쌈을 준비하쇼."

셋이서 병원 근처 강둑으로 나가 한 잔씩하고 들어왔다. 진짜가 아닌 가상의 음식으로. 강바람을 쐬고 와서는 기분 좋은 우스갯소리를 한바탕씩하고 잠자리에 들었다.

긍정적인 마인드로 확 바뀐 아저씨가 침대에 실려 수술실로 가던 날, 남편은 병실 사람들을 두 줄로 세우고 인사를 시켰다.

"일동 차렷! 경례! 성공!"

9시간 뒤, 아저씨가 마취에서 깨어나자 제일 먼저 남편을 찾는다는 전화가 왔다. 남편은 2개월 동안 병원에서 알게 된 환자들을 방문 다니느라고 바빴다.

수술을 이틀 앞두고 집에서 잠을 자던 나는 인기척에 기겁을 하여 일어났다. 남편이었다. 웬일이야? 그이는 쉿 입을 막고는 그대로 누워버렸다. 나중에 안 일이지만 남편은 수술이 잘못될 수 있다는 생각이 들자 마지막으로 아내와 밤을 보내고 싶었단다. 간호사에게 사정사정 하여 절대로 불가능한 외출 허락을 받아냈던 것이다. 다음날 그는 싱긋 웃으며 '화려한 외박!' 윙크를 했다.

남편이 수술실로 들어가기 전, 의사는 난이도가 높은 수술이라 장담할 수 없다고 하였다. 다급해진 나는 주변 사람들에게 기도를 부탁한다는 메시지를 보내고, 시골에서 첫차로 올라오신 시누이와 남편이 네 살 때 시집오신 형님을 붙들고 하느님께 매달렸다. 10시간에 걸친 수술은 성공적으로 끝났다. 가족과 이웃, 모든 사람들이 환호했다.

회복 중에도 그는 환자들 방문 다니느라고 바빴다. 서산 할아버지, 부산 중대장, 의정부 전선생, 잠실 이선생 등등. 그 중 몇 명은 냉담을 풀었으며, 성당에 나가겠다고 약속을 받은 사람도 있다. 남편은 병문안 온 친구들에게 몸에 주렁주렁 매달려있는 쓸개즙 통을 보여주면서 칵테일 한 잔씩 할까? 유쾌한 시간을 가졌다. 퇴원 후, 병원에서 사귄 분들과 연락을 종종 했었는데 3년이 지나자 거의 끊겼다.

한 때 남편의 낙관적인 성격이 싫었다. 말이나 행동이 너무 경박하고 바보스러워 보였으며, 매사에 욕심이 없고 발전적이지 못했기 때문이다. 그러나 생명의 줄을 놓을 뻔했던 남편을 보고 생각이 바뀌었다. 영국의 저명한 학자 글로버는 '순수한 유머와 진정한 위트는 생의 엄숙한 비극을 이해하는 마음에서 흘러나오는 것으로 웃음과 눈물은 서로 반대되는 개념이긴 하지만 모순되는 개념은 아니다. 한 사람이 동시에 가지고 있는 두 가지 속성'이라고 하였다.

즐겁게 병원생활을 하는 남편을 보면서 1차 세계대전 때, 서부전선의 최전방 참호 속에서 죽음을 눈앞에 둔 한 병사(도널드 헹키)가 쓴 글이 생각났다. 죽음의 공포 앞에서도 결코 유머 정신을 잃지 않았다는 것을 보여 준 20세기 가장 훌륭한 '산문'이다.

'배고픔과 목마름, 추위도 그들에게는 하나의 농담, 하나의 재롱에 불과했다. 그들에게 죽음은 가장 큰 농담이었다. 총탄에 맞고 쓰러지는 동료는 그들에게 자비와 슬픔의 순간을 만들어 줄 뿐이었다. 고통과 죽음의 공포에 미소를 지으며 그들은 죽었도다. '착한 목자'의 발 앞에 그들의 생명을 바쳤을 때, 웃는 것 외에 그들이 할 일이 무엇이란 말인가?'

매일 마시던 주酒님을 끊어버린 남편은 매달 셋째 일요일, 수술했던 병원에 가서 음악봉사를 하고 있다. 수술하기 전, 수녀님과 봉사자와 함께 병원 사무실에서 성가를 열 곡도 넘게 불렀는데, 그 인연으로 남편이 소속해 있는 25명의 남성합창단을 연결하여 음악봉사를 하고 있다. 비유와 유머의 명수이신 주님! 당신이 피리를 불 때 춤을 추고, 당신이 곡을 할 때 울 수 있는 어린아이의 천진함과 어른의 성숙함이 조화된 그리스도인이 되게 하소서!

♥ 남편을 위해 기도해 주신 모든 분들께 진심으로 감사드립니다.

역설逆說의 미학

어렸을 적 내 눈에 비친 엄마는 새하얀 박꽃 같은 이미지였다. 달빛 받아 청초히 피었다가 아침이 밝아오면 하얀 속살 감추는, 희고 고운 자태 뭇 사람에게 보여 주지 않는 박꽃.

엄마의 함박웃음을 나는 외가에서 처음 보았다. 입가에 웃는 듯마는 듯 살짝 미소만 짓던 엄마는 외가에서는 함박웃음을 지었다. 무수한 별들이 밤하늘을 수놓은 밤, 이야기꽃을 피우며 소리 내어 웃기도 했다.

외가에 다녀온 내게 할머니가 물었다.

"뭘 먹었느냐, 우리 집보다 좋더냐?"

"곶감도 먹고 과자도 먹고 떡도 먹고, 기와집에 대문도 두 개, 변소도 두 개, 우리 집보다 훨씬 부자예요."

일곱 살 난 나는 신이 나서 자랑했다. 이후 엄마는 할머니의 앉은뱅이 일제 재봉틀을 쓸 수 없었다. '고추당추 맵다 해도 시집살이 더 맵더라' 시집살이 하는 엄마를 위해 외가에서는 발 재봉틀을 보내주었다. 거지들에게조차 후하게 동냥을 주고 인정을 베풀던 할머니가 유독 엄마한테만은 왜 그토록 무섭고 매서웠을까? 아들에 대한 질투였을까?

아버지는 고등학교 3학년 때, 할머니의 강요로 엄마와 결혼했다. 연애하던 신여성을 며느리로 들일 수 없다며 전주에서 효부상을 받은 천주교 집안과 혼인을 맺었다. 아들 셋을 홍역으로 잃고 딸 넷을 낳은 후, 어렵게 얻은 아들. 불면 날아갈까 쥐면 꺼질까 애지중지 귀하게 키운 아들을 빼앗긴 서운함에서였을까. 하지만 늘어나는 손주들만은 귀여워하셨다.

엄마는 달밤에만 찾아오는 각시나방을 위해 꽃잎을 피우는 박꽃처럼, 모두가 잠든 밤에 수줍게 소리 없이 자식들을 잉태하고, 조롱조

낙선재

롱 하나 둘 열매 맺는 기쁨을 안으로만 간직했다.

　재건학교에서 청년들을 가르치고 성가대 지휘를 맡았던 아버지는 농촌에는 어울리지 않는 분이었다. 내가 5학년이던 어느 날 아버지는 집을 나가셨다. 머리도 감겨드리고 금전출납부도 보여드리고 재미있는 얘기도 들려주던 아들의 부재에 할머니는 넋이 나가셨다. 어디서 구했는지 부적을 엄마 베개에 넣으라 했고, 엄마는 묵주 알을 돌리며 베갯잇을 적셨다. 일 년이 지나서야 돌아온 아버지는 나를 서울로 데려와 중학교에 입학시켰다. 집과 전답은 먼 친척에게 맡기고, 몇 달 후 우리가족도 서울로 이사를 했다.

　할머니 고쟁이 속의 열쇠꾸러미는 서울에서 맥을 못 추었고, 구멍가게에서 엄마의 후덕한 인심이 인기를 더해갔다. 가냘픈 넝쿨손들이 이리저리 휘감고 지붕이든 울타리든 뻗어 올라가 자리를 잡아가듯, 순박한 시골 아낙인 엄마는 서울생활에 잘 적응해 나갔다.

　내가 중학교 3년이던 봄, 엄마는 다섯째를 낳았다. 초가지붕을 타고 올라가 박을 주렁주렁 틔워낸 하얀 박꽃처럼, 딸 셋 아들 둘을 골고루 낳았다. 실타래처럼 용수철처럼 뱅글뱅글 말아가며 휘휘 뻗어가던 박 넝쿨이 어느 세찬 비바람에 뚝 끊겼던가. 엄마의 서울생활도 3년 만에 끝나고 말았다. 맏손자를 앞세워 고향으로 내려가신 할머니의 고집 앞에 아버지가 무릎을 꿇었던 것이다. 중학교 3년이던 나만 서울 고모님 댁에 남기고 엄마는 울먹이는 아주머니들과 이별했다. 그리고 이듬 해, 외할머니 제삿날 뇌출혈로 쓰러져 세상과도 이별했다.

　고교 1학년인 나와 초등학교 6학년인 남동생을 불러놓고 아버지가 말씀하셨다. "너희들이 원하지 않으면 재혼하지 않겠다." 나와 동생은 고개를 가로저었고, 그해 겨울 아버지는 새어머니와 혼인했다. 할머니께 순종만 하던 엄마와는 달리 새어머니의 목소리는 높았다. 하지만 새어머니 역시 고된 시집살이를 견뎌야만 했다.

아버지는 내게 귀에 못이 박히도록 말씀하셨다.

"네가 새엄마한테 잘해야 동생들이 구박을 안 받는다."

한창 사춘기였던 나는 엄마한테는 큰소리치고 함부로 대했지만 새어머니에게는 그러지 못했다.

아버지께서 돌아가시기 며칠 전, 나를 불러 조용히 말씀하셨다. 새어머니 친정에 논 이십여 마지기를 잡히고 돈을 빌려줬는데 한 푼도 못 받았다고, 공중이라도 받아와야 편안히 눈을 감을 것 같다고 하셨다.

새어머니가 오신 이후, 우리 집 경제가 왜 나락으로 떨어졌는지 그제야 알게 되었다. 그래도 아버지는 주렁주렁 매달린 박덩이들이 상처가 나지 않도록, 내동댕이치지 않도록 전답을 팔아가며 자식들을 교육시키셨다.

아버지는 "남은 재산은 법대로 하라" 하시고는 무슨 비밀이라도 털어놓듯 낮은 목소리로 말씀하셨다.

"네 엄마는 순하고 보드랍고 인정 많고 따뜻하고… 천사였다"

미사여구美辭麗句를 열 개 정도 열거하셨다. 그리고 추사여구醜辭麗句를 열 개 정도 더 열거하셨다.

"새 에미는 독하고 냉정하고 까칠하고 인정머리 없고… 차라리 죽어버렸으면…"

무서운 아버지의 고백에 깜짝 놀랐다. 하지만 내 몸 어디로부터 기쁨의 희열이 올라온 것에 더 놀랐다. 놀라움과 희열이 마음 깊숙한 곳에서 두 갈래로 솟구쳤다.

엄마를 잊은 줄 알았는데, 순박하고 천사같이 착한 엄마를 까맣게 잊고 계신 줄 알았는데, 그게 아니었다. 아버지는 기억하고 계셨다. 할머니의 그늘 밑에서 바보처럼 살다간 우리 엄마를 잊지 않으셨다. 기쁨의 희열이 전신으로 번졌다. 그동안 말씀은 안 하셨지만 엄마가 얼마나 고생했는지 알고 계셨다. 나는 속으로 감추었던 엄마에 대한 그리움을 눈물로 쏟아냈다.

한참이 지나고 나서야 새어머니가 가엾다는 연민이 밀려오기 시작했다. 할머니의 억지소리에 당황하던 모습, 고왔던 손이 앙상하게 거칠어진 모습.

무너진 건강만큼이나 아버지의 영혼도 메말라버렸는가.

"아버지! 새엄마가 그동안 식모살이 했다고 쳐요. 일해 준 값이라고 쳐요."

'쳐요'에 방점이 들어간 내 목소리가 우스웠는지 아버지가 쿡 하고 웃으셨다. 그리고 어느새 얼굴이 훤해지셨다. 그랬다. 새어머니에 대한 아버지의 미움은 미움이 아니었다. 엄마에 대한 슬픔을 치유해주고, 그 자리에 새어머니에 대한 이해와 사랑을 일깨워 주기 위해 역설逆說로 말씀하셨던 것이다. 행여 당신이 돌아가신 이후, 전처 자식들이 새어머니를 외면할까봐, 새어머니를 부탁한다는 마음을 강조하기 위해, 미학적 수사법인 역설을 인용하셨던 것이다.

아버지의 의도를 깨달았다. 새어머니가 오신 이후, 나는 아버지의 바람대로 새어머니에게 어떤 불평도 불만도 드러내지 않았다. 하지만 진정한 마음으로 새어머니를 받아들인 것은 아니었다. 내 마음속엔 항상 세상에서 가장 착하고 순하고 마음씨 고운 우리 엄마가 자리하고 있었다. 이런 나의 편협함을 일깨우기 위해 아버지는 역설로 말씀하셨던 것이리라.

"아버지, 우리 집 재산 다 새엄마가 알아서 하도록 해요."

"착한 놈! 새엄마를 불러라."

아버지의 얼굴엔 미소가 가득했다. 새어머니의 두 손을 꼭 잡은 아버지의 눈에 눈물이 가득 고였다.

"이놈이 자네더러 이 재산 다 알아서 하라네."

며칠 후, 은하수가 하얗게 강을 이룬 날 밤, 아버지는 엄마가 계신 하늘나라로 가뿐한 몸이 되어 올라가셨다.

어머니의 날개

모시옷을 가만히 들여다보면 마음이 편안해진다. 온통 여백 뿐인 흰 바닥에서 한없는 여유가 번져 나와 정신까지 맑아진다.

내 어린 시절 기억 속에는 할머니와 엄마가 마주 앉아 모시옷을 손질하던 정겨운 모습이 자리하고 있다. 모시로 한복을 지을 때면 할머니의 얼굴엔 꽃이 피었다. 훈훈한 가슴으로 서로의 정이 얽혀 한 벌의 옷이 만들어질 때까지 할머니는 안경 너머로 흐뭇한 미소를 엄마에게 띄우곤 하셨다.

엄마 입가에도 박꽃 같은 미소가 살포시 번졌다. 번거로운 과정을 거쳐 한 벌의 옷이 완성되면 물을 먹인 후 흰 보자기에 싸서 정성들여 밟고 매만지고 다듬었다. 이쪽저쪽 끝을 잡고 벌겋게 달구어진 숯 다리미로 밀고 당기는 모습은 좀처럼 볼 수 없는 화합의 장이었다. 적삼에 동정을 단 후, 화롯불에 꽂아 두었던 인두로 마지막 손질을 하던 엄마의 고운 모습이 지금도 눈에 선하다.

곱아라 고아라 진정 아름다운지고

살살이 퍼져나린 선이 스스로 돌아 곡선을 이루는 곳

- 조지훈 〈고풍의상〉에서 -

　부드러운 곡선으로 이루어진 옷이 한복이라면 거기에 고고한 기품을 더한 것이 모시로 만든 한복이리라. 모시로 지어진 한복은 둥글게 뻗어 나간 능선이나 산사, 옛 기와지붕의 추녀 끝 모양새와 조화를 이루는 한 폭의 그림이요, 수천 년의 세월 동안 면면히 닦아온 우리 어머니의 둥글고 너그러운 심성이다. 역사 이래 누구도 위협해보지 않은 명경지수明鏡止水로 살아온 백의민족白衣民族의 혼魂이다.

　우리는 지금 편리한 옷을 손쉽게 구할 수 있는 시대에 살고 있다. 새로 사 입은 옷이 또 다른 유행에 밀려 애틋한 정을 붙일 사이도 없이 헌옷이 되고 마는 이 시대에 새 옷이란 없다. 하지만 모시옷은 언제나 새 옷이다. 보관만 잘하면 수십 년이 지나도 그대로이고 손질만 하면 언제나 새 옷이 된다.

　오늘, 친정어머니께서 모시옷을 입고 오셨다. 언뜻 보기엔 단조로운 개량한복인 줄 알았는데 자세히 보니 한복의 거추장스러움을 잘 보완한 옷이다. 곡선을 살린 유연한 화장이며 버선코를 닮은 도련과 섶은 그대로이고, 팔의 움직임이 편하도록 기장은 길게 했다. 손수 지었다고 한다. 옷고름 자리엔 삼합사로 꼬아 만든 매듭단추가 앙증스럽다. 저고리를 벗어도 무색치 않을 정도로 어깨끈이 넓은 통치마는 잔주름을 넣어 무릎에서 두어 뼘 내려오도록 만들었다.

　머리모양새도 옷에 맞추었다. 숱이 없어 늘 짧게 파마를 했었는데 정갈하게 빗어 올려 망을 씌운 모습이 단정해 보인다. 어릴 적 보았던 어느 동정녀의 모습 같다. 그렇다. 어머니는 이제야 본연의 모습으로 돌아간 것인가.

내가 고등학교 2학년 때, 다섯 남매를 두고 세상을 뜬 엄마의 자리를 메우려고 지금의 어머니가 오셨다. 서른 중반의 나이로 수녀원에서 동정녀로 지내던 어머니는 어느 분의 설득으로 아버지와 선을 보게 되었는데 팔순이 넘은 노모와 다섯 아이를 돌보는 것이 당신의 소명이라 여겨져 길을 바꾸었다고 했다. 그러나 계모와 후처라는 자

창덕궁

리가 어디 그리 만만하였으리.

어머니는 초등학교에 다니는 동생들을 상머리에 앉혀 공부를 가르치고 옛 어머니 친구들과의 모임을 갖는 등, 옮겨 심은 나무가 수액을 빨아 올려 자리를 잡아가듯 정을 붙이려고 애를 쓰셨다. 자신이 아이를 낳게 되면 큰 아이들에게 소홀하게 될 거라며 불임수술을 하겠다고 했지만 아버지의 노여움으로 막둥이를 낳아 우리 형제는 딸 셋 아들 셋이 되었다.

신앙이 깊으신 아버지와 어머니는 아들 중 하나를 하느님께 사제로 봉헌하겠다며 새벽마다 묵주기도를 드리고, 자식 교육에 헌신을 다 하셨다. 큰 놈들이 잘 되어야 막둥이가 잘 된다며 아버지는 어려운 살림에 힘겨워하는 어머니의 고단함을 달래곤 하셨다.

막둥이가 고교연합고사에 떨어지자 아버지 말씀에 순종하던 어머니는 학원 옆으로 방을 얻어 나가셨다. 순조롭게 대학에 들어가는 큰 자식들과는 달리 공부에 취미가 없는 막둥이 때문에 온 가족이 어머니의 눈치를 살펴야만 했다. 손수 라면 하나 끓이실 줄 모르던 아버지께서 혼자 계신 지 일 년 만에 위암으로 돌아가셨다. 어머니가 원망스러웠다. 끝내는 각자의 성찰로 아픔을 참고 견뎌야 했다.

삶이란 험난한 고난의 길이라지만 알고 보면 보람되고 기쁜 순간들이 더 많은 것이다. 막둥이가 대학에 합격하고 큰 동생이 사제 서품을 받던 날, 어머니는 하염없이 눈물을 흘리셨다. 힘들고 아파하며 뿌리내린 나무가 건강한 열매를 맺는 기쁨의 눈물이었다.

은은하게 속살이 비치는 모시옷을 바라보며 이런저런 생각을 하다 보니 어머니께서 어느새 잠이 드셨다. 편안한 세월을 보낸 분이 아닌데도 얼굴엔 온화함이 가득하다. 당신께서 힘들고 어려울 때마다 도와주신 하느님의 은총이 깃들여 있음이리라.

끝을 도르르 말아 정성들여 박음질한 옷자락을 살며시 만져 보았다. 까슬하지만 날카롭거나 매정하지는 않다. 오히려 미세한 바람의 몸짓마저도 속살 깊이 받아 안는 너그러움이 있고, 자신의 색을 주장하지 않는 겸손이 배어 있다. 너무도 투명하여 한 번 움켜쥐면 바스라질 것처럼 가냘퍼 보이지만 담백하게 짜여진 결속엔 은근과 끈기가 있다. 가녀린 풀포기로 만들어졌다 하여 연약하거나 가볍지 않다. 왠지 고매한 정신이 깃들어 있는 듯 함부로 대할 수 없는 위엄이 서려 있다. 인고의 세월을 견디고 한과 시름을 아름다움으로 승화시킨 모시옷은 계율로써 몸 닦고 마음 닦는 삶 버리고 세파의 아픔과 고달픔을 택하신 어머니의 날개다.

Old Westbury Gardens

인생의 단짝, 딸과 함께

딸 안나가 페이스 북에 사진 몇 장을 올렸다. 그리고 '엄마가 2주 간 방문했다. 2주가 참 빨리 가서 아쉬웠다'라는 문구도 남겼다. 정말 그랬다. 눈 깜짝할 사이에 2주가 휙 지나갔다. 행복하면서도 아쉬웠 던 시간들은 또 하나의 추억의 장이 되어 오래오래 기억되리라.

시차도 적응이 안 된 다음날부터 안나와 나는 메트로폴리탄에서 장예모 감독의 〈투란도트〉를 보았다. 시즌 공연이 풀리는 시각에 맞 춰 사위 안토니오가 온라인으로 신청했는데 운 좋게도 당첨이 되었 다. 그것도 1층 중간 자리를 엄청 싼 가격에.

우아한 드레스를 입은 여인들, 양복주머니에 손수건을 꽂은 나이 지긋한 신사들, 반짝이는 샹들리에, 푹신한 레드카펫, 데스크에 마련 된 칵테일 등 공연장 분위기가 우아하고 여유로웠다. 세계에서 제작 비를 가장 많이 들인다는 메트로폴리탄 오페라답게 무대장치가 화려 하고 웅장했다. '예술의 전당'에서 본 무대와는 차원이 달랐다.

다양한 캐릭터들의 개성 있는 연기가 재미를 더해주었고, 〈공주는 잠 못 이루고〉를 들을 땐 짜릿한 감동이 전율을 타고 흘렀다. 이런 카타르시스적 유희를 맛보기 위해 오페라를 보러 오는 것이리라. 아슬아슬하고도 낯선 장면, 화려하면서도 애절한 아리아의 잔상이 아직도 귀에 아련하다.

공연이 끝난 후, 늦은 시각인데도 많은 사람들이 링컨센터 앞 광장에서 휘황찬란한 야경을 즐겼다. 우리는 분수대 앞에서 사진도 찍고 구경도 하고 늦은 시각에야 집으로 돌아왔다.

세 번째 방문이지만 맨해튼은 참 볼거리가 많다. 특히 고가철로를 개조해 만든 'high line park'는 도시와 자연이 잘 매치된 장소라 산책하기에 좋았다. 그곳에서 찍은 사진에 안나는 '난 아빠 닮은 줄 알았는데 엄마도 닮았구나'라고 썼다. 센트럴 파크에서 호수를 배경으로 찍은 사진은 누가 봐도 모녀간이다. 나이가 들면서 점점 더 나를 닮아가고 있다. 인생에서 가장 친한 친구이자 동반자인 딸과 함께 꽃과 나무와 벤치가 어우러진 전망 좋은 곳에서 커피도 마시고 얘기도 나누며 뉴욕의 가을 정취를 맘껏 즐겼다.

안나와 나는 한 주간 내내 초등 1학년인 유라와 유치원생인 유창이가 방과 후 수업을 마치는 5시 전까지 'high line', 'Moma 미술관', 뉴욕공립도서관, 성 패트릭 성당, 쇼핑센터 등 예전에 가보지 못했던 곳을 찾아 투어를 강행했다.

메트로폴리탄 미술관은 규모가 너무도 방대해 세 번째 방문인데도 다 둘러볼 수가 없었다. 안나는 미술 전공자답게 거장들의 작품에 대해 자세히 설명해주었다. 그런데 아무리 훌륭한 작품이라 해도 친숙한 그림만이 나의 시선을 끌었다. 피카소, 고흐, 고갱, 세잔, 르느

와르, 렘브란트 등 내 눈에 익숙한 그림들 앞에서만, 숨을 고르고 차분하게 머물러 감상했다. 마치 헤어졌던 친구를 오랜만에 만난 것처럼 반가웠다.

익숙함이란 이런 것인가! 만약 고흐의 〈사이프러스〉를 처음 보았다면 나는 다른 그림들처럼 그냥 지나쳤을 것이다. 한 점 한 점 유명하지 않은 작품이 없다지만 나는 눈에 익은 작품 외에는 주마간산 식으로 둘러보고 말았다.

영화 《위대한 개츠비》의 모델인, 'Old Westbury Gardens'로 피크닉을 갔을 때, 유라와 내가 마주보며 찍은 사진이 화보처럼 멋지다. 표정도 좋지만 풍경이 너무도 아름답다. 나무가 우거진 산책로와 드넓은 잔디밭, 아름다운 호수와 테마를 달리한 정원들이 갖추어진 대저택은 결혼을 앞둔 연인들의 결혼사진 촬영지로도 유명하단다.

미국의 대부호 핍스(1874~1958)가 아내를 위해 영국 건축가에게 직접 의뢰하여 지었다는데, 스케일이 정말 어마어마했다. 가즈오 이시구로가 노벨문학상을 받은 소설, 《남아 있는 나날》에 나오는 달링턴 저택이 바로 이런 곳이 아닐까? 상상해보았다. 모든 것이 세련되고 호화로웠다.

아름다운 꽃들이 만발한 정원을 거닐면서 안나가 내게 말했다. "엄마, 내가 우울할 때마다 안토니오가 이곳에 데려와서 기분전환을 시켜줬어. 이곳에 오면 마음이 편안하고 기분이 좋아져요." 대저택의 주인처럼 안토니오도 제 아내가 향수병에 걸리지 않도록 세심하게 배려를 해 주었나보다. 사위가 고맙고 든든하다. 자상한 남편이다. 안토니오는 나와 위스키 한 잔씩 하면서 이런저런 이야기를 나누다가 자

정을 몇 번 넘기기도 했다.

안나가 안토니오를 따라 미국에 간 지도 벌써 8년이나 되었다. 그 동안 두 아이를 낳아 기르면서 남편 내조하랴 살림하랴 작은 수입이 지만 프리랜서로 일까지 하랴, 정말 열심히 살고 있다. 안토니오가 학 위를 받고 교수가 되기까지 수고가 참 많았다. 내 딸이지만 참 기특하 고 대견하다. 그런데 별거 아닌 걸로 안나와 다투었다. 결국 서운했던 감정이 폭발해 안나와 나는 부둥켜안고 눈물을 흘리고 말았다.

엄마와 딸, 다투고 싸우지만 결국은 몸을 다 바쳐 사랑할 수밖에 없는 사이, 슬픔도 눈물도 고통도 다 가슴으로 삭여내면서 침묵하는 이 세상의 엄마들, 바로 딸의 행복을 온몸으로 빌고 있단다.

별만큼이나 많은 사람 사이
네가 내 딸로 와줘서 고맙고 감사하다
내가 젊은 날에는 욕망으로 가득차서
너는 틀렸다고 상처를 서슴지 않아
이 아름다운 인연에 금을 그었다
용서해라 나의 딸아
고통의 터널을 지나가며
나는 네 이름을 불렀다
네 이름을 부르는 그 순간
햇살이 나타나고 나는 아프지 않았다
살아보니 이만한 사랑이 없었다
더러 외로워 더러 막막해서

원망하고 싶거든

나의 두 손에 넌지시 던져라

네 어둠은 내가 온전히 받아

저 별들에게 전해 주리라

− 신달자 〈엄마와 딸〉 수필집 中 −

유라와 내가 찍은 사진에 안나는 '내 딸과 내 엄마'라고 썼다. 언젠가 유라도 '내 딸과 내 엄마'라고 쓸 날이 오겠지?

세상에서 가장 친한 관계가 엄마와 딸이라지만 상처를 가장 많이 주고받는 관계 또한 모녀일 것이다. 안나가 대학생이 되었을 때, "네가 말 안 듣는다고 혼내고 때렸던 거 미안하다." 나는 어렵사리 용기를 내어 사과했다. 그 후, 안나는 여러 번 내게 말했다. 그 말을 듣는 순간 엄마에게 서운했던 감정이 깨끗이 사라졌다고. 이젠 엄마가 아무리 뭐라고 해도 상처를 받지 않는다고.

안나는 엄마가 되어보니 엄마의 마음을 알겠다고 했다. 어려운 형편에 영어, 수학, 미술, 피아노 그 많은 학원을 어떻게 보냈느냐며, 이제야 부모에게 감사드린다고, 그리고 기대에 못 미쳐서 미안하다고 했다.

엄마 사랑해요 미안해요

엄마 절 용서하세요

엄마의 사랑으로 오늘 여자가 되어

이 세상에 가장 눈부신 엄마가 되고

이 세상에 사람의 힘을 키우는 아내가 되어

사람의 행복을 느끼며 살고 있어요

엄마 사랑해요 고마워요

– 신달자 〈엄마와 딸〉 수필집 中 –

며칠 동안 엄마에게 이곳저곳을 보여주느라 과로했는지 안나가 몸져눕고 말았다. 나는 공항으로 배웅 나온 안나와 안토니오에게 단단히 당부했다. 매일 하느님께 기도할 것, 꾸준히 운동하고 자연식으로 식사할 것.

비록 보름간이지만 안토니오가 근무하는 콜롬비아 대학병원도 방문하고, 자연사 박물관에서 유라에게 설명도 듣고, 밤마다 손주들 재롱을 보며 참 행복한 시간을 보냈다. 보름간의 시간은 눈 깜짝할 사이 지났지만, 딸과의 추억은 오래 기억에 남을 것이다.

얼마나 선하고 아름다운가

아버지는 사촌 형제들과 친형제처럼 우애 있게 지냈다. 할아버지 다섯 형제분도 그랬고, 고조부 형제분도 우애가 남달랐다며 '우애'는 우리 집안의 내림이라고 했다.

우리 조상님들은 천주교박해 때 서울에서 족보만 들고 전주로 내려왔기 때문에 재산이 없었다. 고조부는 일제 강점기 때, 양잠사업을 하다가 일본인에게 사기를 당했는데 숨을 거두기 전, 다섯 아들들에게 유언을 남겼다. "한 푼도 남기지 말고 빚을 다 갚아라." 천주교 신자로 구성된 채권자들은 인물 좋고 학문이 높은 아들들을 하나씩 데릴사위로 삼고, 빚을 탕감해 주었다. 맏이인 우리 할아버지도 박참봉 사위가 되어 빚을 탕감 받았다. 그런데 일 년이 채 안 되어 박참봉 딸이 죽었다.

박참봉은 전주에서 전통요리교육을 받은 열여섯 살인 우리할머니를 양딸로 삼아 영세를 시킨 후 사위와 혼인시켰다. 빚을 탕감받지 못한 할머니는 박참봉 댁에서 과방果房 일을 했지만 형편이 나아지지는 않았다. 농번기 때마다 작은할아버지들은 우리 집에 머슴을 보내어 큰형님을 도왔다.

어느 해인가, 우리 집에 일하러 왔던 둘째할아버지 댁 머슴이 앓아누웠다. 이러다가 사람 죽겠다 싶었는지 둘째할아버지는 우리 할머니께 사정을 말씀드렸다. 머슴이 셋째딸을 사모한다고. 노발대발 할머니의 노여움은 하늘을 찔렀고, 양반집 딸을 어떻게 머슴에게 줄 수 있느냐며 분을 참지 못했다. 둘째할아버지는 막둥이인 우리 아버지를 대학에 보내려면 일 잘하고 성실한 머슴을 데릴사위로 삼아야 한다고 설득하셨다.

요즘엔 처가살이 하겠다고 발 벗고 나서는 젊은이도 있다지만, '겉보리 서 말만 있어도 처가살이 안 한다'는 속담이 있을 정도로 몸과 마음이 고달픈 것이 데릴사위이다. 야곱은 원하지도 않은 큰딸 레아를 위해 7년, 사랑하는 라헬을 얻기 위해 7년, 14년을 처가살이하여 장인을 부자로 만들어주었다. 우리 고모부도 우리 집을 부자로 만들어주었다. 야곱보다 무려 2년을 더해 16년을 데릴사위로 있으면서.

지난 1월, 인천교구에서 넷째할아버지의 손자가 사제서품을 받았다. 첫째할아버지 손자 중에서 한 분, 셋째할아버지 손자 중에서 두 분, 넷째할아버지 손자 중에서 한 분, 막내할아버지 손자 중에서 한 분, 모두 다섯 분의 사제가 '재宰' 항렬에서 배출되었다. 효령대군 19대손이며, 천주교로 8대손이다.

얼마나 선하고 아름다운가
평화와 사랑 안에 형제들의 우애!

영원한 생명이어라

주님의 축복 그곳에 차고 넘치리니

형제들의 우애 속에 하느님이 계시고

거기에서 생명을 움직이게 하는 복을 주셨도다

형제들이 서로 사랑하며 평화롭게 지내는 것을

하느님께서 기뻐하시고 아름다이 여기시어

그곳에 열매를 맺게 하셨도다!

사제 서품식이 끝나고 부천 당숙 댁에 일가친척들이 모였다. 내가 어렸을 적, 아버지 항렬인 '강康' 자字 형제분들은 매년 한 차례씩 모임을 가졌다. 어느 해인가 우리 집에서도 왁자하게 맛있는 음식도 먹고 씨름도 하고 노래도 부르며 아버지 형제들은 밤새도록 재미나게 노셨다. 수십 년째 이어오던 '강' 항렬의 '형제모임'이 서품식날 밤에 마감되었다. 대부분 돌아가시고 당숙이 몇 분, 계시지만 건강이 좋지 않아 모임을 유지할 수가 없다고 했다. 남은 회비를 다음 대代인 '재宰' 항렬에 넘겨주는 세대교체를 지켜보면서 나는 콧마루가 시큰했다. 하지만 슬프지만은 않았다. '강' 항렬의 뒤를 이어 '재' 항렬도 매년 형제모임을 갖는단다. 나는 딸이기 때문에 참석하지 않지만 대를 이어 형제들의 우애를 다지는 모습이 너무도 자랑스럽다.

해마다 추석날이면 조상님들이 마련한 선산에 가족들이 모여 미사를 드린다. 지난 해, 나도 동생 신부님들이 집전하는 친정가족미사에 참여했다. 천주교 박해를 피해 족보만 들고 전국을 헤매다가 전주에 자리를 잡은 조상님의 후손들이 이렇게 열매를 맺었구나, 생각하니 감격스러웠다. 각자 준비해 온 음식을 나누며 즐겁게 담소하는 모습이 초대교회 신자들처럼 아름다웠다. 남편과 나는 선산에 꽃나무를 심으라며 금일봉을 내놓았고, 박수를 받았다. 교장으로 퇴임한 당숙께서 자료가 없어 매우 힘들지만 우리 선조들의 선교활동에 대해 집필 중이라고 하셨다.

고모부는 당신의 땀과 추억이 어려 있는 처갓집 산에 묻혔다. 형제들의 우애가 풍성한 곳, 하느님을 중심으로 하나가 되는 이씨 가문에서 고모부는 소외되지 않고 '강' 항렬의 '형제모임'에 꼭 참석했다. 사위가 아닌 형제로 대접받았다. 나는 아버지 형제들의 우애와 사랑을 보고 느끼면서 성장했다.

주일날, 하얀 두루마기를 차려입고 두 손 모아 기도드리던 고모부의 모습이 학처럼 깨끗하고 고결해 보였다. 아름드리 소나무에서 다정히 서로를 껴안아 주고 있는 한 쌍의 학처럼 아내에게 다감했으며 꼭 존댓말을 썼고, 입가엔 웃음을 잃지 않았다. 새벽부터 밤늦도록 일손을 놓지 않으면서도 집 둘레에는 과일나무며 온갖 꽃들을 풍성하게 가꾸었다. 고모부가 한글을 모른다는 사실을 나는 중학생이 되어서야 알았다. 몸이 고달프도록 처가살이 하랴, 아들 딸 팔남매 기르랴, 언제 한가하게 글을 깨우칠 수 있었겠는가.

지난 해, 고모도 아흔셋에 고모부 곁으로 가셨다. 아내가 귀여우면 처갓집 말뚝을 보고 절한다고 했던가. 귀여운 셋째딸을 아내로 얻은 기쁨이 얼마나 컸으면 처갓집을 그 마을에서 제일가는 부자로 일궈놨을까. 아버지가 사기를 당해 많은 전답을 잃었지만, 고모부 덕분에 우리 형제들은 그 땅을 팔아 공부할 수 있었다. 셋째고모부께 감사드린다.

영원의 꽃으로 빚어낸 향기

혼인을 앞두고 딸 안나가 예단으로 가져갈 접시를 만들었다. 초벌구이 토기에 도안을 하고 색을 칠한 다음 가마에 구워내는데 문양과 색상이 참으로 선명하고 아름답다. 그야말로 도예와 그림이 만나 태어난 예술품들이다. 요리를 담으면 더욱 빛을 발하고 장식품으로 걸어두어도 수채화처럼 아름다울 것 같다. 멋스러운 색깔을 조화롭게 배치한 조각보처럼 보고만 있어도 기분이 좋아진다.

안나는 세상에 하나밖에 없는 작품을 손수 만들었다는 데 의미를 두었다. 산뜻하고 화사한 찻잔, 귀엽고 앙증맞은 접시, 장식장에 진열해 놓고 볼 수 있는 화병에 이르기까지 가느다란 붓으로 선을 긋고 색을 칠하고 아름다운 문양을 탄생시켰다.

혼례를 앞둔 옛 여인들은 상보, 횃보, 이불보 같은 생활용품에 상서로운 문양의 자수刺繡를 놓았다. 잠자는 동안 좋은 꿈을 꾸어 소망하는 바가 이뤄지길 바라는 의미에서 베갯모에 수를 놓는 것은 필수였다. 그네들은 다소곳이 앉아 오색실로 학, 사슴, 목단화, 나비 같은 문양을 담아내었다. 치마자락 밑으로 보일 듯 말듯 수놓아진 비단꽃신은 한국의 맵시였다. 나는 어렸을 적 엄마의 반짇고리에서 자잘한 꽃무늬가 수놓아진 바늘꽂이나 골무, 쌈지, 서찰주머니, 형형색색의 조각보 등을 갖고 놀았다. 그 중에서도 해와 구름과 부리를 맞댄 봉황이 수놓아진 베갯모는 상상을 맘껏 펼치는 환상의 세계였다.

내가 중, 고등학교를 다니던 70년대만 해도 가정시간에 자수를 놓았다. 입시위주로 교육과정이 바뀌면서 수예는 사라지고, 지금은 베개나 이불에 놓인 자수도 기계수로 바뀌었다. 이런 기계시대에 예쁜 반상기를 쉽게 구입할 수도 있건만 안나는 손수 혼수품을 마련하겠다고 하였다. 시각디자인을 전공한 안나가 부전공으로 도예를 하고 싶어 했을 때 나는 애니메이션을 권했다. 졸업하고 취직을 하더니 공방에 나가 자잘한 소품들을 한두 개씩 만들어 오곤 했다. 그러더니 이제 혼인을 앞두고는 본격적으로 나섰다.

상견례 자리에서 신랑 측에서는 예단은 서로 삼가자고 하였다. 아이들이 곧 유학을 떠날 거라는 이유에서였지만, 신부 집안에 대한 배려에서였을 것이다. 안나가 손수 반상기를 만들 거라고 했더니 좋아하셨다.

나도 공방에 나가 사포질을 도왔다. 간장종지, 수저받침, 찻잔, 주발, 대접, 주전자. 꽃병에 이르기까지 백여 개가 넘는다. 한 세트가 모여야 그림이 완성되는 것도 있고 겹치는 그림이 하나도 없다. 옛 여인들이 생활도구 곳곳에 예쁜 문양을 새겨 넣었듯이 정갈하면서도 세련된 문양으로 그릇 안과 밖을 장식하였다. 바라만 볼 수 있는 그림이 아니라 매일 손으로 만질 수 있는 그림이다. 아름다운 사랑을 영원의 향기로 남겨 놓는 딸아이를 보면서 나는 시詩 한 수를 지었다.

여린 꽃봉오리

임에게로 가는 단 하나의

길을 내기 위해

옛 여인들이 오색실 꿰어

한 땀 한 땀 비단길 내듯

임에게로 가는 단 하나의

길을 내기 위해

아름다운 사랑

담송 담송

그릇 속에 담아내어

영원의 꽃으로

빚어내고 있구나

사랑이 오는

순간을 기다리며

— 이선재 —

세종대왕은 고려 말에 퇴락해 가던 상감청자의 명맥을 잇기 위해
도공들에게 분청사기 밑면에 장명匠名을 새겨 넣도록 하였다. 그 결과
기능적이면서도 조형미를 갖춘 분청사기가 상감청자의 뒤를 이어 서
민들도 사용하게 되었다. 안나도 그릇 밑면에 제 이름을 새겨 넣었다.
완성된 그릇들을 보노라니 왕실이나 귀족들이 사용해도 손색이 없을

만큼 격조가 높은 작품이라는 생각이 든다.

엄마와 딸을 두고 신이 내린 소울메이트(soulmate)라고 한다. 안나는 우리 부부에게 기쁨이고 사랑이었다. 이제는 그 사랑을 시댁 어른들에게도 듬뿍 받기를 염원한다. 그릇마다 이러한 바람을 담아 정성을 다해 포장하여 예단으로 보내드렸다. 시할머니께서 보시고

"와! 이건 돈으로 환산할 물건이 아니다."

감탄하셨다고 한다. 정성과 사랑으로 빚어낸 그릇들이 우리 안나와 함께 그 댁 가문에서 길이길이 아름다운 향기로 남겨지길 바란다.

한 송이 꽃이어라

성당 구역모임에서 치명자산으로 성지순례를 왔다.

치명자산자락엔 열다섯에 혼인하여 스무 살까지 정조를 지키다가 순교(1801년)한 동정부부의 묘가 있다. 유종철 요한과 이순이 루갈다이다. 세계적 이변異變이자 신화神話로 불린다.

순교자 묘 바로 밑에 동정부부를 기리는 성당이 있고, 왼편에는 십자가의 길, 오른편에는 전주교구 성직자 묘지가 조성되어 있다. 이곳엔 나의 친할아버지의 사촌신부도 안치되어 있다.

내가 초등학교 때 할머니는 가끔 신부님을 뵙고 오셨다. 그럴 때마다 구경도 못해 본 과자와 초콜릿을 한 보따리 들고 오셨는데, 얼마나 맛있었는지. 할머니는 우리 집안에 신부님이 계신 것이 큰 영광이라고 하셨다.

효령대군 13대 손께서 천주교에 입교하였고 천주교 박해 때 후손들은 족보만 들고 떠돌다가 전주에 정착했다. 그분들은 천주경, 교리문답을 필사하는 일을 전담했고 혼인도 천주교 신자끼리만 했다. 내가 어렸을 적, 우리 집에는 필사본으로 된 천주교 서적이 벽면에 가득했다. 서울로 이사 오면서 전주교구청에 다 보냈다. 지난 해, 닳고 닳은 책이 몇 권 남아있기에 가져와 내가 보관하고 있다. 《천쥬성교공과天主聖敎公課》, 《묵샹지쟝서》, 《14처 기도서》 등 우리 조상님께서 손수 필사한 책들이다. 서지학 연구자에게 보여줬더니 종이는 19세기 것이며, 한 사람의 필체라고 했다. 겉표지가 온전치 못하고 속지가 나달거려도 우리 선조님들의 땀과 신앙이 고스란히 배어있는 책이라 소중히 간직하고 있다.

치명자성당 사무장님은 호남신앙의 뿌리인 유항검 일가一家와 유종철, 이순이의 순교에 대해 자세히 설명했다. 이어 전주교구에는 두, 세 분 형제사제가 많이 나왔지만, 오늘 미사를 집전하시는 이 바오로 신부님의 집안에서 사제가 가장 많이 배출되었다고 소개했다. 이 바오로 신부님은 내 동생이다. 일반대학을 졸업하고 다시 신학교에 가서 신부가 되었다. 아버지는 3남 3녀 중 맏아들만 빼 놓고 모두 성직자가 되길 원하셨지만 아버지의 바람과는 달리 맏아들만 사제가 되었다.

동생이 서품을 받기 보름 전, 돌아가신 어머니가 처음으로 꿈에 보였다. 연한 청자 빛 저고리를 입고 우아하게 서 계셨는데, 감히 다가가지도 못하고, '엄마!' 부르지도 못하고 '아름답다!' 생각만 하다가 잠에서 깼다. 6 · 25 전쟁 직후, 열여덟 살에 고교생인 아버지와 혼인한 엄마가 너무도 예뻤다고 일가친척들이 이구동성으로 말했다.

초등학교 6학년이던 큰 아들이 장성하여 사제가 되니 하늘에 계신 어머니가 기쁘셨는지 큰딸인 나에게 나타나셨나보다. 동생이 사제 서품을 받던 날, 나는 어머니가 입었던 연한 청자빛과 같은 색상으로 맞춘 한복을 입었다.

하얀 사제복을 입은 동생이 성전바닥에 엎드렸을 때, 우리 가족도 신자들도 모두 바닥에 무릎을 꿇었다. 새어머니와 동생들, 친척들, 신자들 모두가 눈물을 흘리며, 천상의 은총이 충만하게 내려오도록 성인성녀님께 기도했다. 하늘에 계신 아버지와 어머니도 함께 그 자리에 있는 것 같았다.

 서원식 날에

그대, 님의 정원에
다소곳이 피어난
한 송이 꽃이어라

백옥 같은 정결의 너울 쓰고
제단 앞에 엎디오니
눈동자처럼 살피시는
사랑을 입었어라

님밖엔 채울 길 없어
가난한 영혼
심지 삼아 태우리니
삼단 같은 질긴 서원
어여삐 받으소서

질그릇에 담긴 소망

거울처럼 맑게 닦아

비우고 또 비워

님의 향기 피우리라

나날이 님이 커 가는

생명을 비옵느니

어서 은총 입히시어

님의 뜻을 채우소서

정결 청빈 순명

거저 주신 보화 받아

사뿐히 내딛는

걸음걸음

이 길을 따르리라

님이 가신

그 길을

— 권기숙 —

나는 하늘에 계신 아버지와 어머니께 간절히 기도했다. 아들이 가는 멀고먼 험난한 사제의 길을 꼭 지켜달라고. 서품을 받은 뒤 동생신부는 가장 먼저 새어머니의 머리에 손을 얹었다. 새 사제의 첫 강복을 어머니께 맨 먼저 드린 것이다. 안수를 받은 후 새어머니는 성령의 임하심을 느꼈다며 아주 기뻐하셨다. 지금도 어머니는 아들신부가 하느님 말씀대로 온 세상에 구원의 기쁜 소식을 전하는 귀한 사제가 되길 간절히 기도하신다.

동정부부는 4년을 부부로 살면서 혹독한 유혹이 10번 정도 있었다고 한다. 수절하기로 하느님께 드린 맹세가 거의 무너질 뻔했지만, 공경하올 성혈의 공로로 마귀의 계교를 물리쳤다고 했다.

"열심히 기도하고 있으니 걱정하지 마세요."

딸의 편지를 받은 이순이의 친정어머니는 아들을 사제로 봉헌한 어머니와 같은 심정으로 기도했을 것이다. 신랑 유중철이 순교한 뒤 그의 옷 속에서 편지가 발견되었다. "나는 누이를 격려하고 위로합니다. 천국에서 다시 만납시다."

나는 할아버지의 이름이 새겨진 묘지 앞에서 당신의 후손 사제들이 꼭 이곳에 묻힐 수 있도록 지켜달라고 기도드렸다.

순결하신 동정부부 순교자님! 사제들을 수호해 주소서!

서정과 낭만의 공간

　제부가 포천 시냇가에 별장을 마련했다. 건너편엔 백로서식지인 수목원이 있고 저 멀리엔 산봉우리들이 겹겹이 펼쳐져 있어 한 폭의 산수화처럼 전경이 아름답다. 우리 형제들은 매년 8월 첫째 주, 이곳에 모여 이모수녀님 두 분과 함께 여름휴가를 보낸다.

　작년엔 호주에 사는 막내여동생과 미국에 사는 딸, 안나와 아기들까지 열일곱 명이 모였다. 수영장에서 튜브놀이도 하고 게임도 하고 재미나게 놀면서 제대로 휴식을 했다. 밤에는 원두막에 모여 옥수수도 먹고 얘기꽃도 피웠다.

　올해는 동생신부님, 이모수녀님 두 분, 남동생 내외와 조카, 여동생 내외와 우리 내외, 열 명이 모였다. 이모수녀님들은 우리 형제들에게는 엄마와 같은 분들이다. 특히 동신부님에겐 더욱 의지가 된다. 시끌벅적하게 포옹한 후, 각자 마련한 선물을 주고받았다. 수녀님께서도 선물을 들고 오셨다. 이종사촌이 가게를 정리하고 남은 것이라며 악세서리를 한 상자나 들고 오셨다. "이것 좀 봐라. 얼마나 예쁘니",

"애개개~~ 색깔이 너무 유치해요." 고급 진 것은 하나도 없었다. "형님, 잘 어울리는데요." 수녀님이 멋쩍을까봐 마음씨 고운 올케가 예쁘다고 했지만, 여동생과 나는 팔찌와 목걸이 몇 개를 집어 들고 유치하다며 수다를 떨었다.

더위에 지친 우리들에게 마음의 쉼표를 선사한 제부에게 "고마워, 이렇게 좋은 곳에 별장을 마련해 줘서 고마워" 인사말을 하지 않는다. 그런 말 듣는 걸 제부가 쑥스러워할 뿐만 아니라, 나 역시 본인 앞에서 낯간지러운 말로 칭찬하는 것을 좋아하지 않는다.

"우리가 안 와봐라, 쑥대밭이 될 걸. 우리가 오니깐 매년 집도 가꾸고 풀도 베고 옥수수, 고추, 토마토, 꽃도 심고 그러지. 안 그래? 집과 여자는 가꾸지 않으면 엉망이 되는 거야. 안 그래 제부?"

제부가 고개를 끄덕이며 웃는다. 이렇게 비꼬듯 구사하는 내 어법을 이해하는 사람 중 하나다.

원두막에 앉아 산 중턱에 걸려있는 구름도 보고, 물 위를 날아가는 새들의 풍광도 감상하고, 오케스트라로 울어대는 풀벌레 소리를 들으며 바람에 실려 오는 풀 향기에 취하다 보면 마음이 편안해진다.

송순의 '면앙정가'의 한 대목이 떠오른다. '바람도 쐬야 하고 달도 맞아야 하는데, 밤은 언제 줍고, 고기는 언제 낚고, 떨어진 꽃은 누가 쓰느냐며 속세를 떠나와도 한가로울 겨를이 없다'면서 너스레를 떨었다. 제부야말로 정말 바쁘다. 개밥 챙기랴, 닭 돌보랴, 풀 뽑으랴, 수영장 물 채우랴, 테라스 손질하랴, 밀짚모자를 쓰고 부지런히 움직인다. 치과의사인 제부는 병원 일만도 바쁠 텐데. 깊은 물가에 축대를 쌓고, 땅을 메우고, 터를 닦고, 불편한 것이 없도록 해마다 손을 본다. 창고엔 온갖 도구들이 가득하다.

　제부는 주말마다 농사꾼이 되어 온갖 작물을 직접 심고 가꾼다. 조금만 손이 가지 않으면 짐승이고 농작물이고 엉망이 될 것들이다. 살충제 파동으로 온 나라가 시끌벅적한 이때, 이모수녀님과 올케와 나는 황금색으로 윤이 자르르한, 신선하고 청정한 생달걀을 먹었다. 고소한 맛이 한참 동안 입 안에서 맴돌았다.

　금방 따서 찐 쫀득하고 단맛이 구수한 옥수수를 먹으며 우리 가족은 휴전선과 김유정 생가를 여행했다. 저녁식사를 맛있게 먹고 과일도 먹고 우스갯소리도 한바탕 하고 동생신부님과 수녀님들은 주무시러 가셨고, 올케와 여동생은 흔들의자에 앉아 수다중이고, 조카는 게임에 빠져있다.

　넷째남동생과 나는 테라스에 앉아 맥주를 마시며 이런저런 얘기를 나누었다. 띠 동갑이라 마냥 어리게만 봤는데 이젠 대학생을 둔 어엿한 중년이다. 동생이 맥주를 쭉 들이키더니 불쑥 말을 꺼냈다.

　"누나는 작은 아파트에서 어떻게 작은누나와 나를 데리고 있었어?"

　"누나가 너를 야단치거나 때린 적 있니?"

　그런 적 없다고 했다.

　"형과 둘째 누나는 나한테 혼도 많이 나고 맞기도 했어."

　"나도 큰형한테 맞은 적 있어."

　나는 동생들이 우리 집에서 재수하는 동안 불편하다는 생각은 들지 않았다. 다만 갑자기 기울어진 경제 때문에 아버지에 대한 반항심이 내면에 깔려 있었다. 훗날 생각해보니 여과되지 않은 내 감정들을 그대로 동생들에게 드러낸 것이 미안하고 마음이 아팠다. 넷째동생도 공부하기 싫다고 했다가 큰형한테 딱 한 번 되게 맞았단다. 남동생과 이런저런 이야기를 나누다보니 어느새 맥주를 두 캔이나 비웠다. 살짝 취기가 올랐지만 정신은 말짱했다.

"네가 재수할 때, 아버지가 백만 원을 주셨는데 트럼펫을 갖고 싶다고 하시더라. 그 돈으로 세운상가에 가서 트럼펫과 아코디언을 사드렸지. 엄마랑 연주하고 싶다기에."

술김에 나는 별말을 다 하고 있었다. 남동생이 말했다.

"내가 치과의사가 된 것은 큰누나 덕분이야."

"네가 열심히 공부해서 됐지."

동생이 참 든든하다. 새어머니께 생활비는 자동이체로 해놓고, 매년 해외여행도 보내드린다. 사실 올케가 더 고맙다. 결혼까지 반대했던 시어머니를 항상 웃는 낯으로 대하니 어머니도 며느리를 예뻐하신다.

일 년에 한 번이지만 우리 형제들이 모여서 맛있는 것도 먹고 이런저런 얘기도 나누고 웃고 떠들 수 있는 공간을 만들어 준 제부가 고맙고 감사하다. 신부님은 미사 중에, 어머니와 아버지가 우리 형제들을 하늘에서 보시고 기뻐할 거라는 대목에서 잠시 목이 메었다.

휴가가 끝나갈 무렵, 제부가 카메라를 들고 다큐를 찍는다며 한마디씩 하라고 했다. "제부, 고마워. 이렇게 좋은 곳에 힐링의 공간을 마련해줘서 정말 고마워."

나는 낯간지러운 말로 칭찬을 하고 말았다.

느티나무 형님

　지금, 남대문 시장에서 큰형님과 점심식사를 마치고 쇼핑 중이다. 눈이 휘둥그러질 정도로 예쁜 옷들이 넘쳐나는 의류매장을 30분도 넘게 헤매다가 드디어 형님 사이즈에 맞는 자켓을 찾았다. 상술이 능숙한 점원은 형님의 겉옷을 벗기며 "자매지간이세요?" 묻는다. "우리 동서예요" 형님의 말씀에 "참 보기 좋네요, 저희는 동서끼리 왕래도 없어요." 점원은 묻지도 않은 속내를 드러냈다. 외투를 걸친 형님이 흡족한 표정을 지으며 "교회에 입고 가면 괜찮겠어?" 물으신다. 점원은 색상과 디자인이 딱 어울린다며 거울을 보여주었다.

　아주버님이 교통사고로 돌아가신 충격으로 형님은 20여 년간 교회에 발을 끊었다가 몇 년 전, 뇌수술을 받고 다시 나가신다. 어느 날 목사님으로부터 기도 제의를 받았다며, 500명이 넘는 신자들 앞에서 어떻게 기도를 하지? 나에게 물으셨다. "책 몇 권을 읽고 좋은 문구를 암기하면 되겠지?", "그거 아주 좋은 방법이네요." 말씀드렸다.

　형님은 거의 암기할 정도로 완벽하게 연습을 했다. 드디어 단상에 올랐을 때, 빽빽이 들어찬 신자들의 시선이 온통 형님에게로 쏠렸고, 그 뜨거운 열기가 확 느껴지자 형님은 그만 혼이 날아가 버린 듯 한 구절도 생각나지 않았다. 다행히 준비해간 컨닝 페이퍼를 떠듬떠듬 읽기 시작했는데, 뒤에서 목사님이 '아멘' 하였고, 이후 어떻게 기도가 술술 풀렸는지 자신도 깜짝 놀랐다고 한다. 그날의 기도는 전 신자가 눈물바다를 이룰 정도로 은혜로웠다며, 이후 형님은 집사에서 권사로 승격하셨다.

시어머니의 얼굴도 보지 못한 동서들에게 형님은 가끔씩 시부모님에 대한 일화를 들려주셨다. 시어머니와 형님이 몇 달 간격으로 딸을 낳았는데, 시어머니는 손녀에게 형님은 시누이에게 서로 젖을 바꿔 물렸단다. 형님은 시어머니께 사랑을 듬뿍 받았다며 손아래 동서 넷에게 무던히 대해 주신다. 형제들이 만나면 그저 반갑고 헤어지면 무소식이 희소식이려니 다들 마음 편히 지낸다.

내가 결혼할 당시, 형님부부는 시아버님과 지적장애인 작은아버님을 모시느라 다락방에서 주무셨다. 사촌이 결혼하여 작은아버님을 모셔갈 때까지 수십 년을 그렇게 사셨지만, 고생이나 희생이라는 생각은 없으셨던 것 같다. 그간에 시동생, 시누이도 함께 지내다 분가했지만 그에 관한 말씀을 하신 적이 없다. 시아버님께서 돌아가실 무렵 3개월가량 형님께서 대소변을 받아내셨다. 어렵고 힘든 시대를 묵묵히 견디어 내신 큰형님은 칠순이 넘은 연세에도 교회활동을 왕성히 하신다. 제사음식도 손수 장만하시고, 권사이지만 천주교식으로 제사를 드린다. 체격만큼이나 무던하신 형님은 '커다란 느티나무'이다.

가족들이 큰댁에 모이면 음식이 맛나다며 다들 잘 먹는다. 음식이 화려하거나 세련된 것은 아니지만 친근하고 정감이 간다. 특히 김치 만두는 특허감이다. 삭힌 고추를 잘게 다져 넣기 때문에 매콤하면서도 뒷맛이 깔끔하다. 형님은 말씀도 재미나게 하신다. 오늘도 식당에서 점심을 드시면서 이런저런 말씀을 하시는데 한참을 웃었다. 말머리에 막내 시동생이 좋아하는 파김치를 큰며느리가 담갔다며 며느리 칭찬도 아끼지 않으셨다. 둘째, 셋째며느리도 효부들이다.

　해마다 추석이면 총무인 셋째조카가 주축이 되어 연례행사를 치른다. 펜션을 독채로 얻어 형제와 조카들과 손주들이 한자리에 모여 노래대회도 하고 춤도 추고 하룻밤을 함께 지낸다. 다음날 제사를 지내고 헤어지는데, 큰형님이 버팀목이 되어 주었기에 모두가 화목하게 지낸다. '正義 朴氏 家門' 밴드에 올라온 영상을 보면 웃음이 절로 난다. 마당 한쪽에서는 연기가 자욱하도록 숯불에 고기를 굽고, 건너편에서는 남편이 연주하는 기타 리듬에 맞춰 흔들흔들 춤을 추고, 테이블에 앉아 맥주를 마시면서 와자하게 이야기를 나누는 모습들이 정겨워 보인다.

　형님은 넷째동서인 내가 가끔 옷을 사 드리면 "형편도 어려운데…" 하면서도 기뻐하신다. "요즘엔 원단도 좋고 백화점 못지않게 남대문 패션이 수준이 높아요. 가격도 넘~ 착하구요."

　점원이 여러 벌의 옷을 펼쳐놓는다. "교회에 입고 나가면 인기 짱이겠는걸." 환하게 미소 짓는 형님의 얼굴이 함박꽃처럼 고우시다.

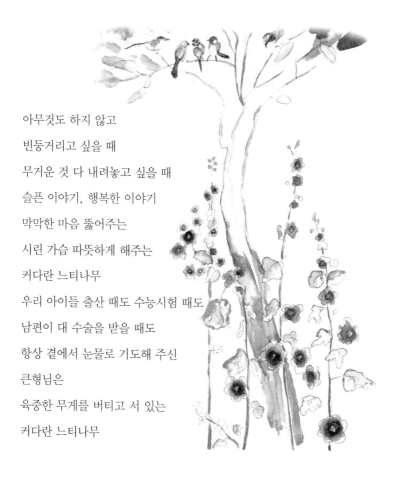

아무것도 하지 않고

빈둥거리고 싶을 때

무거운 것 다 내려놓고 싶을 때

슬픈 이야기, 행복한 이야기

막막한 마음 뚫어주는

시린 가슴 따뜻하게 해주는

커다란 느티나무

우리 아이들 출산 때도 수능시험 때도

남편이 대 수술을 받을 때도

항상 곁에서 눈물로 기도해 주신

큰형님은

육중한 무게를 버티고 서 있는

커다란 느티나무

– 이선재 –

봄마중

하마터면 냉전으로 갈 뻔했던 우리 부부는 지금 남이섬에 와있다. 어제 해질 무렵에 들어와 하룻밤을 오붓하게 보냈다. 우리만을 위해 강물로 세상을 단절시켜 버린 남이섬. 아직 여행객들이 들어오지 않은 이른 시각이라 섬은 적막하리만치 조용하다. 새순들이 막 돋아나는 숲속에서 청량한 공기를 마시며 다사로운 햇살을 받으며 아침산책을 하고 있다.

우리는 하트와 네잎클로버, 온갖 문양들을 아기자기하게 꾸며 놓은 가로수 길을 걸으며, 마치 영화 속 장면과도 같은 아름다운 숲속에서 다짐을 했다. 천상병의 《歸天》처럼 '노을빛 기슭에서 구름 손짓하면 아름다운 소풍이었노라' 고백할 수 있는 삶을 살자고.

며칠 전, 네 쌍의 부부가 저녁식사를 마치고 담소를 즐기는 자리에서였다. 보름 동안 미국에 다녀온 내가 "만약 비행기가 폭파한다면? 하늘에 가서 아름다운 소풍이었다고 고백할 수 있을까?" 답은 'NO.' 장시간 비행하면서 잠시 상상했던 것을 재미삼아 얘기했는데 남편이 바로 응대했다.

"마누라가 없는 동안 나는 식사는 물론 불편한 게 전혀 없더라."

워낙 농담을 잘하니까 다들 우스갯소리려니 했는데, 그게 아니었다. 자기는 아내의 편의를 위해 여러 모로 배려하며 살아왔는데 뭐가 그리도 불행하냐는 것이다. 내가 말하려는 의도와는 전혀 다른 방향으로 나가는 바람에 분위기가 썰렁해지고 말았다.

나는 아침마다 남편에게 삶은 토마토에 여러 가지 견과류를 넣어 갈아 준다. 큰 소리로 생색을 내자, 다들 한 마디씩 했다.

"간이 배 밖으로 나왔구먼."

요즘 유행하는 간 큰 남자 시리즈와 건강 문제로 화제가 바뀌면서 분위기는 제 자리로 돌아왔지만 집에 돌아온 나는 말꼬리를 물고 늘어졌다.

"뭐 마누라 없어도 잘 산다구?"

"이 사람이 비약하기는."

그는 눈을 감아버렸다. 이런 경우 10년 전만 해도 나는 한 치의 양보도 없었다.

10여 년 전, 2박 3일로 ME(Marriage Encounter) 교육을 마치고 돌아온 우리는 자축하는 의미에서 삼겹살 파티를 열었다. 식탁에 불판을 얹어 놓고 고기를 굽는데 익기도 전에 그가 불을 껐다. 나는 고기가 노릇노릇해야 고소하다며 불을 켰다. 그는 고기가 너무 빳빳하면 맛이 없다며 불을 껐다. 나는 기름이 쫙 빠지지 않으면 못 먹는다며 불을 켰다. 그는 끄고 나는 켜고 몇 번을 더 반복했다.

"익기도 전에 그렇게 주워 먹으니까 당신 옆에 아무도 안 앉을려

구 하잖아."

억지를 부려가며 약을 올렸다. 결국 고기도 못 먹고 냉전으로 들어갔다.

며칠 후, 사건이 또 터졌다. 고3 아들을 데리고 자정이 넘은 시각에야 들어온 나는 다급한 목소리로 부탁했다.

"여보, 찌개에 불 좀 붙여줘요~"

저녁식사를 못한 아들보다 화장실이 더 급했기에 나는 하이톤으로 부탁했다.

"내가 니 꼬봉이냐?"

그는 소파에 비스듬히 누워 꿈쩍도 안 했다. 기다리다 늦어지니까 술 한 잔 했나? 서둘러 식사 준비를 하다가 그만 돌솥을 놓치고 말았다.

"아아~~~~악!"

비명을 지르자 남편이 총알같이 달려왔다. 순발력 있게 발을 뺏기에 망정이지, 족히 10kg가 넘는 돌솥에 발이 으스러질 뻔했다. 어디 다친데 없어? 묻지도 않고 그이는 아기 쓰다듬듯 마룻바닥만 어루만졌다. 거금을 들여 바닥공사를 한 직후였지만 이건 아니지 싶었다.

"도끼로 바닥을 다 찍어 버릴 거야."

"당신 발 멀쩡한 거 알거든."

우리는 ME 모임에서 두 사건을 발표했다. 결혼 10년차부터 35년차까지 여섯 쌍의 부부들이 킥킥거리며 웃더니 그들도 일상생활에서 일어나는 사건과 생각들을 적극적으로 표현하기 시작했다. 크고 작은 문제들은 다 있었다. 각자의 문제들을 솔직하게 드러내놓고 해결하려는 모습들이 아름다워 보였다. 편지를 써서 생각과 느낌을 교환하고, 상대를 비난하지 않고, 서로간의 의사를 존중하고, 한 발씩 양보하는 대화법을 배워 나갔다.

대화하기에 앞서 반드시 상대의 기분을 상하게 해서는 안 된다. 어떤 말에도 화내지 않고 평화롭게 대화하도록 습관을 길들인다. 어느 한 쪽이 일방적으로 대화를 끝내서는 안 된다. 두 사람 모두 만족한 상태에서 대화를 끝내야 한다. 서로의 발을 밟지 않도록 조심하면서 춤을 추듯 오고가는 말 속에서 숨은 욕구를 찾아내야 한다. 등이 ME 대화의 규칙이다.

여섯 쌍의 부부는 신기하게도 만나는 횟수가 늘어가면서 서서히 모습들이 변화되었다. 우리 부부 역시 서로에 대한 의견 충돌로 큰소리 치고 화내는 버릇을 조금씩 고쳐나갔다.

6주의 교육과정을 끝내고 홀가분한 마음으로 노래방에 가서 뒤풀이를 했다. 각 본당으로 돌아가더라도 자주 만나자며 마무리를 멋지게 하려는 순간, 눈빛만 봐도 서로 통한다던 연배 높으신 부인이 쇳소리로 고함을 질렀다.

"젊은 사람들 좀 본받아요!"

하얀 모시적삼을 입고 점잖게 말씀도 잘 안 하시던 부부였는데 뒤늦게야 감정이 폭발했다. 그 바람에 6주를 더 연장하여 부부일치 교육을 받아야만 했다. 세상을 바로 세우는 힘의 원천은 부부사랑에 있다고 한다. 돌처럼 굳었던 감정을 걷어내고 부드러운 마음을 불어 넣어주는 교육을 통해 사랑은 봄 햇살처럼 다사로이 상대에게 스며들었다.

우리 부부는 하루 일과를 마치고 한 시간가량 양재천을 산책한다.

30분 정도 대화를 나누며 걷다가 묵주기도를 하고 자유기도로 마무리한다.

"하느님! 빚 좀 갚게 해 주세요."

"이 사람아, 하느님 좀 귀찮게 하지 마. 그거 아니래도 엄청 바쁘시거든." 내 기도가 못마땅한지 손을 휙 뿌리치고 먼저 가 버린다. 그는 무조건 감사만 하란다.

그날도 미국을 무사히 잘 다녀왔으면 감사할 것이지, 마치 인생을 불행하게 살았다는 식으로 말을 함부로 하는 것이 못마땅했단다. 손바닥 안에 주어진 것에서 풍요를 만끽할 줄 모른다면 우주를 소유한들 가난은 여전하다며 하느님께 받은 축복이 헤아릴 수 없이 많은데 뭐가 불만이냐고 하였다.

나는 냉전으로 가려던 '마음의 빗장을 활짝 열고' 은행나무가 밀집해 있는 남이섬의 수목원에서 고요한 아침을 맞이하는 이벤트를 남편에게 선물하였다. 니체가 말했다. "인생의 길섶마다 행운이 숨겨져 있다"고. 오늘 우리는 남이섬에 초대를 받아 새봄을 마중하는 행운을 잡았다. 만 하루가 못 되는 시간이지만 결코 짧지 않았다. 그냥 흘러가 버릴 뻔했던 아름답고 행복한 순간을 놓치지 않았다.

아무도 없는 고요한 숲속에서 바라본 강물은 몽환적이리만치 아름답다. 나무들 사이사이로 보이는 푸른 물살을 끼고도는 산책길을 여유로운 마음으로 걷다보니 봄의 소리가 들린다. 쏼쏼쏼 물소리, 청아한 새소리, 새순이 움트는 소리, 자연이 주는 아름다운 소리가 마치 오케스트라 연주처럼 들려온다. 어느새 내 마음도 봄기운으로 가득하다. 겨우내 움츠렸던 나무에 푸른 새잎이 무성하고 온갖 꽃들이 만발하는 계절이 오면 남이섬은 아름다운 정원으로 변모될 것이다.

어느새 우리는 수많은 관광객을 내려놓고 떠나는 빈 배에 올랐다. 오늘과는 또 다른 모습으로 변해 있을 남이섬에 다시 오겠다는 약속을 하며 손을 흔들었다. 나미나라 안~녕.

비상 飛上

신라의 희명이라는 여인은 다섯 살 된 아들이 갑자기 눈이 멀게 되자 '두 눈이 없는 나에게 눈을 주신다면 그 자비로움이 얼마나 크겠습니까.' 천수대비 벽화 앞에서 노래를 불러 아이의 눈을 뜨게 하였다. 희명의 아들이 눈을 뜨게 된 요인은 그녀의 간절한 믿음에 있었다. 믿음이 합리적인 것도 학문적인 것도 아니었다. 오로지 눈을 뜰 수 있다는 깊은 신념에 도달했기에 기적의 영험이 일어났던 것이다. 자신이 부른 노래가 반드시 신의 마음을 움직일 거라고 믿었기에. 그녀는 절망적인 상황에서도 결코 포기하지 않고 끊임없이 노력하여 소원하는 바를 이루었다.

'당신께서는 제 마음의 소원을 이루어 주시고, 제 입술의 소망을 물리치지 않으셨습니다.' 다윗왕은 현악기와 피리가락에 맞춰 노래하였다. 이와 같은 이치로 우리 조상들도 소원하는 바를 가락에 담아 노래로 불렀다. 바로 신라의 '향가'이다.

다윗이 지은 시편이 문학적 측면에서는 시요, 음악적 측면에서는 노래이듯 신라의 향가도 그렇다. 향가는 언어예술로서의 미학적 가치가 최고였다. 뜻이 깊고 높을 뿐만 아니라 말이 맑고 구절이 고우며, 비단에 수놓은 것처럼 아름다웠다. 이런 미학적 가치뿐만 아니라 주력의 효용성도 대단했다. 때때로 능히 천지 귀신이 감동한 것이 한두 가지가 아니었을 정도로 인간의 힘으로는 도저히 해결하지 못하는 문제를 '향가'에 의지하여 해결하였다.

천재지변으로 나라가 어지러워지자 경덕왕은 〈안민가〉를 지어 나라를 안정시켰다. 신라인이 숭상할 정도로 초자연적인 힘이 있는 향가는 우리민족의 의식 속에 자리 잡고 있는 주력관념이 그 의식의 통로를 통해 밖으로 표출될 때 자주 쓰던 표출매체 중의 하나였다.

향가를 우리언어 방식인 향찰로 쓴 이유는, 불교의 다라니를 한문이 아닌 산스크리트어로 표기하였듯이 언어의 의미 즉 주력의 효용성을 살리기 위해서였다. 노래는 신체 밖에서 귀를 통해 들어와 마음을 어루만지고 전율시킨다. 몸 안으로 들어온 노래는 객체가 아닌 신체의 일부로서 물질이 아닌 영적인 존재로서 영혼의 일부가 되어 하늘을 감동시킨다.

시가 음률의 세계에 들어와 노래가 된 향가는 세월이 지나면서 가사만 남고 음률은 잃어버렸다. 더 이상 노래로 부르는 수행이 불가능해진 것이다. 하지만 씨가 물을 만나게 되면 언제든 생명체로 되살아나듯 향가의 가사도 언젠가 소리를 만나게 되면 노래가 될 수 있을 것이다.

나는 천지신명을 감동시킬 만한 재주는 없다. 하지만 인간의 힘으로는 도저히 해결하지 못하는 문제를 노래로 불러 성취시켰다는 '향가'를 모방하여 〈비상飛上〉을 지어 보았다. 재수하는 아들이 대학에 합격하기를 바라는 간절한 어미의 심정으로.

비상飛上

용기를 사랑하는 이에게만
도전의 힘을 주시는 하늘이시여!
어둠을 뚫고 태양을 향해
고요히 피어나는 꽃봉오리처럼
높고 푸른 하늘을 날고자
온 힘을 다하는 어린 날개에 힘을 주소서
 눈물겨운 아픔은 오히려 아름다운 것
비상은 몇 번의 움직임만으로 되지 않는 것
아아! 노력의 완성을 향하여
속울음 삼키는 아들에게 힘을 주소서

— 이선재 —

　세상이 가슴 설레고 환희에 넘치는 것은 어머니의 간절한 기도가 있기 때문이리라. 어머니의 기도는 세상을 움직이는 원동력이요, 세상을 아름답게 만드는 근원이다. 그러기에 어머니의 기도는 성스럽고 숭고하다. 나도 희명의 어머니처럼 간절한 심정으로 아들을 위해 '비상飛上'을 하느님께 봉헌한다.

아들에게

아들아
긴긴 시간 잘 참고 달려온 네가
참으로 장하구나
새로운 출발을 향해 달려가는 너를 위해
엄마 아빠는 기도로서 동행해 주마
너의 꿈을 향해
한 걸음 한 걸음 차분히 나아가거라
그리고 너에게 생명을 주신 하느님과
마음과 정성을 다해
온 마음으로 너를 응원해 주시는
많은 분들이 계시다는 것을 꼭 잊지 말아라
모두에게 감사하며
하느님께 영광을 드리는 삶을 살아라

논산 훈련소

충성!
군복을 입고 힘차게 경례하는 아들
불과 5주 만에 이렇게 늠름한 군인으로 변모되다니
장하다, 아들!
신병훈련을 마치고 군인으로서의 첫걸음을 내 딛는구나
피자, 통닭, 떡, 과일 즐거운 표정을 지으며
맛있게 먹는 아들 보기만 해도 배가 부르다
대한의 진짜 사나이
몸 관리 잘하고 밥 잘 먹고
씩씩하게 나라를 잘 지키다가
건강하게 돌아오너라.
사랑한다, 아들아.

울 아가들

핸드폰을 열면
울 아가들이 나온다
눈에 넣어도 아프지 않을
똥강아지들
보면 볼수록 입가에는 미소가
마음에는 행복 지수가
급상승한다
귀여운 천사
깜찍한 요정
요즘 요놈들 보는 재미에
폭 빠졌다

비자판에 새긴 사랑

안토니오!

재작년 이맘 때, 안토니오는 선물로 책 한 권을 들고 나를 찾아왔지. 안나와 결혼을 전제로 사귀고 싶다며. 책의 저자가 네 삼촌이라는 말에 나는 기뻤단다. 평소 존경하던 분이라 너무 반가웠어. 안나와 왜 교제하고 싶으냐는 내 물음에 너는 성실하게 대답했지. 미사를 보던 중에 안나가 뇌리에서 떠나질 않아 하느님의 뜻으로 받아들였다고. 나는 그 대답이 마음에 들었다. 성당 중고등부 교사로 수년 간 봉사하면서 서로를 지켜본 사이였기에 믿음이 갔다. 두어 시간 대화를 나누는 동안 해맑게 웃는 너의 표정과 태도가 마음에 들어 나는 결혼을 전제로 교제를 해보라고 허락했다.

너희들이 예쁘게 사랑을 키워가는 과정을 지켜보면서 나는 행복했다. 꽃다운 시절에 강렬한 에너지의 힘을 체험해 본다는 것이 얼마나 큰 축복인지. 뜨겁고도 순수한 열정의 숨결을 느껴본다는 것이 얼마나 큰 행운인지. 설레는 마음으로 안나가 들려주는 이야기에 귀를 기울이곤 했다. 레스토랑의 분위기는 어땠으며, 무슨 음식을 먹었으며, 어떤 대화가 오갔는지, 연극은 얼마나 재밌었는지. 마치 내가 그 대열에 낀 듯 즐겁고 행복했다.

혼인 이야기가 오가는 것 같아 별 문제 없이 잘 사귀고 있으려니 했는데, 며칠 전 둘 사이에 균열이 생겼다는 말을 듣고 깜짝 놀랐다. 대학원에 진학하고자 하는 안나와 유학을 준비하는 안토니오 사이에 충돌이 생겼다고 안나가 어렵사리 나에게 고백을 하였다. 나는 몹시 놀랐다. 어떻게 해야 하나? 사실 엄마로서 가정교육을 제대로 못시킨 것은 아닌지 늘 염려했다. 그런데 차분히 기도하는 안나의 모습을 지켜보면서 신앙의 뿌리가 제대로 내렸구나하는 안도감이 들었다.

나는 사랑의 아픔을 겪게 된 것에 대해 오히려 하느님께 감사를 드렸다. 너희에게는 견디기 힘든 시련이겠지만, 더 지혜롭고 성숙해지기 위한 과정이라는 생각이 들었기 때문이다.

안토니오!

김소운의 '특급품'이란 수필을 읽어봤는지. '비자판'은 바둑판의 일등품인데 아주 연하고 탄력이 있어 어깨가 결리지 않는다는구나. 두세 판국을 두고 나면 반면盤面이 곰보같이 얽는데, 얼마간 놔두면 다시 본래대로 평평해진다. 그런데 비자판보다 더 좋은 특급품이 있다. 비자판과 같은 재질이지만 머리카락과 같은 가느다란 흉터가 있는데, 그것은 비자나무를 건조시키는 과정에서 나무판이 갈라져 생긴 틈이 메워져 생긴 흔적이라지. 만약 갈라진 상처가 아물지 못하면 목침이나 땔감이 되지만 유착이 되고나면 최고의 특급품이 된다. 비자의 생명은 유연성에 있는데 한 번 균열이 생겼다가 제힘으로 결합된다는 것은 유연성이 최고라는 증명이 되기 때문이지.

　나는 이것을 인생이나 인간관계에 결부시켜 생각하고 싶다. 지금 너희들은 사랑의 방법을 알아가는 과정이다. 아무리 사랑하는 사이라 하더라도 늘 순탄치만은 않단다. 나무판이 갈라지는 순간처럼 아픔과 시련과 고통이 있게 마련이지. 그럴 때마다 유연성을 발휘하여 더 굳게 유착되어야 하는데, 그 유연성은 하느님으로부터 오는 지혜로써 만들어지는 것이다. 나는 자신있게 말할 수 있다. 이번 일을 너희가 지혜롭게 잘 해결하리라고.

　안토니오! 네가 가져온 책의 글귀로 마무리를 하고자 한다.

　아무리 안 좋은 일이 생긴다 하더라도 낙심하지 말아야 한다. 오히려 그 일을 통하여 더 좋은 일이 일어날 수 있음을 기대할 줄 알아야 한다.
－ 차동엽 《무지개 원리》에서 －

　성당에서 미사를 드린 후, 안나는 안토니오와 함께 내가 보낸 위의 편지를 읽었다고 했다. 이후 두 사람은 더 견고하고 아름다운 사랑의 성을 쌓았고 1년 후, 한 쌍의 부부로 맺어졌다.

2부

웃을 수만 있다면

성가족 성당
(Sagrada Familia church)

웃을 수만 있다면

"다음엔 남인도로 갈까?", "뭐라고? 설사를 삼일이나 하고, 사흘을 꼬박 굶고 거기에 몸살감기까지 앓던 사람이 인도에 다시 가자고? 인도의 매력이 무엇이기에 그 고생을 하고서 또 가?" 남편에게 물었더니 사람과 소, 개, 원숭이가 한데 어울려 사는 지상천국이란다.

"여러분은 여행을 온 것이 아니라 고행하러 오셨습니다." 인도가이드의 인사말처럼 인도는 지상천국이 아니라 그야말로 고행지다. 짐승들이 아무데나 싸 놓은 오물 때문에 항상 아래를 보고 다녀야 할 정도로 더럽고, 신호등도 차선도 없는 도로엔 릭샤, 자전거, 오토바이, 삼륜차, 등 별의별 차들이 뒤엉켜 질주하고, 그런 틈바구니에서 개, 돼지, 소가 어슬렁거리는 궁핍한 나라다. 지금의 궁핍함이 이 정도인데 2천 5백년 전, 민중의 삶은 어떠했을까? 석가모니가 왕위를 버리고 진리를 찾아 고행한 이유가 바로 여기에서 비롯된 것이리라.

호텔에서 조식을 마치고 바라나시 근처에 있는 녹야원을 찾았다. 석가모니가 깨달음을 얻은 후, 처음으로 진리를 설법했다는 성지다.

'다만 치우치지 않고 넘치거나 모자라지 않는, 가운데 길中道을 통해서만 절대자유를 얻을 수 있으리라.' 쾌락과 고행, 양극단을 피하는 중도中道에서 깨달음을 얻은 석가가 최초로 설법한 내용이다. 723년, 신라의 혜초스님이 약관의 나이에 이곳을 방문했을 때, 이미 도시와 유적은 파괴되었고 석주와 탑만이 제 모습을 간직하고 있었다. 녹야원의 탑을 보고 혜초스님은 아래와 같은 시를 남겼다.

여덟 탑을 보기란 참으로 어려워라
세월에 타서 본래 그대로는 아니지만
어찌 이리 사람 소원 이루어졌는가.
오늘 아침 내 눈으로 보고 말았네.

– 혜초스님 〈왕오천축국전〉에서 –

나는 높이가 34m, 지름이 28m인 원통형 탑을 한 바퀴 돌았다. 수세기를 이어오면서 많이 훼손되었지만 내 눈에는 거대하고 아름다운 석존불로 보였다. 혜초가 보았다는 사자상師子像이 지금은 사르나트 박물관에 보존되어 있다. 발흥지인 인도에서 불교가 쇠퇴했지만 사자상을 국장國章으로 쓰고, 불교의 상징인 법륜法輪을 국기國旗와 화폐에 새겨놓았으니 종교에 대해 얼마나 유연한 나라인가.

몇 년 전 나는 1908년 중국 둔황의 막고굴莫高窟에서 프랑스의 동양학자인 펠리오가 발견한 〈왕오천축국전〉을 관람한 적이 있다. 한 줄에 30여 자, 230줄, 총 6000여 자字 되는 필체가 얼마나 반듯하고 예쁜지, 혜초의 성품이 필체에 고스란히 담겨있는 것 같아 넋을 놓고 글씨만 바라보았다. 혜초스님은 이 거대한 탑 위의 사자 상까지 보았다니 위용이 얼마나 대단했을까. 붉은 벽돌이 둥글게 깔려 있는 옛 사원의 자리에서 사진 몇 장을 찍고 다음 행선지로 향했다.

녹야원을 관람하기에 앞서 어둑한 새벽, '강가' 신에게 제사를 올리는 의식에 참여했다. 갠지스 강이 내려다보이는 언덕에 일곱 명의 제사장들이 일렬로 서서 일사불란하게 움직이는 퍼포먼스가 흥미로웠다. 잔잔한 힌두음악에 맞춰 불을 돌리기도 하고, 높이 올리기도 하고 마치 군무를 추듯 제사를 올리는 장면이 경건하고 엄숙해 보였다. 제사장들은 모두 힌두학교 학생으로 미혼이란다.

보트를 타고 이동하면서 갠지스 강변에 있는 여러 모양의 건축물을 카메라에 담았다. 시커멓게 그을린 화장터 앞에 잠시 배가 머물렀을 때, 가이드가 사진촬영 금지구역이라며 주의를 주었다. 힌두교도들은 죽은 후 24시간 안에 화장해서 갠지스 강에 뿌려야만 저 세상에 편히 간다고 믿는단다. 화장하는 모습이 카메라에 찍히면 그 영혼이 떠나지 못한다고 믿기 때문에 카메라를 빼앗길 수 있다고 했다. 몇몇 사람은 가이드 말에는 아랑곳 하지 않고 시체를 옮기는 사람들과 장작더미에서 연기가 피어오르는 광경을 향해 셔터를 눌렀다. 화장터에도 빈부격차가 있단다. 부자는 좋은 장작으로 완전히 소각하지만 가난한 사람은 장작을 살 돈이 없어서 태울 수 있는 데까지만 태우다가 강물에 띄워 보낸다고.

시체를 태워 뿌린 강물에 몸을 담가 속죄하고, 원하는 바를 기원하고, 그 물에 빨래하고 심지어 마시기까지 하는 힌두교도들, 이런 삶을 수만 년 이어온 이들에게 비위생적이니 비과학적이니 하는 논리를 들이댈 수는 없을 것이다.

　깨끗하고 더럽고, 귀하고 천하고, 좋고 나쁘고, 아름답고 추하고, 행복하고 불행함의 구분이 없는 참 자유를 이들은 어머니의 젖줄인 갠지스 강에서 누리고 있었다. 그러기에 생사가 갈리는 죽음 앞에서 울지 않고 의연하게 현실을 받아들이는 것이리라.

　골목마다 거리마다 활보하는 짐승들을 더럽다며 해치지 않는 것도 이런 구분이 없는 정신에서 비롯된 것은 아닌지. 비록 카스트 제도에 얽매어 살고는 있지만 적어도 어머니의 젖줄인 갠지스 강에서만은 구분이 없는 참 자유를 만끽하는 듯 보였다. 갠지스 강은 모든 것을

시크릿 성
(Fatehpur Sikri in agra)

품고 유유히 흘러갔다.

가이드에게 갠지스의 모래를 채취할 수 있느냐고 부탁했더니, 뱃머리를 강 건너 모래사장에 닿게 해주었다. 와! 감탄사가 절로 나올 정도로 모래가 곱고 부드럽고 많았다. 지인의 부탁으로 모래를 채취하러 오지 않았다면 이런 귀한 체험은 못 했으리라.

> 갠지스 강의 모래는, 보배나 향기를 탐하지 않으며, 소나 돼지 온갖 것들이 밟고 지난다 해도 성내지 않으며, 똥이나 오줌 냄새 나는 더러운 것도 싫어하지 않는다. 이런 갠지스 강의 모래와 같은 마음이 무심無心이다.
>
> – 전심법요 –

남편과 함께 페트병에 모래를 담으려는 순간 어디에서 왔는지 소년 두 명이 달려들어 모래를 깊이 파서 바삭하게 마른 하얀 모래를 병에 가득 담아 주었다. 소년들이 아니었으면 이슬에 젖은 축축한 모래를 담았을 텐데, 고마움의 대가로 1달러씩 주었더니 땡~큐를 연발하며 미소를 지었다.

호텔로 돌아오는 길에 릭샤를 끄는 분이 사진을 찍으라며 잠깐씩 속도를 늦추어 주었다. 그 덕분에 힌두사원과 산스크리트 학교와 석가모니와 간디가 새겨진 벽화를 카메라에 담을 수 있었다. 5달러에 석류 8개를 살 수 있도록 흥정도 해주었다. 가이드가 주라고 한 팁에 2달러를 더 얹어주었더니 하얀 이를 드러내고 환하게 미소를 지으며 땡~큐를 연발했다.

악바르 마우솔레움
(Akbar's Mausoleum)

누군가가 나로 인해

행복하게 웃는다면

참 감사할 것 같다

그리고

내가 누군가로 인해

행복하게 웃을 수 있다면

정말 좋을 것 같다

인생에서

누군가가 나로 인해

내가 누군가로 인해

행복하게 웃으며 살 수만 있다면

그것 이상 바랄 게 또 있을까.

– 삼생삼세 중에서 –

　　미소는 마음을 즐겁게 하고, 좋은 일을 불러오게 하는 호好 순환을 일으키는 마법과 같다. 며칠간 설사를 하고 몸살감기로 고생했지만 여행하는 내내 잔잔한 행복이 연이어 이어졌기에 남편은 이런 내면의 잔잔한 기쁨을 즐기고 싶어 남인도를 꿈꾸는 것 같다. 주는 기쁨보다 받는 기쁨을 맛볼 수 있는 나라, 인도에 다시 갈 수 있는 꿈이 생겼다.

마음의 빗장을 열면

호텔 방에 들어와 급히 샤워장으로 들어간 남편이 갑자기 쌍시옷 소리로 비명을 질렀다. 깜짝 놀란 나는 우선 옆방부터 의식했다. 수도 트는 소리, 말하는 소리가 웅웅웅 들릴 정도로 방과 방 사이의 방음장치가 완전 제로였기 때문이다. 저 부부는 여태 잉꼬부부처럼 잘 지내더니 웬 싸움? 생각만 해도 얼굴이 후끈거렸다. 한 시간 뒤엔 테라스에서 다 같이 만나기로 했는데, 걱정이 앞섰다.

"왜 고함을 지르고 난리야?"

말이 채 떨어지기도 전에 남편이 옆구리 좀 봐달라고 했다.

"어머나 벌겋게 부었네, 되게 아프겠다. 어디에 부딪혔어?"

"갈비뼈가 으스러지는 줄 알았다니깐. 짜식들말야, 샤워장을 이 따위로 만들어 놓고."

그제야 남편이 고함을 지른 이유를 알게 되었다. 정말 그랬다. 화장실 코너에 설치한 샤워부스가 내 엄지와 중지로 가로세로 딱 세 뼘이었다. 이렇게 비좁은 공간에서 샤워를 하다가 툭 튀어나온 수도꼭

지에 갈비뼈를 부딪혔으니 얼마나 아플까. 좀처럼 아프다 소리를 안 하는 사람이 되게 아프다고 했다. 엄살이 아니었다. 나도 그 좁은 공간에 쪼그리고 앉아서 간신히 샤워를 했다.

이탈리아 여행은 첫날부터 실망이 컸다. 아무리 저가여행이라도 그렇지 비행기에서 내리자마자 아침식사도 하지 않고 투어를 시작했다. 하지만 어쩌랴. 저가여행이니 감수해야지. 살살 비가 뿌리는 가운데 세계에서 가장 아름답다는 에마누엘레 쇼핑거리를 지나 밀라노 중심가에 있는 두오모 성당을 관람했다. 14세기에 지어진 두오모를 중심으로 레오나르도 다빈치, 브라만테 같은 예술가들이 예술적인 감성을 키워나갔단다.

금강산도 식후경이라고 했던가. 찬란한 유물도 좋고 유적도 좋지만 우선 배가 고팠다. 점심식사는 한식 비빔밥이라고 했다. 몇 년 전, 밀라노 엑스포에 한식이 참가하여 종갓집음식, 사찰음식, 궁중음식 특히 비빔밥이 호평을 받았다는 기사를 본 적이 있다. 아뿔싸! 잔뜩 기대를 했는데, 기사와는 무관한 식당이었다. 나는 콩나물에 상추, 무생채뿐인 비빔밥을 젓가락으로 휘휘 저으며 '무슨 비빔밥이 이래' 못마땅한 표정을 지었다. 옆 자리에 앉은 아주머니가 부산말투로 "배낭여행 다니면 누가 이런 밥 주노. 맛있게 묵자." 고추장을 듬뿍 넣고 쓱쓱 비벼서 한 잎 크게 물었다. 저쪽 건너 테이블을 보니 풍성해 보였다. 고가여행객인가? 먹는 둥 마는 둥 식사를 마치고 나오면서 보니 중국여행객들이었다.

그동안 서너 커플씩 단체로 여행을 다니다가, 이곳에는 남편과 단둘이 왔다. 배경 자체가 그림인 곳에서 누구에게 그 많은 사진을 부탁하겠는가, 나는 셀카봉을 손에 꼭 쥐고 밀라노의 두오모 성당, 스칼라 극장, 브레라 미술관 앞에서 열심히 스위치를 눌렀다. 베네치아의 산 마르코 성당과 두칼레 궁전은 물론 곤돌라를 타고 흔들흔들 좁은 수로를 누비면서도, 쾌속정 수상택시를 타고 고풍스런 S 운하를 달리면서도, 열심히 버튼을 눌렀다. 기울어진 피사의 사탑 앞에서도 그랬다. 우리만 그러는 게 아니었다. 여행객 모두가 셀카봉을 들고 미소 지으며 포즈를 취했다.

대한항공에서 선정한 '내가 사랑한 유럽 Top 10' 중에서 1위로 뽑힌 동화 속 같은 마을, 해안가 절벽 위에 알록달록 오밀조밀하게 세워진 친퀘테레에서는 셀카봉을 접어야만 했다. 여행객들이 붐비는 비좁은 언덕길을 셀카봉으로 가로막을 수는 없었다. 나는 체면이고 뭐고 나보다 서너 살 아래인 임선생에게 카메라를 건네주었다. 아뿔사, 몇 컷만 찍을 줄 알았는데, 여러 각도에서 신중하게 셔터를 눌렀다. 눈감고 찍어도 작품이 된다는 명당자리에서 나도 일행들에게 몇 장 찍어주었다. 우리 부부와 임선생, 부산아주머니 부부, 다섯은 자연스레 동행자가 되었다. 가파른 언덕길을 헉헉대며 오르다보니 과일가게가 눈에 띄었다. 나는 오렌지 몇 개를 사서 일행들과 나누어 먹었다.

마을 꼭대기에서 내려다본 집들이 마치 푸른 바다에 떠 있는 듯 아름다운 정경이 활짝 펼쳐졌다. 모두들 카메라를 들고 아슬아슬 다닥다닥 절벽 위의 집들을 배경으로 포즈를 취했다. 언덕길 아래로 내려오는 길목에서 나는 피자만두 몇 개를 사서, 오렌지 나누듯 나누어 먹었다. 먹는데서 정이 난다고 했던가. 총인원 열아홉 중에서 우리 다섯은 급속도로 가까워졌다.

온천도시 몬테카티니에서는 저녁식사 후 서른네 살 형준이가 합류하여 아름다운 건축물이 즐비한 광장에서 맥주를 들고 여행의 즐거움을 만끽했다.

"아름다운 여행을 위하여"

다음날 아침, 버스 안이 훈훈해졌다. 조용한 이탈리아 시골마을, 몬테풀치아노에서는 중년의 남성이 우리 팀과 합류했다. 술에 대해

친퀘 테레
(Cinque Terre)

문외한이지만 와인마을에 와서 그냥 갈 수는 없지 않은가. 와인 두 잔만 주문하려던 나는 일곱 잔을 주문했다. 그래봤자 한 잔에 2유로. 아낄 걸 아껴야지. 광장에 있는 노천카페에서 와인 잔을 들고 나는 조금 전, 성당에서 기도했던 내용을 멘트로 날렸다.

"우리 부부, 하느님 보시기에 아름답게 잘 살겠다고 기도했어요."

"멋쟁이 부부를 위하여!"

모두들 힘차게 건배사를 외쳤다. 행복한 표정을 지으며 서로 잔을 부딪치고 기분 좋게 와인을 마셨다. 와인 덕분에 일행들의 행복지수가 마구 올라갔다.

장거리를 달리는 버스 안이 더욱 훈훈해졌다. 부산아주머니는 우리 부부에게 집이 어디냐, 전공이 뭐냐 질문공세를 했다. 알고 보니 아주머니의 전직은 부산중학교 교장선생님이었다. 당신은 과학을 전공했고 남편은 공대 출신이라 유머도 없고 재미가 없다며, 우리 부부가 너무 재미있다고 했다. 나는 두 달 전에 명퇴했다는 전직 국어교사인 임선생과 입사 10년 만에 특별휴가를 받았다는 형준이와 이런저런 얘기를 나누며 장거리 여행의 지루함을 달랬다.

장시간 달리는 버스 안에서 그동안 찍은 사진들을 살펴봤다. 맙소사! 셀카로 찍은 사진들은 천편일률적으로 똑같은 각도, 똑같은 표정에 풍경은 아예 눈에 들어오지도 않았다. 반면 임선생이 찍어준 사진은 사람과 배경이 자연스럽고 멋졌다.

몇 달 전에 읽은 안재진 작가의 《바람이 멈추지 않네》에 실린 사진들이 떠올랐다. 언뜻 보기에는 자연을 담은 사진이지만, 실은 자연 어딘가에 숨어 있는 어머니가 주인공이다. 아름다운 풍경 속에 자신의 어머니를 눈에 띄지 않게 넣어, 씨줄날줄로 엮은 이야기가 매우 감동적이었다.

"내년엔 화보집을 낼 거예요."

알고 보니 임선생은 아마추어 사진작가였다. 특수 카메라를 목에 걸고 곳곳의 풍경을 찍던 그녀는 평화롭고 고요한 아씨시의 풍경 속에 우리 부부를 자연스럽게 담았다. 아기자기한 건물과 매력적인 골목에 남편과 나를 잘 배치하여 화보처럼 멋지게 찍었다. 나도 셀카봉을 가방 깊숙이 집어넣고, 장난도 치고 웃긴 표정도 짓고 두 팔 벌려 힘껏 뛰어오르는 일행들을 향해 셔터를 눌렀다.

"나도 내년엔 수필집을 낼까 해요."

생각지도 않은 말이 툭 튀어나왔다. 공중에 우뚝 떠 있는 듯한 천공의 성, 치비타의 전경이 너무 멋져 마치 감탄사처럼 그 말이 튀어나왔다. 임선생은 "어머나 축하해요" 활짝 웃으며 축하해주었다.

여행하는 내내 젊은 여성 서너 명이 남편에게 "요한오빠"라고 불렀다. 오빠 소리를 들어서 그런지 남편은 싱글벙글했다. 그러다가 갈비뼈가 으스러질 정도로 다쳤지만 어쩌랴, 한 시간 뒤엔 파티에 가야 하는데, 울상을 지을 수도 없고, 표정관리 잘 해야지.

조심조심 샤워를 마치고 나갔더니 남편은 언제 그랬냐 싶게 밝은 표정으로 일행들과 부지런히 파티 준비를 했다. 초등학생 3명과 여중생 1명을 포함해 19명 전원이 다 모였다. 별의별 음식과 과일과 술이 총동원 되었다. 자기소개가 끝나고 〈사랑해〉, 〈만남〉 등 몇 곡을 합창으로 불렀다. 청년 몇 명이 돌아가면서 아이돌 노래를 부르고 여중생은 춤까지 췄다.

"자기, 남편 매력 있는 거 알아요?"

"참 유머러스해요. 참 재밌어요."

교장선생님이 스스로 묻고 스스로 대답하더니 여행을 많이 다녀 봤지만 이번 여행이 가장 행복하다고 했다. 한창 파티가 무르익어가는 중에 남편이 벌떡 일어났다. "어어 루시아!" 고함을 질렀다. 뒤를 돌아보니 친구 루시아였다. 어머나! 이런 우연도 있나. 우리보다 닷새 뒤에 떠난 루시아 부부를 이곳에서 만나다니. 첫날 여정을 마치고 막 호텔로 들어오는 중이었다. 우리는 부둥켜안고 펄쩍펄쩍 뛰었다. 우리 일행이 어찌나 분위기가 좋아보이던지 어느 회사에서 워크샵 하는 줄 알았단다. 이튿날 아침 루시아가 말했다. 조식도 형편없고 샤워부스가 너무 작아서 아침에 울었다고. 슬픈 어조로 말하는 루시아를 보면서 나는 웃음이 터져 나왔다. 남편의 고성 때문에 깜짝 놀랐던 얘기를 해주었더니 활짝 웃었다.

여행을 마치고 부산 교장선생님으로부터 장문의 메시지가 왔다.

선재씨, 이번 여행 자기들 때문에 행복하고 즐거웠어요. 유연성과 편안함이 함께 한 자기부부 때문에 정말 짜앙~~이었어요. 사진을 보니 그때 즐거움이 한껏 전해져 오네요. 그때 그 시간이 벌써 그리워지네요. 나도 답변을 드렸다. 가이드 없이 골목을 돌아다니며 물건도 사고 아이쇼핑도 하고 자유로이 즐겼던 그 밤이 좋았어요.

다시 답변이 왔다. 그렇죠? 아직도 마음이 이태리를 헤매고 있어요. 현실로 돌아오니, 삭막, 삭막. 성프란치스코 성당에서 산 작은 천사 보내드릴게요. 천사가 예쁘지요? 작은 천사가 자기에요. 남편에게도 안부 전해줘요. 며칠 후 바이올린을 켜고 있는 하얀 천사 한 쌍이

도착했다.

　인간관계는 체면만으로 교양만으로 얻어지는 게 아니다. 지나치지만 않다면 신세가 관계 맺음에 중요한 요소가 된다. 체면을 지키기 위해, 셀카봉만 들고 다녔다면 누가 까칠한 사람에게 사진을 찍어주었겠는가. 마음의 빗장을 열고 들어가 보면 그 안엔 사랑이 있다.

　상대방의 호의를 받아들이는 것도 마음을 여는 길이요, 남에게 아쉬운 부탁을 하는 것도 마음을 여는 길이다. 도움을 받고 또 그만큼 도와주면 되는 것이다.

　임선생은 다음 달에 영세를 받는다며 나에게 대모를 부탁했다. 나는 흔쾌히 그러겠다고 했다. 인연을 맺게 되어 감사하다.

치비타 디 반노레죠
(Chivita di Bagnoregio)

시한부 생명의 땅

대수술을 앞두고 남편이 말했다. 다시 한 번 생명이 주어진다면 여행을 떠나고 싶다고. 수술은 성공했고, 우리는 터키의 카파도키아로 여행을 왔다. 조물주는 어떻게 이토록 희한한 자연물을 연출해 놓았을까? 말미잘 촉수 같기도 하고, 동굴 속 용암 같기도 한 바위들이 끝도 없이 펼쳐져 있다. 수백 만 년 동안 비바람에 깎이고 깎이어 기암괴석이 된 바위들. 마치 외계의 혹성 어디쯤에 온 듯 신기하다. 신들이 인간세계에 내려와 작품 전시회를 여는 듯 너무도 경이롭다.

"우리의 눈은 기절초풍할 정도로 놀라 환상적인 풍경을 더듬어가기 시작했다."

1917년 이곳의 성지를 최초로 발굴한 프랑스학자(Jerphanion)가 터트린 탄성이다.

병명이 밝혀졌지만 수술을 할 수 없다고 했을 때, 우리 부부는 여느 때와 다름없는 얼굴로 농담도 하고 일상적인 대화를 나누며 담담하게 지냈다. 하지만 내가 그랬던 것처럼 남편도 두려움에 떨었을 것이다. 아니 울부짖었을 것이다, 살려 달라고. 어느 날 갑자기 죽음의 문턱에 다다랐다는 사실을 어떻게 믿을 수 있겠는가!

> 병든 나무처럼
> 생명이 위태로울 때
> 슬픔과 아픔의 감정을
> 추스르지 못할 때
> 원시의 생명이
> 그대로 보존되어 있는
> 머나먼 곳으로 가자
> 그곳은
> 일체 불순한 것이 없어
> 영겁의 세월 고요 속에
> 오직 순수만이 있는 곳
> 그 순수 속에
> 고독하게 서면
> 생명에 대해
> 섭리에 대해
> 깨닫게 될지니

– 생명의 서, 이선재 패러디 –

바위를 깎아 만든 계단에 올라서니 고구려 고분벽화古墳壁畵를 연상케 하는 커다란 방이 나왔다. 둥근 천장과 사방 벽에는 예수님과 제자들, 기독교를 상징하는 프레스코화가 가득하다.

　이곳 괴레메(Goreme)는 히타이트 이전부터 더위와 추위를 피하기 위해 바위를 깎아 거주공간을 만들었다. 종교박해시대 때는 기독교인들의 피난처로, 그리스도교가 공인된 이후에는 수도사들의 명상과 기도 장소로 사용되었다. 동굴 안에서 바라본 바깥 풍광은 그야말로 별

카파도키아
(Cappadocia)

세계別世界이다. 기절초풍할 정도로 환상적이라는 표현이 절대 과장이 아니다. 만화영화 스머프에 나오는 '요정들의 굴뚝' 바로 그 장면이다.

성모바위 앞에서 기념촬영을 마치고 우리 부부는 산의 정상에 올랐다. 형형색색 버섯모양, 도토리모양, 동물모양 그야말로 기기묘묘한 바위들이 끝도 없이 펼쳐져 있다. 화산폭발에 의해 겉 부분은 딱딱한 현무암, 속은 부드러운 응회암으로 침식 속도가 달라 버섯모양이 되었다.

영겁의 세월 일체 불순한 것이라곤 없는 오직 순수만이 보존되어 있는 곳, 이미 범속의 물건이 아니요, 오직 비와 바람과 해와 달의 손길만을 허락한 성물聖物들이다. 자연이라는 조각가가 만든 예술품들이다.

카파도키아의 바위를 일컬어 시한부생명이라고 한다. 비바람에 노출된 바위들은 계속 깎이고 깎이어 쇠퇴해 가고 있는 중이라고. 지구상에 있는 모든 생명체는 사실 시한부라 할 수 있다. 남편과 나도 시한부이다. 갓난아이로 태어나 중년의 모습으로 변해온 것처럼 우리는 지금 죽음을 향해 달려가고 있는 중이다. 이런 관점에서 본다면 자연의 순리대로 변해가고 있는 카파도키아는 우리의 모습과 닮은꼴이다.

어느 날 남편의 생명이 딱 멈춘다는 사실이 무섭고 두려웠다. 최첨단 시대에 손도 대보지 못한다는 절망의 끝자락에서 나는 하느님께 매달렸다. 살려만 달라고. 지나간 삶에서 젊음을 조금씩 지워 나갔듯이, 자연스럽게 쇠퇴해 갈 수 있게 해 달라고. 나는 카파도키아를 보고서야 내 기도의 바램이 바로 이곳의 모습이었다는 것을 알았다.

쇠퇴해가고 있는 겉모양과는 달리 땅 속 도시 데린구유(Derinkuyu)

는 수천 년 동안 변함이 없다. 뜨겁고 건조한 석회암의 지열을 피하기 위해 사람들은 기원전부터 땅을 파서 거주지를 만들고 생활했다. 박해가 심했던 5세기경에는 기독교인들이 숨어들어와 본격적으로 지하도시를 만들었는데, 수용규모는 5만에 달하며 지금까지 발견된 것만 해도 150여 곳이 넘는다.

거대한 미로처럼 복잡한 지하도시의 깊이는 약 20층 규모라고 한다. 길을 잘못 들어가면 평생 빠져나올 수 없다며 안내자가 으름장을 놓았다. 실제로 로마군들이 기독교인들을 잡으러 들어왔다가 길을 못 찾아 죽기도 했단다. 허리를 구부리고 종종걸음으로 수십 미터를 내려가자 외부로 통하던 출입구가 나왔다. 맷돌처럼 생긴 커다란 돌을 옆으로 밀어 놓으면 아무리 많은 대군이라도 막을 수 있었다. 하지만 로마군들이 이 돌문 틈으로 물을 쏟아 부어 수장水葬시키려고 하자, 할 수 없이 항복하고 말았다.

이런저런 설명을 들으며 신학교, 교회, 집회장소, 침실, 곡식저장고, 부엌, 화장실, 우물, 가축우리 등을 둘러보았다. 모든 시설이 기밀유지를 위해 과학적으로 만들어졌다. 햇빛 한 점 들어오지 않는 지하 수백 미터 바위 속에서 어떻게 수백 년을 살아남을 수 있었을까? 살아남고자 하는 인간의 의지와 투쟁도 대단했지만 분명 신의 가호가 있었음이리라.

신의 가호가 없었으면 남편은 새 생명을 얻지 못했을 것이다. 지하도시보다도 더 복잡하고 어려운 대수술은 하느님의 은총이 없었다면 절대로 성공하지 못했을 것이다. 아인슈타인은 말했다. 신이 없는 과학은 존재할 수 없으며, 과학이 없는 신도 존재할 수 없다고.

노을이 붉게 물든 카파도키아! 자연이 빚어낸 위대한 예술품이 점차 제 모습을 잃어간다는 사실이 안타깝다. 하지만 수천만 년 동안 그래왔던 것처럼 앞으로도 카파도키아는 해와 달과 비와 바람에게 온전히 자신을 맡긴 채 의연하게 변해 갈 것이다. 나는 남편에게 말했다. 우리도 카파도키아처럼 하느님께 모든 걸 맡기고 의연하게 살아가자고.

콘스탄티 개선문
(Arch of Contantine)

광장의 소음을 뚫고

광장은 여행지답게 소란스럽다. 밀려가고 밀려오는 군중들의 압도적인 소음. 가이드는 30분 동안 자유시간이라며 세계에서 두 번째로 문을 열었다는 카페의 커피 맛이 기막히다고 안내했다. 그렇잖아도 커피 한 잔 우아하게 마시고 싶었다.

와! 초만원. 30분으로는 어림도 없겠다. 300년의 역사를 자랑하는 커피도 포기다. 이제 좀 쉬어야겠다. 이른 아침부터 일정에 맞춰 아름다운 볼프강의 풍경이 그림처럼 펼쳐진 할슈타트를 관광하느라 좀 지치기도 했다. 우리는 빨간 제라늄이 빙 둘러져 있는 노천카페의 맞은편 분수대 층계에 앉았다. 한가하게 차를 마시며 담소를 나누는 사람들이 부럽다. 30분의 시간이 이렇게 무료할 줄이야. 패키지여행은 역시 피곤해! 무료함을 견디다 못한 미카엘 샘이 '부~~움 붐~붐~' 립싱크를 시작했다.

립싱크가 끝나자 "♬♪ 황금빛 물결 속에 춤을 추며 노래하는 밤 ♪♫♬♪희미한 달빛아래 피어나는 축제의 밤♪♫" 서너 명의 남성들이 〈축제의 밤〉을 불렀다. 그러나 광장의 소음은 너무도 막강했고, 그에 비하면 노래는 미약했다. 소음에 노래가 묻혔다. 남성들이 서로 눈짓을 나누더니 중량감 있는 베이스와 고음의 테너로 화음을 이루었다.

"♫♪♪♫ 연인들의 손을 잡고 춤을 추는 캠퍼스엔 ♪♫♪♫♪마음으로 악수하는 축제의 밤 깊어가네 ♪♫"

한가하게 앉아 담소를 나누며 차를 마시던 중년의 부부와 분주하게 무리지어 가던 여행객들의 시선이 우리 쪽으로 향했다. 이제 12명 전원이 합류하여 볼륨을 키웠다. 처음엔 호기심으로 바라보던 사람들이 이젠 본격적으로 우리의 노래를 감상하려는지 발걸음을 멈추었다. 바삐 걷던 금발의 아가씨도 우리에게 눈길을 주었다.

"♫♪ 밤하늘에 수를 놓던 불꽃들이 사라져갈 때 ♪♫ 아쉬움에 안타까이 바라보는 눈길들이여~~어♪♫♫♪"

중세의 향기가 물씬 풍기는 낭만과 음악의 도시 잘츠부르크에서 〈축제의 밤〉을 부르는 우리에게 잔뜩 기대를 걸고 관객들이 모여들었다.

사실 어젯밤, 알프스 타트라산맥 호숫가에서도 노래를 불렀다. 어두운 숲속 어디선가 앙~~코르 소리가 울려오는 바람에 시간 가는 줄도 모르고 목청껏 신나게 한국 가요를 불렀다. 하지만 지금은 엄청난 인파 속에서 그것도 대낮에 모차르트와 카라얀과 수많은 음악가를 배출한 음악의 고장, 잘츠부르크에서 정말 예상치 못한 상황에서 노래가 터져 나왔다.

이곳에서는 매년 7, 8월이면 스트라우스의 〈푸른 다뉴브강〉과 모차르트의 〈아이네 클라이네〉와 같은 음악이 하루도 빠짐없이 연주된다. 여행객들이 이곳을 찾는 이유는 도시의 차분하고 고전적이며 음악적인 향취 때문이라는데…. 최고의 수준급 관객들 앞에서 망신이나 당하지 않을까? 나는 갑자기 걱정이 되었다.

지금 노래를 부르고 있는 여섯 부부는 20년 전, 성당 구역모임에서 만나 형제처럼 돈독하게 지내는 이웃으로, 미카엘 샘은 합창단 지휘자이고 나머지는 성가단원들이다.

우리는 30대 초반, 주말이면 맥주와 기타를 들고 아파트단지 원두막에 모여 밤새는 줄도 모르고 노래를 불렀다. 주민들의 신고로 관리소 아저씨를 피해 이리저리 옮겨 다니다가, 시민의 숲에 가서 목이 터져라 부르기도 했다. 휴가도 함께 가서 〈모닥불〉, 〈해변으로 가요〉, 〈고래사냥〉 등 레퍼토리가 바닥날 때까지 콘도에서, 바닷가에서, 계곡에서 장소를 가리지 않고 미카엘 샘이 튕기는 기타소리에 맞춰 노래를 불렀다. 그 시절, 우리는 그렇게 젊음을 발산했다.

지난 해, 터키 여행에서도 에게 해의 바닷물이 넘실거리는 호텔 테라스에서 밤이 이슥토록 노래를 불렀다. 하지만 지금은 밤도 아니고 우리끼리 만도 아니다. 기타 반주도 없다. 이 엄청난 관객들 앞에서 우리는 예상치 못한 일을 저지르고 말았다.

가이드의 말에 의하면 이곳 사람들은 중부 유럽에서도 그 유래를 찾기 힘들 정도로 도도하고 고집이 세며 자존심이 강하다고 한다. 잘츠부르크 성이 건설되던 1070년경 이곳을 다스리던 대주교는 오스트리아로부터 독립하려고 했다. 합스부르크 가문이 전 유럽을 지배할 때도 정치, 경제, 문화의 중심지인 이곳만은 마음대로 하지 못했다며 지금도 '잘츠부르크 사람' 하면 고개를 절레절레 흔들 정도란다.

'잘츠부르크'를 직역하면 '소금의 성'이라는 뜻이다. 거대한 암염

게트라이테 거리
(Getreidegasse)

이 있는 이곳은 중세시대에 이웃 지방 뿐만 아니라, 다른 나라와 소금 거래를 활발하게 하면서 상인들에게 염세鹽稅를 부과해 많은 부를 축적하였다. 대주교는 높은 곳에 요새처럼 성을 쌓고 귀족들과 함께 살며 부유한 도시로 발전시켰다. 지금도 성내에 잘츠부르크 인들이 생활하고 있으며, 중세에 사용되었던 고문실과 고문도구, 그리고 무기들이 전시되어 있다. 성안 광장에는 커다란 보리수 두 그루가 있는데, 훗날 슈베르트가 이곳을 방문한 다음 비엔나로 돌아가 〈보리수〉를 작곡했다.

지금, 음악적으로 수준급인 관객들이 호기심 어린 눈으로 우리를 주시하고 있다. 온 힘을 다해야 한다. 정말 잘 해야 한다. 순간적으로 우리는 서로 눈짓을 주고받으며 격려했다. 어느새 많은 인파가 모여들었다. 그때 장난기가 발동한 프란치스코 씨가 모자를 벗어 관중들 앞에 놓았다. 사람들이 재미있다는 표정을 지었다. 순간 길거리에서 모자를 돌리지는 않았지만, 그와 유사한 삶을 살았던 모차르트가 생각나 나는 잽싸게 모자를 집어왔다.

다섯 살 때부터 뮌헨과 비엔나, 프라하, 파리와 이탈리아 등지를 돌아다니며 공연했던 모차르트. 천재성에 대한 그의 평판은 대단했지만, 35세의 나이로 숨을 거두었을 때, 묘지까지 운구마차를 따라간 것은 개 한 마리뿐이었다고 한다. 오히려 체코의 프라하 시민들이 모차르트의 죽음을 애도하여 3천여 명의 인파가 프라하 성 니콜라스 성당에 모여 장례미사를 거행했다.

미소를 머금은 얼굴로 조용히 노래를 경청하고 있는 관중들 앞에서 우리는 온 힘을 다해 목청을 올렸다. 이제 광장의 소음은 들리지 않는다. '인간에게 준 신의 선물'이라 일컫는 모차르트의 동상이 보이는 광장에서 우리는 아카펠라로 화음에 맞추어 열창을 했다.

소음이 노래에 묻히고 노래에서 느낀 감정이 그림이 되어 부드럽게 휘어진 잘츠강, 〈사운드 오브 뮤직〉의 아름다운 미라벨 정원, 예쁜 간판이 즐비한 게트라이데 골목, 노란색 6층의 모차르트 생가, 성에서 내려다본 붉은 지붕들이 노래와 함께 아름다운 영상으로 흘러간다.

관중들의 박수소리는 어느덧 우리와 합류했고 우리는 관중과 하나가 되었다.

"♬♪♪♬ 오늘밤은 너희들의 밤, 오늘밤은 우리들의 밤, 잊지 못할 축제의 밤, ♬♪ 우리들의 이~ 밤 이~~ 밤 ♪♬♩"

청명한 가을햇살을 받으며 제라늄이 만발한 음악의 도시, 잘츠부르크에서 〈축제의 밤〉은 광장의 소음을 뚫고 성곽 위로 울려 퍼져나갔다.

노래가 끝나자 엄청난 함성이 터졌고 우리는 앙코르 송으로 〈소나무〉를 한 곡 더 부른 다음 박수갈채를 뒤로한 채 우쭐한 기분으로 자리를 떴다.

별들이 내게 말했다

요르단 여행을 앞두고 남편과 나는 하느님께 은혜로운 성지순례가 되게 해 달라고 기도드렸다. 그래서인지 "이 땅은 자신이 계획해서올 수 있는 곳이 아닙니다. 인생을 되돌아보고 앞으로 어떻게 살 것인가, 답을 구하라고, 하느님의 계획에 의해 오신 것입니다." 9년째 요르단에서 선교활동하고 있는 가이드가 말했다. 그리고 여행지마다 얼마나 열정적으로 설명을 잘해주던지 여행자들은 감동을 받았고 여러차례 박수로서 감사를 표했다.

엘리야와 엘리사의 고향, 로마시대의 유물이 잘 보존된 제라쉬, 십자군의 요새였던 카락 성, 홍해 연안의 아카바 항, 다윗의 피신처인암만 성, 나오미와 룻이 건넜다는 아르논 계곡, 모세를 기리는 구리뱀 성당, 가는 곳마다 성경시대를 알아듣기 쉽게 설명해주었다.

맛나, 겨자씨, 샤풀로우, 우슬초 같은 것도 직접 보여주었다. '백문이 불여일견'이란 말이 딱 적용되었다. 읽고 또 읽어도 이해되지 않았던 구약성서의 내용이 귀에 쏙쏙 들어왔다.

어지러운 속도로 달려가는 시간을 잠시 매어둘 수 있다면, 어느 시간의 모퉁이에서 잠시만이라도 마음 놓고 감동할 수 있다면 그곳은 천국이리라. 이러한 감동을 맛보기 위해 우리 부부는 요르단의 사막지대에 있는 고대도시 '페트라'를 찾았다.

페트라는 아브라함의 후손인 에돔 족의 수도였다. 기원전 3세기 에돔의 후손인 나바테안 인들에 의해 번영을 누리다가, 로마제국에 의해 멸망되었고, 6세기경 지진에 의해 도시 전체가 흙으로 묻혔다가 1812년 스위스의 탐험가에 의해 발견되었다.

페트라의 정수인 알 카즈나 신전, 어느 지점에서 만나게 될까. 두근거리는 마음으로 거대한 기암괴석이 구불구불한 바위통로를 걸었다. 가까이에 있는 벽은 빛이 들지 않아 어두웠고 오히려 멀리 있는 협곡의 정상이 빛을 받아 환했다. 먼 곳이 가깝게 보이는 착시현상은 햇빛의 각도 때문이리라. 기상천외한 풍경들을 감상하면서 느림보 걸음으로 걷다보니 어느새 일행들이 시야에서 사라졌다.

드디어 협곡의 거대한 바위 틈 사이로 살짝 내민 장밋빛 얼굴, 처음엔 수줍은 듯 조금만 보여주더니 협곡을 완전히 빠져나오자 전면이 다 드러났다. 알카즈나 신전! 나는 쉽사리 다가가지 못했다. 세계7대 불가사의라는 말이 그냥 나온 게 아니었다. 빈 공간을 채워가는 일반적인 설계와는 반대로 거대한 암벽을 깎아 기둥을 세우고 그 안을 파서 공간을 만드는 기법은 페트라만의 건축이리라. 협곡과 완벽하게 조화를 이룬 예술작품, 나는 붙박이가 되어 한참을 감상했다.

밧줄을 타고 위에서 조각해 내려오는 공법으로 만들어진 건축물은 8킬로에 걸쳐 800개가 넘는다. 지금도 나바테안 족 후손들이 이곳

동굴에서 살고 있다. 로마시대의 원형극장, 비잔틴 형식의 극장, 나바테안 족의 무덤 등 도무지 현실세계라고는 믿겨지지 않았다. 꿈과 현실의 경계에 존재하는 이런 세계가 요르단에 또 있었다.

"꽉 잡아!", "야호!" 지프를 타고 머리끝부터 발끝까지 공기를 가르며 전 속력으로 달리는 기분은 정말 상쾌했다. 붉은 암반들이 즐비한 요르단의 와디럼 사막, 먼 우주에 발을 들여놓은 것처럼 경이로웠다. 붉은 모래, 손으로 만져도 보고, 그 위를 껑충껑충 뛰어도 보고, 미끄럼도 타보고, 벌러덩 누워도 보고…, 거대한 바위산에 올라 360도로 바라보는 풍경은 그야말로 광활한 신천지였다.

풀 한 포기 자라지 않는 사막에도 사람들이 살고 있었다. 얼마나 강하기에 바위와 모래로 가득한 황무지에서 살아갈 수 있는지. 이런 삶을 운명처럼 받아들이고 묵묵히 살아가는 베두인들을 보니 우리는 너무 기름지게 산다는 생각이 들었다. 까맣게 그을린 주전자에 불을 지펴 끓인 홍차를 흔쾌히 따라주는 베두인들, 얼마나 큰 인심인가. 외모는 바위만큼이나 거칠어 보이지만 마음만은 모래만큼이나 부드러운 사람들, 사막을 떠돌던 베두인들 가운데 관광객을 위해 숙식을 할 수 있는 캠프를 운영하는 사람들도 있었다.

그곳 캠프에서 우리 일행들은 쉽사리 잠자리에 들지 못했다. 저녁식사 후 베두인들이 피워놓은 모닥불에 둘러앉아 '모닥불 피워놓고♪♬' 노래를 몇 곡 부른 다음 사막으로 향했다. 시선이 가는대로 확 트인 밤하늘을 우러러보았다. 무한한 공간에 금가루를 뿌려놓은 듯 별들의 세계가 어찌나 선명하고 영롱한지, 초롱초롱 빛나는 밤하늘의 무늬가 삽시간에 나를 사로 잡아버렸다. '별 하나에 추억과, 별 하나에 사랑과, 별 하나에 어머니, 어머니” 윤동주의 시가 절로 읊어졌다. 시간 가는 줄도 모르고 별바다에 흠뻑 빠져있다 보니 어느 결엔가 우주의 어떤 힘이 내 감정을 어루만지는 느낌이 들었다. 그리고 딱딱하고 차가운 세상에서의 흠집이 용접되는 기분이 들었다. 힐링이란 이런 것인가.

느보산 놋뱀 기념물
(The Brazen Serpent Monument)

엄마가 돌아가신 그해 가을, 나는 밤이 너무 무서웠다. 어느 날 밤, 아버지가 심부름을 시켰는데, 근처 고모님 댁에 가는 어두운 길을 도저히 갈 수가 없었다. 덜덜덜 꼼짝도 못하다가 깜깜한 밤하늘을 올려다보았다. 수많은 별들이 초롱초롱 빛나고 있었다. '무서워 하지마, 우리가 지켜줄게.' 밤하늘의 별들이 그렇게 다정할 수가 없었다. 마치 엄마처럼 편안했다. '별님, 도와주세요.' 별들과 대화를 나누며 심부름을 다녀왔다. 얼마나 큰 위로가 되었는지, 이후 어둠에 대한 공포가 사라졌다.

　　지금껏 살아오면서 언제 한번 마음 놓고 별들을 바라본 적이 있었던가. 바쁘다는 핑계로 아니 감정이 메말라 버려서, 도심의 휘황찬란한 빛에 익숙해져서 별들을 잊고 살았다. 어릴 적에 읽었던 동화가 더 이상 재미가 없어진 것처럼, 별들을 보며 감동해야 할 필요가 없을 만큼 어른이 되어버렸다.

　　엄마를 잃은 슬픈 소녀에게 친구가 되어주었던 별들을 요르단 사막에서 다시 만났다. 그동안 나는 잊었지만 별들은 먼 곳에서 여전히 나를 비추고 있었다. 내가 어둠에 헤맬 때 넘어지지 않도록 엄마별이 먼 곳에서 비춰줬다는 생각이 들었다. 그랬다. 오늘도 밤하늘의 별들이 내게 인생을 어떻게 살 것인지에 대한 답을 주었다. 세속적인 어둠을 버리고 별처럼 깨끗하고 아름답고 명랑하게 살라고. 어느새 내 마음은 편안함으로 충만해졌다.

페트라
(Petra in Jordan)

금강산의 푸른 젊은이

드디어 우람하고 울창한 소나무 숲속으로 들어섰다. 여기서부터 금강산이다. 온정각에서 버스로 한 시간여 오면서 보았던 회색빛 마을과는 완연히 다른 세계. 아름드리 소나무가 씩씩한 군인들처럼 즐비하게 늘어서서 우리를 맞아주었다. 한결같이 반듯반듯하고 씩씩한 청년의 모습으로 서 있는 소나무에 나는 첫눈에 매료되고 말았다. 무수한 기암괴석 사이사이를 울울창창 지키고 서 있는 소나무. 오랜 세월 비바람에 깎이어 만들어진 천태만상의 봉우리와 계곡에도 청년들이 떡 버티고 서 있다.

긴내 선생님께서 백두산 미인송을 첩으로 두었다고 하셨는데 나는 이 청년들을 나의 애인으로 삼고 싶다. 이렇게도 멋진 소나무가 어떻게 이곳에서 살게 되었느냐고 옆 좌석의 이영노 식물박사님께 여쭈었더니 어디선가 씨가 날아와 자생한 것이 우리 토양과 궁합이 잘 맞아 세계에서 으뜸가는 소나무 자생지가 되었단다. 금줄 솔가지 잎에서 시작하여 소나무 관속에 묻히는 우리민족은 소나무와 땔래야 땔

수 없는 인연이다. 아! 고맙고 고마운 소나무여, 나의 애인이여!

만물상을 감고 도는 온정령 고개를 넘어 내금강에 들어와 버스에서 내렸다. 먼저 표훈사에 들어서니 삭발하지 않은 두 분 스님이 반가이 맞아 주었다. 신라 문무왕 때 창건된 내력을 설명하고 주지스님은 우리 일행과 함께 카메라를 향해 미소를 지었다.

표훈사 뒤쪽으로 올라가 두 개의 바위가 이마를 맞댄 금강문을 통과하니, 다종다양한 바위들이 즐비하다. 만폭동! 금강의 진수는 만폭이요 나머지는 부록이라고 최남선이 극찬했던 곳이다. 무수한 수직, 경사, 판상의 돌들 사이사이 폭포와 연못으로 이루어진 곳. "은 같은 무지개 옥 같은 용의 꼬리 섯돌며 뿜는 소리 십리에 자자시니 들을 때는 우레더니 보이는 눈이로다" 정철의 〈관동별곡〉을 읊으면서 엄청난 폭포를 상상했었는데…, 지금은 물줄기가 가늘고 약하지만, 우기雨氣 때면 우레 같은 소리, 눈 같은 폭포를 볼 수 있겠다.

너럭바위들 사이사이에 절구처럼 둥글게 함몰된 작은 연못들을 둘러보다가, 蓬萊楓嶽 元化洞天(봉래풍악 원화동천)이라는 양사언의 큼직한 글씨가 눈길을 끌었다. 글씨가 왜 춤을 추는 무희와 같은지 알겠다. 날고뛰는 봉우리와 눈처럼 흰 폭포에 매료된 양사언의 걷잡을 수 없는 흥취가 그대로 나타난 것이리라. 옆으로 '三山局(삼산국)' 세 글자가 새겨져 있는데, 세 산의 신선들이 내려와 바둑을 두었다고 한다. 삼산국 옆에 조그마한 구멍은 지나가던 나무꾼이 도끼를 꽂아 둔 채, 도끼자루 썩는 줄도 모르고 바둑 대결 구경하던 자리라고 한다. 그 옆으로 수많은 시인 묵객들의 이름과 시를 새긴 한자漢字가 즐비하다. 북측에서는 관광객을 배려해 사상을 다룬 빨간 글귀의 색을 지웠다지만 마치 포크레인으로 판 것처럼 커다란 글씨를 보고 엄청난 자연훼손이라는 생각이 들었다. 거기에 비하면 오랜 세월 비바람에 닳고 닳아 바위와 하나가 된 자잘한 글씨들이 오히려 정겨웠다.

만폭동 계곡은 8개의 연못(潭)이 층층으로 이루어져 있다. 이 중 '벽하담'이 내가 연구한 곳이다. 대학원에서 이번 학기에 금강산 기행문과 시를 공부하는 중이다. 1772년 이의숙이 쓴 금강산 기행문과 여타의 금강산에 관한 시들을 번역하고 있다. 나름대로 열심히 했지만 실재를 보지 않고 해석하기란 여간 힘든 게 아니다. 보덕굴을 설명하는데 '쇠밧줄을 사용하여 돌에다 녹여 고정시켰다'는 부분에서 돌에다 무엇을 녹여 고정시켰는지 이해가 되지 않아 애를 먹었다. 마침 내금강이 개방되어 답사 겸 공부를 하고자 두 분의 교수와 9명의 대학원생이 이곳에 왔다. 천일대와 벽하담, 박달치를 내가 맡았는데 지금 벽하담에 와있다. 이곳에서 김창협이 읊은 〈벽하담〉 시 한 구절을 떠올려 본다.

동쪽 봉우리 새매가 날아가는 형상이요
북쪽 봉우리 사자의 다리모양이라
서쪽 봉우리 향로가 피어오르고
우뚝 솟은 산이 서로 떠받치고 있네

벽하담으로 내려가 까만 올챙이들이 살랑거리는 물을 떠서 마셨다. 일급수가 목을 타고 내려가는 동안 고개를 들고 산봉우리를 보았다. '금강대 맨 위 층에 선학이 새끼 치니 춘풍옥적성에 첫잠을 깨었던지 호의현상이 반공에 솟아 뜨니 서호 옛 주인을 반겨서 넘노는 듯' 읊조리며 나를 반겨줄 학이 어디쯤에 있나 찾아본다. 아마도 난 매처 학자 되기는 틀렸나보다.

이의숙은 이곳을 일컬어 '높은 산은 하늘 꼭대기에 솟아오르니 장부위인 같고, 낮은 산은 틈사이로 엿보는 듯 아름다운 여자가 집 문에서 숨은 듯 나온 듯 훔쳐보는 것 같다'라고 하였다. 절묘한 표현이다. 이어서 '벽하폭포의 노을무늬를 최고로 친다' 했는데 오전시간이라 노을은 보지 못하고 661년 의상대사가 창건했다는 유서만이 남은 마하연 절터에 다다랐다. 무성한 잡초들 사이로 돌계단과 주춧돌, 깨어진

보덕암

기왓장이 보인다. 숲속에서 은은히 들려오는 뻐꾸기소리가 한때는 불경소리와 어우러져 멋들어진 고향곡이 되었을 거라는 생각을 하며 외롭게 서 있는 칠성각을 카메라에 담았다.

마하연의 공덕비를 지나 오솔길과 계곡을 건너니 거대한 불상이 보인다. 묘길상이다. 높이15m, 폭9.4m의 거대한 문수보살께서 온화한 표정으로 살짝 미소를 머금은 체 명상에 잠겨 있다. 고려시대 종운스님이 금인 줄 알고 떼어갔다는 불상 아래에 서서 나도 보살과 같은 미소를 지었다. 개울을 따라 6km를 더 오르면 금강산의 최고봉인 비로봉이란다. 하지만 아쉽게도 이번 코스는 여기까지. 아쉬움을 뒤로하고 내금강의 백미인 보덕암으로 향했다.

벽하담과 분설담 사이를 가로지르는 출렁다리를 건너 수십 계단을 오르자 깎아지른 절벽 위에 청동기둥 하나에 의지한 암자가 보인다. 이의숙은 보덕암을 일컬어 '마치 날고 흔들리는 것 같다'라고 표현했다. '전설속의 여인이 파랑새가 되어 날아간 구멍을 찾아 이 암자를 지었다'는 안내자의 말을 듣고 보니 날아가는 새의 형상대로 지어졌다는 생각이 들었다.

자연과 인공의 절묘한 조화가 이보다 더할 수 있을까? '보덕은 사람의 힘으로 공교한 것이니 사람의 힘으로써 공교로움을 삼은 것은 자연의 졸렬함만 같지 못하다.〈普德은 以力巧者이니 以力爲巧는 不如自然之拙也라〉.' 이의숙이 왜 인공이 자연의 졸렬함만 같지 못하다고 했는지 보덕암을 보고서야 알게 되었다. 책을 겹겹이 겹쳐놓은 듯 층층 절벽은 인공으로, 아슬아슬 절벽에 매달린 보덕암은 자연으로 보았던 것이리라. 보덕암이 자연이요, 이를 떠받치고 있는 층층 절벽이 오히려 인공적이다. 나는 이곳의 아름다움을 난이미難易美라 일컫고 싶다. 보덕암이 있어 만폭동 계곡이 더욱 빛났다.

곰취나물에 강된장을 곁들여 점심을 먹고 숲길에 들어서니 하늘을 향해 쭉쭉 뻗은 소나무들이 끝도 없이 즐비하게 늘어서 있다. 나는 어느 결에 한 소나무와 포옹을 하고 있다. 아! 이 느낌, 스물두 살짜리 우리 아들에게서 느껴지는 이 풋풋한 기운. 영겁의 세월에도 너는 여전히 청년이로구나. 얼마나 튼튼하고 생생하고 든든한가. 나는 마치 아들과 포옹을 하듯 힘주어 껴안았다. 사사로운 감정으로 애인 운운했던 나 자신이 부끄럽다. 이곳에 오는 버스 안에서 긴내 선생님께서 손수 내 수첩에 적어 주신 조이스킬머의 시가 생각난다.

나무와 같은 아름다운 시 내 보지 못하리

결코 다시 보지 못하리

온종일 하느님을 바라보고

잎 무성한 두 팔 벌려 기도하는 나무

시는 나와 같은 바보가 만들지만

나무를 만드는 것은 오직 하느님 뿐

— 조이스킬머 —

그렇구나. 오랜 세월 하늘을 향해 두 팔 벌려 기도했구나. 김일성 수령이 금강산의 소나무를 지켰다고 자부하던 북측안내자의 말을 조금 전에 들었는데, 아니로구나. 너를 지키고, 금강을 지키고, 남북의 화해의 물꼬를 튼 것은 바로 너의 힘이었구나. 연년세세 우리와 같이 살아온 소나무여. 용감하고 굳센 절의로서 금강산을 지켜온 영웅이여. 동족상잔으로 모든 산맥들이 피로 물들어 많은 사찰과 유적이 불타 없어졌건만, 기특하게도 너만은 태초의 모습 그대로구나. 너에게는 우리의 넋이 깃들어 있고 조상의 혼백이 스며 있다. 감히 어떤 힘이 너의 끓는 피를 멈추게 하랴. 영원무궁 세세 푸른 젊은이여, 지켜다오 금강산을. 네가 없는 금강산은 볼품없는 해골모양일 게다. 나는 너의 끓는 피를 느낀다. 너의 근육과 맥박을 느끼고 숨결을 듣노라. 가지 끝에 푸릇푸릇 돋아나는 새순, 살랑살랑 바람에 나부끼는 가지, 절도 있게 우뚝우뚝 서 있는 근육질의 다리, 울뚝불뚝 튀어나온 뿌리조차 멋지구나, 소나무여!

불그스름한 홍안紅顔의 청년을 나는 힘주어 포용했다. 들린다. 걱정 말라고? 거푸집에서 찍어낸 듯 똑같은 회색빛 민가를 보며 마음 한 켠 편치 않았던 내 마음을 위로해준다. 한창 모내기를 하다말고 멀찍이 떨어진 민둥산 밑 언덕에 숨어있던 민간인들을 보면서 복잡했었던 내 마음을 위로하고 있다. 금강인 이곳에서 일기 시작한 따뜻한 바람이 백두에서 한라까지 곳곳에 깃들게 할 거라고… 우렁찬 젊은이의 소리가 들린다. 그래, 믿는다. 기나긴 세월에도 변함없는 너의 절의와 기상을.

가뿐한 마음으로 나는 숲속을 힘차게 뛰었다.

아우슈비츠의 파수꾼

표면이 이렇게 시커먼 나무는 처음 본다. 환경에 따라 나무의 상
像도 달라지나? 지금까지 내가 보았던 포플러나무는 투박하지만 편안
해 보였는데, 이곳의 나무는 아우슈비츠 수용소의 음산한 분위기만큼
이나 섬뜩할 정도로 무섭다. 나무는 환경에 맞추어 자란다는 말이 딱
맞는 것 같다. 아직도 끔찍한 참상에서 벗어나지 못했나? 야만적인
행각에 몸서리치다 시커멓게 멍이 들었나? 이 정도의 수령이면 고목
답게 편안한 분위기가 나올 만도 한데, 아픔의 흔적이 깊숙이 스며있
는 나무들을 외면하고 나는 일행의 뒤에 바짝 붙었다.

수용소 건물 안으로 들어서자 끔찍했던 광기의 역사가 고스란히
보관되어 있다. 희생자들의 머리카락, 신발, 그릇, 가방 등등. 어린
아이의 눈과 성기를 제거하고, 유해물질을 바르고, 피부를 이식하는,
관람하는 내내 가슴이 먹먹했다. 인간이 잔악해질 수 있는 한계가 어
디까지일까? 전쟁이 막바지에 이르자 나치는 증거를 없애기 위해 수
용소를 불태웠는데, 예상보다 소련군이 빨리 도착하는 바람에 그나마

일부가 남아 참상을 볼 수 있게 되었단다.

파시즘이 낳은 극단적인 광기가 얼마나 무서운지 눈으로 직접 보고서야 알게 되었다. 나치들은 유대인만 학살한 게 아니었다. 집시와 장애인, 동성애자, 정치범들을 무가치한 존재라고 여겨 수백만을 학살했다. 어찌 보면 아우슈비츠는 이스라엘을 재건하는데 큰 공로를 제공했다고 할 수 있다.

독일이 유대인에게만 사죄하고 보상함으로써 면죄부를 값싸게 얻어낸 것은 아닌지? 특히 이스라엘 학생들이 많이 온다는데, 혹여 팔레스타인의 거주지에 장벽을 세우고, 자신들이 당했던 만행을 되풀이하고 있는 것은 아닌지… 마음이 씁쓸하다. 지금은 푸른 잔디로 덮여 있어 빛바랜 사진처럼 선명하지 않지만, 당시의 공포는 상상할 수 없을 만큼 끔찍했을 것이다.

아우슈비츠에서 유일하게 밝은 곳은 콜베신부님의 방이다. 1939년 신부님이 종교잡지 발간으로 이곳에 수감되었을 때, 유태인 한 명이 탈출했다. 같은 방에 있는 수감자 10명이 연대책임에 의해 아사형에 처하게 되자 한 젊은이가 어린 자식과 아내가 있다며 살려 달라고 애원했다. 그때 "이 사람 대신에 나를 그곳에 넣어줄 것을 원합니다" 나치에게 선뜻 목숨을 내준 신부님의 나이 47세였다. 신부님의 혼백이 계신 듯 평온한 기운이 감도는 방을 나와 광장에 다다랐다. 오케스트라 단원들이 매일 행진곡을 연주했다는 장소이다.

'저기 내 형제들이 걸어가네, 내 모차르트에 발 맞춰, 마른 장작 같은 사람들, 어디로 가는지도 모른 채, 이 행진곡이 끝나면, 저 고단했던 삶도 끝

나고, 저들이 타는 냄새 속에서, 나는 오늘도 울며 잠이 드네, 내 바이올린
은 기억하리, 이 지옥 같은 광기의 시간, 몰래 너를 적시던 내 눈물과 용서
받지 못할 이 노래를'

— 이장혁 —

아우슈비츠
(Auchwits)

행진곡에 맞춰 자연스레 가스실로 들어가는 동족들을 바라보며 연주했던 오케스트라 단원들의 마음이 어땠을까. 유대인들 중에는 나치에 협조한 까포들이 동족에게 더 잔혹했다고 한다. 마치 우리 동족에게 일본인보다 더 잔인했던 친일파처럼. 충격적인 사실은 지금까지 아우슈비츠를 방문한 일본 단체관광객은 단 한 건도 없었단다.

관람을 마치고 광장에서 일행들과 기념촬영을 마친 후에야 나는 조금 전까지 쓰고 다녔던 내 모자가 없어진 걸 알았다. 전시관 쪽으로 뛰었다. 다행히 1호 박물관 앞, 나무 아래에 떨어져 있다.

모자를 집어 들고 무심히 올려 본 나무. 시커멓고 딱딱한 나무 위로 살랑살랑 움직이는 나뭇잎이 보인다. 파란 하늘에서 싱그러운 이파리들이 유연하게 춤을 추듯 살랑거린다. 딱딱함과 부드러움이 공존해 있는 나무, 마치 시각과 청각을 입체적으로 충족시켜 주는 모네의 그림처럼 햇빛에 반짝거리며 살그락 살그락 나뭇잎들이 소리를 낸다.

수백만의 목숨을 앗아간 광기의 현장에서 모든 것을 지켜본 나무들, 아무것도 모른다고 누가 말할 수 있겠는가? 나무 전문가의 말에 의하면 나무는 주변에서 무슨 일이 일어나고 있는지 정확히 인지할 수 있단다. 수용소 사이사이 질서정연하게 서 있는 나무들, 이제 보니 무서운 나무가 아니다. 하늘을 향해 나뭇잎들이 잔잔한 바람에 곡선을 그리며 움직이고 있다. 멋지고 근사한 수형樹形은 아니지만 당당한 기운이 전해진다.

따뜻한 햇살을 받으며 가벼운 몸짓으로 살랑살랑 춤을 추고 있다. 빛에 따라, 바람에 따라, 푸른 하늘과 하얀 구름을 배경으로 수채화처럼 멋지게 춤을 추고 있다. 어느덧 내 마음은 소풍을 나온 동심으로 돌아간 듯 평화롭다.

무심한 돌덩이 한 점에도 역사의 흔적이 있고, 무너져 내린 건축물에도 한 시대를 떠받쳐온 정신이 숨어 있는 역사의 현장. 시대의 아픔과 고뇌를 고스란히 지켜보았을 나무들, 시커멓게 솟은 소각장 굴뚝, 고압전류가 흐르는 이중 철조망, 가스실, 발사대 막사, 교수대, 범죄 전시관, 그나마 포플러나무가 있어 조금은 삭막하지 않은 아우슈비츠.

인류가 저지른 가장 잔혹함을 견뎌야 했던 수용자들은 이곳 나무들에 기대어 울고, 때로는 말을 걸고, 위로받으며 친구처럼 의지했을 것이다. 나무가 말한다. 자신들이 할 수 있는 일은 뜨거운 여름날, 그늘을 만들어 주었을 뿐이라고. 그들의 말을 묵묵히 들어주고, 때론 진심어린 마음으로 교감을 나누었노라고. 이밖에 할 수 있는 일이 없었기에, 그래서 마음 아팠노라고.

질서정연하게 서 있는 나무들, 이제 보니 거무스름한 나무들이 믿음직스러워 보인다. 모든 것으로부터 달관한 어른처럼 편안해 보인다. 재롱을 피우는 아가의 손짓처럼 나뭇잎들이 살랑거리며 외치고 있다. "유대인 못지않게 나치에 희생된 수많은 영혼들도 기억해야 합니다" 그렇다. 단순히 역사의 아픔만을 기억하는 나무들이 아니구나. 수백만의 끔찍한 참상을 지켜본 목격자로서 우르르 몰려 왔다 우르르 몰려가는 여행자들에게 작별의 인사로 "과거를 기억하지 않는 자들은 과거의 잘못을 반복할 수밖에 없어요." 자신들만의 음표로 노래하고 있다.

관람하는 내내 먹먹했던 가슴이 이제야 진정이 된다. 태양의 양기를 마음껏 마시고, 건강하게 오래오래 살아달라고, 억울하게 죽어간 이들의 친구요, 위로자로서 버팀목이 되었던 나무들에게 나는 손을 흔들었다. 수용소의 목격자요, 증언자로서의 역할을 오래오래 수행해 달라고 내 마음을 전했다.

나무가 말한다. 평화롭게 지내라고, 인간의 허욕이 얼마나 무서운 지 꼭 잊지 말라고, 살랑살랑 아름다운 음표로 외치는 소리를 들으며 나는 가벼워진 발걸음으로 아우슈비츠 수용소를 나왔다.

아씨시 광장
(Piazza del comune in assisi)

자연 속에서 탁한 마음을 씻다

일상에서 지친 몸과 마음을 편안하고 즐겁게 해 주는 것 중 자연만한 게 또 있을까? 자연은 언제든 두 팔 벌려 반긴다. 긴장의 끈을 놓고, 자연과 하나가 되라고. 그리고 마음껏 자연을 즐기라고.

가파른 오르막길을 쉬지 않고 올라왔다. 일행 중 셋은 울산바위로 향했고, 후발대로 남은 우리 넷은 흔들바위에서 쉬기로 했다. 둥근 대리석에서 송송송 솟아나는 약수를 떠서 마셨다. "아~ 시원하다." 그런데 옆에 있던 소피아가 "어! 이게 뭐지?" 꺼림칙하다며 들고 온 생수를 마시려고 했다. 그때 "살아 있는 물에는 이끼가 있는 거에요." 어디선가 우리를 지켜보던 스님이 다가와 물의 중요성에 대해 설명하셨다. 일행 중 누군가 "스님, 강의를 제대로 들어야 할 것 같은데요?" 사실 앞서간 일행들에게 뒤처지지 않으려고 너무 무리했다. 더구나 등산화를 신지 않아 발이 아프기도 하고, 어디든 앉고 싶다.

스님은 등 뒤로 울산바위가 펼쳐져 있고, 옆에는 흔들바위가 우람하게 서 있는 곳으로 우리를 안내했다. 옛날 선비들이 풍류를 즐기

던 명당자리란다. 설악산 계곡과 봉우리들이 보이는 곳에 너럭바위가
넓게 펼쳐져 있다. 어느 시인 묵객의 이름인지 시詩인지, 즐비하게 새
겨진 한자漢字가 자연훼손이라기보다는 자연의 일부처럼 자연스럽다.
상큼한 바람이 솔솔 불어오고 싱그러운 햇살이 다사로운 아침, 우리
는 스님을 향해 너럭바위 위에 나란히 앉았다. 마치 불도佛徒들처럼.

　여행의 즐거움은 생경한 풍경과 새로운 사람을 만나는데 있다. 방
금 전, 약수터에서 물을 마시다 우연히 만난 스님은 개조암 소개부터
하셨다. 652년 진덕여왕 때 창건된 이 암자에는 의상과 원효와 같은
분들이 득도를 한 유서 깊은 곳이란다. 다른 절에서 10년 걸릴 득도가
이곳에서는 5년이면 끝낼 수 있다고. 목탁처럼 생긴 영험한 굴법당에
서 오직 한 사람만 수도하기 때문이란다. 달마봉을 바라보며 수도에
정진했던 스님들의 맑은 정신이 계승되어서일까? 자연과 하나 되는
삶을 살아서일까? 스님의 얼굴이 맑아 보인다. 삶과 죽음의 열반에
차별됨이 없다고 하신 원효대사의 계송 한 대목이 떠오른다.

　　한 부처가 일체의 부처이고
　　일체의 부처가 또 한 부처이네
　　머무는 곳 비록 없어도
　　머무르지 않는 곳 없고
　　비록 하염없으나, 하염없음이 없네
　　하나하나의 모습과 낱낱의 털구멍까지
　　가없는 경계 두루 하고, 미래의 끝까지 다해
　　막힘없고 가림없이 차별됨이 없도록

중생을 교화하시어, 쉬임이 없으시다네

– 원효 –

며칠 전, 몇몇 친구들과 '겟세마니 피정의 집'을 방문했을 때 그곳 주임 신부님께서도 같은 맥락의 말씀을 하셨다. "하느님은 아니 계신 곳 없이 곳곳에 계신다. 일 년 반 동안 농사지으며 자연 속에 계신 하느님의 현존을 느꼈다. 봄에 씨를 뿌리고 모종을 하면서 벌레들에게 농약을 한 방울도 쓰지 않을 테니, 30%만 먹고 나머지는 남기라고 했다. 그런데 벌레들이 잘못 알아들었는지 70%를 먹어버렸다. 농약을 쳐버릴까 유혹도 있었지만 벌레들과의 약속을 저버릴 수 없어 지켜보았더니 30%만 먹고 70%를 남겼더라. 이제는 나비와 메뚜기와 수많은 곤충들과 한 가족처럼 살고 있다. 밤이면 반딧불을 보기 위해 산책을 즐긴다" 신부님은 유머러스하게 말씀하셨다.

온갖 짐승과 곤충과 새들의 서식처인 청정한 설악산 숲속에서 오직 구도에만 정진하고 계시는 스님께서 20년간 연구했다는 건강법에 대해 말씀하셨다. 중요한 것은 섭생이라며 먹는 것이 바로 그 사람이라고 했다. 우울증, 무기력 등의 성향을 보이는 것도 먹는 것으로부터 영향을 받는다며 삼가야 할 것들을 쭉 나열하셨다. 건강뿐만 아니라 농촌을 위해서라도 유기농 농산물을 이용하라고 강조하셨다.

"스님, 저희는 천주교 신자구요. 유기농 농산물과 민우회 회원들이에요."

"상당히 진보적인 여성들이네요."

스님은 동료라도 만난 듯 반가운 얼굴로 '착한 소비'에 대해 상세하게 또 길~~게 말씀하셨다.

"그런데 스님, 연세가 어떻게 되세요?"

소피아가 엉뚱한 질문을 했다. 50이 넘었다는 말에 이구동성으로

"어머머머~~! 40대 초반으로밖에 안 보이는데… 동안 비결이 뭐에요?"

"동안? 소식小食을 하세요. 특히 마음과 생각이 맑아야 합니다."

소년처럼 미소를 지으신 스님은 설법하듯 동안童顔 비법에 대해 열심히 설명하셨다. 마음을 맑게 하라. 미움이나 분노가 마음에 들어오면 마음이 탁해지고 우울해지고 머리가 아프며 기분이 나빠진다. '기분'은 눈에는 보이지 않지만, 우리에게 큰 영향을 미치는 굉장히 큰 물질이다. 분노를 느낄 때, 기분이 나쁠 때, 몸 안에 있는 면역체가 약해져 세포들이 급속히 노화된다.

명랑한 삶 속으로 첨벙 뛰어드는 것이 동안 비법이다. 즐거운 일, 기쁘고 감사한 감정이 일어나도록 노력하고 그 감정에 오랫동안 머물러 있어라. 그리고 열심히 사는 것 못지않게 쉼을 잘해야 한다. 자연과 교감이 될 때 따뜻한 감성에너지가 자라 오르게 된다. 감사와 행복 속에서 감동하고 기뻐하라. 그러면 "무슨 좋은 일 있어?" 주위에 사람들이 모여들 것이고 더불어 즐겁게 살다보면 동안을 유지하게 된다. 어휴, 스님은 달변가였다.

5년 전부터 성서공부를 함께 했던 열 명의 자매들은 해마다 여름이면 2박 3일 여행을 한다. 올해는 강원도 고성군 일대와 한계령에서 오색약수까지 기기묘묘한 봉우리와 크고 작은 폭포, 금강문, 선녀탕, 구비구비 돌아가는 주전골 계곡으로 첨벙 뛰어들어 자연의 비경을 만

끽했다.

지난 여름에는 신라의 고도古都 경주를 다녀왔다. 허리가 살짝 기울어진 첨성대와 홍련과 백련들의 꽃잔치가 한창인 야경이 얼마나 고즈넉하고 아름답던지. 소녀들처럼 환호하며 연향蓮香을 즐겼다. 왕세자가 거처하던 임해전과 안압지에 투영된 물 속 세계가 마치 '금빛으로 전각들이 번쩍거리고 기둥은 모두 붉은 색이다' 찬란했던 서라벌의 옛 모습을 보는 듯 황홀하였다.

해마다 아름다운 추억을 쌓아 가는데 일조를 아끼지 않는 맏언니 아녜스씨를 우리는 '멋쟁이'라고 부른다. 콘도를 구하고, 가방 가득 먹거리를 들고 오는 언니는 아우들에게 사랑을 아낌없이 베푼다. 덕분에 탁한 도심 속 삶에서 잠시 내려와 자연에 몸을 맡기고 나무와 호흡하고 새들과 노래하고 구름 속에서 자유로운 상상을 하다보면 어느덧 맑은 계곡물에 탁한 마음이 씻겨 내려간 듯 맑아진다.

일정 관계로 하산하는 우리들에게 스님은 어떻게 하면 흔들바위가 잘 흔들리는지 시범을 보여주셨다. "저 나뭇잎을 보세요. 하나 둘" 박자에 맞추어 살짝 밀자 흔들흔들 정말 잘 흔들렸다. 흔들흔들 중생들에게 기쁨을 주는 둥그런 흔들바위가 설악산에서 나온 사리 같다는 생각이 들었다.

머무는 곳 없어도, 머무르지 않는 곳 없다고 하신 원효대사의 게송처럼 하느님은 아니 계신 곳 없이 곳곳에 계신다. 하늘과 바람과 물과 숲을 이룬 자연 속에서 탁한 마음을 말끔하게 씻은 듯 기분이 더없이 맑고 상쾌하다.

설악의 기氣가 폭포수처럼 쏟아지는

울산바위 아래 굴속 암자에서

수행하고 계신 스님!

중생의 심신을 청량케 하는 부처되소서!

로마 스페인광장
(Piazza di spagna)

영원하라, 히말라야!

어둑한 새벽, 카트만두에서 170km 떨어진 네팔의 제 2도시 포카라로 향하는 버스에 올랐다. 꼬불꼬불 오르막과 내리막길을 마구 밟아 대는 버스기사의 운전솜씨도 무서웠지만, 알록달록 화려하게 치장을 한 트럭들이 먼지를 사납게 날리며 역주행할 때는 정말 아찔했다. 비라도 쏟아진다면? 목숨을 걸지 않고서는 절대 감행하지 말지어다.

세계 10대 최고봉 가운데 무려 8개가 네팔에 있다하니 아슬아슬 고갯길은 당연한 것을, 천 길 낭떠러지인 줄 미리 알았더라면 네팔여행은 감행하지 않았을 것이다. 절벽을 끼고 도는 비포장도로를 덜컹덜컹 몇 시간째 흔들렸는지 속이 울렁거리고 어깨와 목이 뻐근하게 결렸다. 언제까지 이 고역을 감내해야 하나? 하지만 창문 밖 광경은 그야말로 진풍경이었다. 해발 수천 미터가 되는 산비탈에 마치 돌탑처럼 축대를 쌓아 계단식 밭을 만들어 곡식을 일구는 사람들이 위대해 보였다. 산기슭 군데군데 작은 집들과 마을을 볼 수 있어서 그나마 다행이었다.

체력이 완전 방전되어 피로감이 최고조에 이르렀을 즈음, 아스라이 히말라야 산이 보였다. 무려 8시간 만에 포카라에 입성했다. 지진이 휩쓸고 간 후유증에서 벗어나지 못한 네팔의 수도 카트만두와는 전혀 다른 세상, 저 멀리 파란하늘 아래 설봉들이 펼쳐져 있고, 가까이엔 싱싱한 나무들이 당당하게 서서 우리를 맞아주었다. 맑고 깨끗한 공기를 듬뿍 들이켰다. 아기 엄마가 출산의 고통을 잊듯 히말라야를 보는 것만으로도 고난의 보상은 충분했다.

다음날 새벽 5시, 세계 최고봉을 보기 위해 승용차로 사십여 분을 오르고, 도보로 한참을 오르고서야 설봉이 보이는 지점에 다다랐다. 구름보다 높이 있기에 날씨가 좋지 않으면 설산을 볼 수가 없단다.

다행히 여명이 트이면서 거뭇거뭇하던 산봉우리들이 맨 위쪽부터 조금씩 열리기 시작했다. 키가 큰 서열대로 세례를 받듯 붉은 화관을 쓴 설산들이 파노라마처럼 펼쳐졌다. 운해를 뚫고 붉은 태양이 떠오르자 황금빛 위용이 드러나기 시작했다. 촘촘한 햇살이 어둠속에서 잠자고 있던 설봉들을 하나씩 깨우는 장면은 그야말로 신비 자체였다. 해가 점점 높이 오를수록 설산의 머리는 황금빛으로 더욱 빛났다.

와! 처음 세상이 열리는 장면이 이랬을까. 영혼을 관통하는 빛의 전율을 느꼈음인지, 세계 각지에서 모여든 사람들이 일제히 환호성을 질렀다. 와~~~! 얼마나 높고 아름다운가, 갠지스 강의 발원지인 히말라야 산맥을 보기 위해 새벽 찬바람을 맞으며 산길을 올라온 여행자들은 흥분을 가라앉히고 대자연의 드라마를 관람했다. 네팔 안내자가 손가락을 가리키며 산의 이름과 높이를 자세히 설명해 주었다.

엄홍길씨가 네 차례 도전한 끝에 성공했다는 안나푸르나 봉은 박

영석 대장이 도전했다가 실종된 곳으로 영화로 보았던 산이다. "그런데 저 봉우리는 눈이 별로 없네요?" 여행자의 질문에 네팔 안내자가 흥분된 목소리로 설명했다. "오존층으로 만년설이 녹아내리고 있어요. 지금처럼 온난화가 계속된다면 언젠가는 설산이 다 녹아 없어질 거예요." 굽이굽이 아름다운 설산이 만약 사라진다면? 네팔의 장래는 어떻게 될 것이며, 인도의 젖줄인 갠지스 강은 어떻게 될 것인가?

네팔여행을 마치고 북인도 투어를 하는 내내 눈에 거슬리는 풍경이 끝도 없이 전개되었다. 도심이든 시골이든 산이든 강이든 계곡이든 인도를 온통 뒤덮은, 산더미처럼 쌓여있는 비닐과 페트병과 스티로폼은 정말 외면하고 싶은 장면이었다. 편리함을 주는 만큼 생태계를 오염시키고 인류의 건강을 위협하는 플라스틱 쓰레기가 세계의 지붕인 히말라야 산맥 코앞에서 만년설을 녹여내고 있다.

포카라 호수에서 찍은 사진을 일행이 카톡으로 보내왔다. 평풍처럼 펼쳐진 히말라야 설산을 배경으로 나룻배 위에서 손을 흔드는 모습을 보니 마치 타임머신을 타고 다른 세상을 다녀온 느낌이 든다. 히말라야의 압도적인 위용을 나는 사진으로 담아내지 못했다. 황금빛 화관을 쓴 설봉들의 신비한 광경은 내 가슴에만 남아있다. 내게 기쁨을 충만히 선사한 히말라야에게 감사하다. 영원하라, 히말라야!

인도의 기차 안에서

    인도 기차 안에서 루시아 부부와 나는 인물이 준수한 인도청년과 이야기를 나누며 몇 시간을 즐겁게 보냈다. 우리보다 한 정류장 늦게 탑승한 청년은 바로 앞자리에 앉은 우리들에게 어디서 왔느냐고 물었고, 우리도 이것저것 궁금한 것을 그에게 질문했다. 그는 브라만으로 29세이며 은행원이란다. 그와 동승한 아버지는 풍채가 좋은 중년으로 비즈니스맨이라고 했다.

    가수 싸이의 〈강남 스타일〉 외에, 한국에 대해 아는 것이 전무하다는 청년은 한국어에 관심이 많았다. 그는 영어를 써주고 그 옆에 한국어를 알파벳으로 써달라고 부탁했다. 우리가 써준 한국어 옆에 그는 인도어를 알파벳으로 썼다.

    'Good morning = an nyeong ha seyo = Namaste'

    Thank you = Gam sa ham needa = dhanya waad

이런 식으로 열 개 정도 썼다. 청년은 말끝을 올리는 물음표(?)를 어려워했다. 몇 번을 교정해 주어도 발음이 안 되었다. 루시아와 내가 "나마스떼, 단야와드, 매인 디쿠" 여러 번 되풀이하자 주름이 자글자글한 노인과 다섯 살 정도로 보이는 어린아이가 건너편 의자에서 흥미롭게 바라보았다. 젤리사탕 몇 개를 아이에게 주자 얼른 받으며 활짝 웃었다. 나는 기차 안 광경이 너무 재미있고 흥미로워 바깥 경치에는 눈도 가지 않았다.

청년이 음식을 펼쳐 놓고 우리에게 같이 먹자고 권했다. 카레와 난, 몇 가지 반찬이 정갈해 보였다. 우리는 조금 전에 포트에 물을 끓여 컵라면도 먹고 과일도 먹고 술까지 마셨다며 사양했다. 아버지와 아들이 이야기를 나누며 식사하는 모습이 다정해 보였다. "부자관계가 참 좋아 보인다." 우리끼리 얘기를 나누는데, 청년이 또 음식을 권했다. 어머니가 만든 웰빙 과자라며 종이에 담아주는데, 어렸을 적에 먹었던 '라면 땅' 맛이었다.

식사가 끝난 후, 청년은 아버지가 편히 눕도록 자리를 마련해 주었다. 아버지를 대하는 몸짓과 표정에서 가정교육을 잘 받았다는 느낌이 들었다. 누이라며 사진을 보여주는데 대단한 미인이었다. 결혼한 후엔 살이 많이 쪘단다. 어머니와 남동생, 조카들도 인물이 출중했다. 루시아와 내가 인도노래를 듣고 싶다고 하자 청년은 주저하지 않고 노래를 시작했다. 그의 아버지도 저편 할아버지도 함께 불렀다. 인도민요 같았다. 노랫가락에 맞춰 우리는 손뼉을 쳤다. 우리도 답례로 '크시도다, 주 하느님'을 루시아는 소프라노, 나는 엘토로 화음을 넣어 불렀다. 노래하는 모습을 영상으로 찍어도 되느냐고 청년이 물었다. OK 했더니 고맙다고 했다.

카주라호에서 아그라로 달리는 기차 안에서 잘생긴 인도청년과 이야기도 나누고 노래도 부르고 이보다 더한 낭만이 있을까? 그는 인도 지도를 펼쳐놓고 몇 군데를 추천해 주었다. 그리고는 피곤한지 잠을 자겠다며 2층으로 올라갔다. 나도 다른 일행들 쪽으로 갔다가 잠시 후 아그라에서 내렸다.

수많은 사람들이 이동하면서 잠을 자고 볼일을 보고 음식을 먹는 인도 기차 안에서 대단히 감동적인 모습을 본 것은 아니다. 어쩌면 일상에서 흔히 볼 수 있는 지극히 평범한 장면인지도 모른다. 영어가 부족한 한국아줌마들과 이야기를 나누는 틈틈이 아버지에게 관심을 갖는 인도청년을 보면서 부자유친父子有親이라는 사자성어가 떠올랐다. 삼강오륜 중에 가장 먼저 거론되는 부자유친, 그만큼 중요하다는 뜻일 게다.

> 아버지의 눈에는 눈물이 보이지 않으나
> 아버지가 마시는 술에는 항상
> 보이지 않는 눈물이 절반이다.
> 아버지는 가장 외로운 사람이다.
>
> 아버지의 마음 – 김현승 –

뛰어난 통신기술과 새로운 아이디어와 수준 높은 지식으로 수평적 네트워크를 소중하게 여기는 요즘 젊은이들, 정작 아버지와의 관계는 소원疎遠하지 않은지, 자유롭고 도전적이며 변화를 추구하는 관계몽도 중요하지만 오직 자식이 잘 되기만을, 행복하게 잘 살기만을 바라는 아버지와도 친하게 지냈으면 좋겠다는 생각이 들었다. 루시아 남편이 말했다. 오늘 보았던 장면을 아들들에게 꼭 들려줄 거라고.

꾸뜹 미나르
(Qutb Minar)

평화를 주소서

우즈베키스탄 타쉬켄트 공항에서 사해소금을 빼앗겼다. 내용물이 훤히 보이는 투명한 비닐봉지에 'Dead Sea Salt'라고 씌어 있지만, 검사원들은 가차 없이 검사대바구니에 집어넣었다. 폭발물이라며. 가이드에게 항의했더니 어쩔 수 없다며 포기하라고 했다. 이렇게 위험한 물건이라면 텔아비브공항 면세점에서 왜 파느냐? 반문했더니 일행들 중에 누군가 면세점에서 산 물건은 포장을 제대로 해야지 그렇지 않으면 화장품도 빼앗긴다고 했다. 아깝지만 어쩌겠는가, 잊어야지. 사해에서 머드팩을 한 후, 팔뚝에 난 상처가 아물었기에 일부러 세 개나 샀는데….

기분전환도 할 겸 남편과 나는 경유지인 타쉬켄트 공항 면세점에서 선물도 사고, 커피숍에 들어가 차도 마시며 시간을 보내기 위해 애를 썼다. 이럴 땐 왜 이리도 시간이 안 가는지, 두 시간을 보냈지만 인천행 비행기를 타려면 아직도 두 시간을 더 기다려야 했다. 나는 빈둥빈둥 돌아다니다가 검사대 쪽으로 갔다.

입국자들이 없어서 그런지 한가했다. 그런데 검사대 위에 있던 바구니가 보이지 않았다. 다른 곳으로 이동시켰나? 혹시나 하고 몸을 구부려 테이블 밑을 살펴보니 물건을 담은 바구니가 여러 개 보였다. 그 속에 내 '소금'도 보였다. 나는 검사원에게 가서 "저 밑에 있는 '사해소금'이 내 것인데 혹시 돌려 줄 수 있느냐"고 물었다. 처음엔 상냥한 표정으로 내 말에 귀를 기울이더니, 나중에야 제대로 알아들었는지 냉정한 얼굴로 단호하게 "NO" 했다. 나는 사정사정했다. 팔뚝에 난 상처 자국까지 보여주면서 나에게 꼭 필요한 물건이니 돌려달라고, 밑져야 본전 아닌가.

이러는 사이에 검사대원 세 명이 몰려왔다. 자기네들끼리 뭐라 뭐라 하더니 나를 이상한 눈으로 바라보았다. 자존심이 상했다. 아니 창피했다. 하지만 어쩌겠는가. 사해소금이 꼭 필요한 것을. 내 말이 씨알도 안 먹히리라는 것을 알지만 마지막으로 부탁했다. 저 밑에 있는 소금 돌려달라고. "한국에서 왔어요?" 한 명이 대뜸 어눌한 발음으로 물었다. 이렇게 반가울 수가. 나는 한국말을 할 줄 아느냐, 케이팝을 아느냐, 강남스타일을 좋아하느냐 물었고, 그는 환하게 웃으면서 수원에서 일했었다고 했다. 나는 그의 손을 마구 흔들며 사정했다. 이럴 수가, 그가 흔쾌히 바구니에서 소금 세 개를 꺼내어 나에게 주지 않는가. 고맙다는 인사를 하고 돌아오는 발걸음이 날아갈 듯 가벼웠다. 나는 마치 올림픽 매달을 딴 선수처럼 소금을 번쩍 들고 일행들에게 갔다. 와~~! 다들 깜짝 놀라며 함성을 질렀다. "이게 한국 아줌마의 저력이죠." 나는 어깨를 으쓱했다.

이런 행동을 우즈베키스탄이 아닌 이스라엘 공항에서 할 수 있을까? 어림없는 얘기다.

요르단에서 육로를 통해 이스라엘로 입국하기에 앞서 가이드로부터 단단히 주의를 받았다. 어설피 영어를 안다고 했다가 잘못 걸리면 몇 시간 동안 감금당할 수 있으니 아예 모른다고 하라고. 자신도 실제로 8시간 동안이나 감금당한 경험이 있단다. 검사원에게 불쾌한 표정을 지었다가 무슨 낭패를 볼 줄 모른다며 표정관리 잘하라고 했다. 이스라엘인들은 도도하고 교만하며 한마디로 까칠하단다.

그들이 얼마나 무섭기에 그토록 주의를 주는가, 입국절차를 기다리는 동안 나는 검사원을 살펴보았다. 겉보기엔 왜소하고 약해보였다. 속된 말로 한주먹 거리도 안 될 정도였다. 하지만 검은 테 안경 너머 눈동자가 예사롭지 않았다. 그렇게 빨리 움직이는 눈동자는 처음 보았다. 이리저리 굴리는 눈동자가 정말 강렬했다. 만약 눈동자 굴리기 대회가 있다면 단연 이스라엘이 승리하리라. "켄유스피크잉글리쉬?" 나는 검사원의 눈을 피하려다가 하마터면 '아이돈노' 할 뻔했다. 그랬다가는 '너 영어 할 줄 알잖아' 하고 괜한 태클을 걸어 나를 감금시킬 텐데, 정신을 바짝 차리고 고개를 가로저었다. 무사히 입국에 성공하고서야 긴장이 풀렸다.

이스라엘 여행의 마지막 지점인 예루살렘 투어를 다 끝내고 나는 통곡의 벽 건너편에 덜퍼덕 주저앉아 사람들을 구경했다. 검고 긴 코트에 중절모를 쓴 사람, 맷돌만한 검은 색 모자를 쓴 사람, 귀밑머리를 길게 늘어뜨린 사람, 작은 빵모자를 쓴 사람, 함부로 접근할 수 없는 무언의 장벽 같은 옷을 길게 입은 유대인들이 눈에 많이 띄었다. 오랜 질곡 속에서도 자신들만의 색깔을 유지해온 그들의 차림새가 내

통곡의 벽
(Walling Wall)

눈에는 왜 거만하게 보일까. 도무지 친절, 온유, 인자함과는 거리가 멀다는 인상이 짙게 풍겼다. 이들은 외지인들과는 전혀 말을 섞지 않을 정도로 배타적이란다. 실탄이 들어있는 총을 옆구리에 차고 행보하는 앳된 군인들도 눈에 띄었다. 시도 때도 없이 매의 눈으로 지켜보다가 여차하면 검문검색을 한다니 이들 또한 매섭기는 마찬가지리라.

예루살렘을 관람하기에 앞서 우리는 팔레스타인의 자치지구인 베들레헴에서 이틀을 묵었다. 예수님의 탄생지답게 시민들 대부분이 천주교 신자란다. 그들은 호기심이 가득한 눈빛으로 이방인들에게 말을 건넸다. 활짝 웃는 미소에 이끌려 나는 선물가게에 들어가 컵과 접시를 샀다. 덤으로 하나씩 더 주는 바람에 일행들 모두가 지갑을 열었다.

팔레스타인들과는 달리 유대인들에게는 뭔가 보이지 않는 유리장벽 같은 것이 느껴졌다. 얼음장 같이 차가운 장벽이 있어 감히 다가갈 엄두가 나지 않았다. 분명 현실에 존재하지만 현실에서 멀어진 이들, 이쪽에서 무슨 말을 해도 알아듣지 못하고, 아예 이해할 수 없는, 다른 존재와는 결코 소통할 수 없는 그런 느낌이 들었다.

평화의 도시라는 뜻의 예루살렘, 성안 어딘가에 예수님의 발자취가 있을 터인데, 유대인들은 그 옛날 예수님께 그랬던 것처럼 이방인에게 친절하지 않았다. 종교를 달리한 수많은 사람들이 저마다의 문화를 유지하며 사는 곳. 미로 같은 골목 어딘가에 남아 있을 예수님의 발자취, 무거운 십자가를 지고 올라가셨던 골고다 언덕에서 유대인들은 "못 박으시오! 못 박으시오!" 외쳤다. 유대인들은 모세오경이야말로 완벽한 하느님의 말씀이라며 오로지 613가지 율법에만 얽매여 살고 있다. 어쩌다 실수로 안식일에 냉장고의 전기코드를 빠뜨리기라도 하면 그것을 직접 꼽지 못하고 집 밖으로 나와 하루 종일 외국인을 기다린다. 그러다 여행자를 만나면 자기 집에 들어와 냉장고 코드를 꽂아 달라고 부탁할 장도로 그들은 철저히 안식일을 지킨다.

이들과는 달리 예수님은 안식일도 지키지 않고, 손도 씻지 않고, 율법도 지키지 않았으며, 창녀, 세리, 거지들과 어울려 다녔다. 성전에 들어가 장사치들에게 채찍질을 하고 상을 뒤엎었으며, 위선과 탐욕에 빠진 유대교 지도자들에게 "뱀들아, 독사의 새끼들아, 회칠한 무덤이다"라는 말을 서슴지 않으셨다. 이런 예수님을 향해 유대인들은 "못 박으시오, 못 박으시오!" 외치며 돌을 던졌다.

유대인들은 십계명 중 첫째 계명에 '나 외에 다른 신을 믿지 말라' 했기 때문에 예수님은 하느님의 아들이 아니라고 주장한다. 하느님이 아내가 있단 말이냐며 반박한다. 율법에 단 한 줄도 예수님이 하느님의 아들이라고 적혀 있지 않다며 그들은 지금도 통곡의 벽에 가서 메시아를 보내달라고 울며 기도하고 있다.

교회의 종소리와 유대인의 기도소리와 코란을 읽는 소리가 입체적으로 들리는 예루살렘을 여행하면서 조금은 위험해 보이지만 그래도 질서가 있고 평화롭다는 생각이 들었다. 저마다의 신을 믿으며 뒤죽박죽 섞이어 살고 있는 예루살렘의 주민들을 위해 나는 통곡의 벽에 이마를 대고 기도했다. 이 땅에 평화를 주소서!

에로틱 사원

사원을 둘러보는 내내 당혹스러우면서도 재미있는지 여행자들이 킥킥거리며 웃는다. 요염하게 몸을 S자로 비틀고 서 있는 여인, 성행위하는 커플 옆에서 자위하는 남자, 미끈한 다리로 남성의 몸을 휘감은 여인, 남녀가 X자로 엉켜서 키스하는 장면, 저마다 관능적인 몸짓으로 성욕을 분출하고자 몸부림친다. 오죽하면 마하마트 간디가 "모두 부숴버리고 싶다"고 했을까. 그야말로 에로티시즘의 극치다.

31m나 되는 뾰족탑에 에로틱한 조각상들이 옥수수알갱이 만큼이나 빼곡하게 채워져 있다. 남녀 뿐만이 아니다. 동성애, 그룹, 심지어 동물과의 난교 등 상상을 초월하는 성적性的 장면들이 민망스러울 정도로 현란하게 조각되어 있다. 풍만한 젖가슴과 잘록한 허리, 요염한 자태가 여자인 내게도 매혹적으로 다가오는데, 하물며 남자들은 오죽하겠는가.

힌두성전의 핵심은 시바신의 성기인 링가와 여성의 성기인 요나가 결합된 형상이다. 다산과 풍요를 상징하는 링가를 가정에서도 가장 좋은 자리에 안치해놓고 경배한다니 우리의 관점에서 보면 웃음밖에 나오지 않는다.

금방이라도 살아 움직일 것처럼 조각상들의 표정과 몸짓에서 생동감이 넘친다. '진즉 왔더라면 늦둥이 하나 더 낳았을 텐데….' 남편의 농담에 여행자들이 킥킥 거린다. 모두들 호기심어린 눈빛으로 포르노 조각상을 카메라에 담느라 정신이 없다. 십구 금 영화에서조차 보기 힘든 몸짓과 표정들이다. 성적 체위가 하나도 겹치지 않을 만큼 다양하고, 소품들도 디테일하다. 조각가의 솜씨에 그저 감탄만 나올 뿐이다. 사원이 레고 맞춤처럼 대리석의 이음새가 조립식으로 이어져 있는데, 이런 시공법은 지진에도 강하단다. 곳곳에 방풍창이 있어 습기로 무너지는 것을 막을 수 있다니, 천 년 전 인도인들의 과학적인 건축법이 참으로 놀랍기만 하다.

10C 경 찬델라 왕조는 100년에 걸쳐 수도인 카주라호에 힌두사원을 85개나 조성했다. 그들은 무슨 이유로 낯 뜨거운 성적 장면을 신성한 사원에 장식했을까? 성력性力을 숭배하던 탄트리즘의 경향이라고도 하고, 수행자들의 금욕적인 성찰을 위한 것이라고도 하지만 아직 명확한 답은 밝혀지지 않았다.

어쩌면 그들은 국력을 키우기 위한 정책으로 출산을 장려하고자, 계몽차원에서 성적性的 장면을 성전 외벽에 새겨놓은 것은 아닌지? 내 나름대로 생각해 본다.

색色이란 종족보존을 위한 인간의 기본적인 욕구이며, 음양이 만나면 원초적인 본능에 따라 온몸에 전기가 흐르고, 환희로 가득 차게 되는 생의 기쁨이다. 공자는 〈논어〉에 '나는 여색을 좋아하듯 덕을 좋아하는 사람을 보지 못했다(吾未見好德如好色者也)'고 했으며, 〈학이〉에도 '현명함을 존중하기를 여색과 바꾼다(賢賢易色)'고 했다. 공자 스스로도 성을 부정하지 않았으며 가벼이 여기지 않았다.

찬델라 왕조의 남성들은 모두 종교의식에 따라 성지순례를 다녔을 것이다. 육체적 욕망을 숨김없이 만끽했으니 자연적으로 인구는 증가했을 것이고, 국력은 저절로 강력해졌을 것이다. 그러기에 9C에 세워진 찬델라 왕조가 14C 이슬람 세력에 의해 멸망하기 전까지 인도 동북부 전역을 차지했을 만큼 강성했던 것이리라. 인구절벽이라는 우리나라 현실을 염려해서인지 나는 카주라호 신전이 성전聖殿이 아닌 성전性殿이라는 생각이 든다.

불과 30년 전, 우리 남편들은 예비군 훈련을 받으러 갔다가 씨 없는 수박이 되었다. '둘도 많다. 하나 낳아 잘 기른 자식 열 부럽지 않다.' 확성기를 틀어놓고 구호를 외친 결과 지금은 저출산으로 골머리를 앓고 있다. 출산율이 세계에서 최하위란다. 국고를 털어 아무리 투자해도 저출산 문제가 해결되지 않으니 100년 후에는 소수민족으로 남을지도 모른다.

출산장려 차원에서 바라보니 성적유희를 담은 조각상들이 추잡하거나 음란해 보이지 않는다. 에로틱한 조각상들이 절대 외설猥褻이 아니라, 아름다운 예술로 보인다. 다정한 눈길, 부드러운 포옹, 유연한 곡선미, 얼마나 아름다운가, 얼마나 멋스러운가. 행복의 본질을 이루는 남녀의 사랑이 참으로 어여쁘고 아름답다. 천고불변 조화의 법칙인 성생활, 세상에서 이보다 아름다운 것이 있을까?

찬델라 왕조가 이슬람 세력에 의해 멸망만 되지 않았다면 엄청난 국력으로 오랫동안 건재했을 것이다. 전쟁을 치르면서 그 많은 사원들이 없어지고 지금은 22개만 남아있다. 천 년 동안 정글 속에 가려져 있던 카주라호 사원이 1835년 영국여행가에 의해 발굴되어 유네스코 세계문화유산에 등록되었다.

카주라호 사원이 황금빛으로 보이는 포토지점에서 일행이 사진을 찍어 주겠다며 우리 부부에게 포즈를 취해 보란다. 에로틱하게 폼을 잡자며 남편이 격하게 포옹하는 바람에 사진이 엉망으로 나왔다.

마법사가 툭 튀어나올 것처럼 신비롭게 보이는 카주라호 사원을 뒤로하고 정문을 나서니, 어디서 뛰어왔는지 소년들이 기념품을 사라며 끈질기게 달라붙었다. 몇 번의 흥정 끝에 나는 조각상 다섯 개를 샀다. 볼수록 매력이 있고 아름다운 미투나 상을 보면서 두고두고 추억할 것이다. 멋지고 아름다운 에로틱사원 카주라호!

카주라호 사원
(Khajuraho Temples)

사랑의 금자탑, 타지마할

오늘 새벽, 나는 그 어느 때보다도 마음이 달떴다. 세상에서 가장 로맨틱한 건물, 타지마할을 보러 간다니, 소녀처럼 가슴이 마구 뛰었다. 하지만 타지마할은 쉽사리 모습을 보여주지 않았다. 우리가 묵은 호텔에서 10분 거리에 있지만 갈 수가 없었다. 한치 앞이 보이지 않을 정도로 안개가 심했기 때문이다.

할 수 없이 일정을 바꾸어 무굴제국 제3대 왕 악바르(1542-1605)가 아들을 얻은 감사의 표시로 건설했다는 수도, 파테뿌르 시크리로 향했다. 물 부족으로 14년 만에 수도를 아그라로 옮긴 이후 400년 동안 방치했다지만 붉은 사암으로 지어진 궁전은 유네스코에 등록될 정도로 볼거리가 많았다. 연꽃모양으로 화려하게 조각된 돌기둥과 벌집모양으로 새겨진 대리석 창살문양이 마치 나무를 다듬어 조각한 것처럼 섬세했다. 짙은 안개에 싸인 궁전의 실루엣이 몽환적으로 보이는 곳에서 사진 몇 장을 찍고 인도여행에서 가장 기대되는 타지마할에 드디어 도착했다.

안개가 걷히자 여행객들이 한꺼번에 몰려왔는지 인산인해를 이루었다. 바티칸의 행렬과는 비교도 되지 않을 만큼 시끄럽고 무질서했다. 오늘 중으로 들어갈 수 있을까? 걱정이 되었다. 이때 인도안내자가 손짓을 했다. 인도인보다 무려 37배가 비싼 입장료를 냈으니 새치기 정도는 봐주는 건가? 우리는 길고 긴 행렬을 제치고 프리패스로 통과했다.

검열을 마치고 게이트를 통과하자 새하얀 꽃송이가 살포시 자태를 드러냈다. 아, 타지마할! 나는 신음소리가 절로 나왔다. 네 개의 첨탑에 둘러싸인 육중한 돔의 균형미에 압도되어 입이 다물어지지 않았다. 웅장함과 좌우대칭의 조형미와 주변 경관과의 미학적 아름다움이 완벽하게 조화를 이루었다. 잠시 호흡을 가다듬고 있자니 늠름한 근위병들의 호위를 받고 있는 황비처럼 눈이 부실 정도로 우아한 타지마할이 성큼성큼 다가오는 착시현상이 일었다. 묘지도 아니고 건축물도 아니고 백옥으로 빚어낸 완벽한 예술작품이다.

넋이 나간 듯 한참을 바라보던 나는 사이프러스 나무를 따라 연못쪽으로 갔다. 잔잔한 수면 속에 수직으로 대칭을 이룬 둥글둥글한 돔들, 유연한 곡선과 쭉 뻗은 첨탑의 조화가 어찌 그리도 아름다운지. 감탄과 경탄이 온몸에서 크로스로 울려 퍼졌다. 우윳빛 몸체가 볼수록 아름다웠다.

덧신을 신고 행렬의 뒤를 따라 중앙에 있는 돔 안으로 들어갔다. 내부는 촬영금지란다. 격자창을 통해 들어온 빛이 은은하게 내부를 비추었다. 좌우 대칭을 이루는 외경도 놀랍지만 내부는 훨씬 더 정교했다. 하얀 대리석 바탕에 상감기법으로 새겨진 문양들이 어찌나 선명한지. 아름다운 꽃과 이파리, 덩굴줄기와 기하학적 문양들이 바늘 하나 들어갈 틈도 없이 완벽하게 맞물려 있다. 마치 한 땀 한 땀 정성 들여 수를 놓은 것처럼 정교하다.

홀 중앙에 자리한 타지마할의 주인공과 그 옆에 나란히 놓여있는 남편, 관이라기보다는 화려한 보석함 같다. 꽃문양과 코란 글귀가 아름다움의 극치를 이루었다. 보름달이 창살에 비치면 천장과 벽에 박힌 온갖 보석들이 두 개의 관을 향해 은하수처럼 빛을 낸다니, 천국이 있다면 바로 이런 모습이 아닐까?

무굴제국의 제5대 왕 샤자한(Shah Jahan)은 1631년, 왕비 뭄타즈 마할(1593-1631)이 14번째 아이를 낳다가 37세에 사망하자, 세상에서 가장 로맨틱한 건물, 타지마할(1631~1653)을 완성했다. 그는 다시는 이

타지마할
(Taj Mahal)

런 건물을 짓지 못하도록 인도, 이탈리아, 바그다드, 페르시아에서 온 최고의 건축가와 기술자들의 손목을 모두 잘라버렸다. 인도의 시인 타고르가 묘사한 대로 "영원히 마르지 않고 흘러내리는 눈물, 시간이 흐를수록 더 맑고 투명하게 흐르는 눈물"처럼 아름다운 로맨스 이면에 백성들의 피눈물이 있었다.

샤자한 왕은 19세 때, 시정을 나갔다가 14세 소녀에게 한눈에 반해, 5년을 기다렸다가 결혼했다. 미인은 아니지만 목소리가 곱고 애교가 많았으며, 늘 밝게 웃어 대신들과 궁녀들에게도 사랑을 독차지했단다. 무려 5천명의 후궁이 있었지만 결혼한 사람은 유일하게 뭄타즈 마할 뿐이라고. 그녀는 다른 왕비들처럼 남을 비방하거나 험담하지 않았으며, 황제가 무엇을 원하는지 마술사처럼 맞추고 모든 것을 미리 준비했다고 한다. 임신한 아내를 전쟁터에 데려갈 정도로 함께하고자 했던 왕은 사랑하는 아내에게 영원히 시들지 않는 꽃을 바치기 위해 제국의 모든 역량을 동원했다. 똑같은 규모로 자신의 무덤을 타지마할 건너편에 지어 구름다리를 연결하려고 했던 샤자한은 아들 아우랑제브에 의해 아그라 성에 감금되었다. 지나친 사랑의 집착으로 모든 것을 잃어버린 그는 8년 동안 타지마할을 바라보며 눈물을 흘리다가 1666년, 75세에 생을 마감했고, 두 딸에 의해 아내 뭄타즈 마할 곁에 묻힐 수 있었다.

타지마할 만큼이나 불가사의한 사랑! 나는 타지마할의 외적인 아름다움도 눈에 담았지만, 지고지순한 부부의 애틋한 사랑을 가슴에 담았다. 수많은 세월이 흘러도 그들의 사랑은 변함이 없지만, 타지마할은 시시각각 모습을 달리한단다. 반사하는 빛에 따라 새벽녘엔 핑크빛, 낮에는 상아색, 밤에는 보랏빛, 그중에서도 황혼에 물든 황금빛이 가장 압권이라는데…. 두어 시간만 기다리면 황금색 매력에 푹 빠져볼 수 있으련만, 아쉽게도 일정 때문에 나는 발걸음을 옮겨야만 했다.

내게 기회가 다시 주어진다면, 태양이 어둠을 밀어내는 핑크색부터 달빛에 물드는 보랏빛까지 쭉 보고 싶다, 타지마할!

오! 황제여

그대는

타지마할의 아름다움으로

시간의 마술에

걸렸다네.

그대는

경이로운 화환을 짜서

우아하지 않은 주검을

죽음을 모르는

우아함으로 덮여 버렸네.

– 타고르 –

타지마할
(Taj Mahal in Agra)

종교의 하모니

라일락 향기가 흩날리는 4월, 어린 시절부터 동경해 오던 노장老莊의 도시 이스탄불에 왔다. 동방과 서방의 요충지에 위치하여 고대문명에서부터 비잔틴, 이슬람 문화가 곳곳에 산재해 있는 역사의 현장에 와 있다니 꿈만 같다. 얏-호! 환호성이 절로 나온다.

14세기 중엽, 콘스탄티노플을 함락한 투르크는 이슬람의 우월성을 만방에 알리고자 1609년부터 7년에 걸쳐 소피아 성당 맞은편에 블루모스크를 지었다. 이브가 아담의 갈비로 빚어진 수작秀作이라면, 블루모스크는 소피아 성당에서 비롯된 걸작傑作이리라. 마르마라 해협에 에워싸인 천혜의 땅에서 수 세기 동안 나란히 공존하고 있는 두 성전은 예술의 조화요, 종교의 하모니이다.

비잔틴의 영화와 오스만의 영광이 듀엣을 이루는 이곳에서 나는 더 이상의 관광을 거부하고 싶다. 그만 화석이 되어도 좋겠다. 내가 나를 잃는다吾喪我는 것은 물物도 없다는 것인데, 그가 나요渠是我, 내가 그다我是渠라는 물아일체物我一體의 경지에 다다른 것인가? 묵직하면서도 투박한 소피아 성당은 온화한 여인이요, 웅장하면서도 준수한 블루모스크는 세련된 신사라고나 할까? '붉은 대지'와 '푸른 하늘'인 환상의 커플은 세계만방에서 오는 손님들을 가슴 벅차도록 안아주고 있다. 남편과 나는 동화 속에 들어온 듯, 영화 속의 주인공이 된 듯 튤립이 만발한 분수대 앞에서 그만 멈추고 말았다.

　블루모스크 내부로 들어선 순간, 수백 개의 스테인드글라스에서 쏟아지는 현란한 빛과 푸른빛의 세라믹 타일이 주는 화려함에 압도되고 말았다. 종교도 분명 호사를 과시하는 한마당이라는 생각이 든다. 벽과 천장과 기둥에 빈틈없이 그려진 청색그림과 카펫의 붉은 문양이 화려함의 극치를 이루었다. 가이드의 설명에 따르면 수백 개의 창을 통해 들어오는 빛이 시각에 따라 다양하게 변하여 화려함을 더해준단다. 여자들이 앉는 갤러리의 벽은 화려함이 더했다. 특별히 이즈닉 타일로 장식했다는데 터키여성들의 칙칙한 의상과는 너무나 대조적이다. 꽃들이 만발한 봄날, 이렇게 아름답고 세련된 색상으로 의상을 바꾼다면 얼마나 발랄하고 경쾌할까?

　비잔틴의 상징이요, 중세 건축의 정수인 소피아 성당은 블루모스크와 정원을 사이에 두고 나란히 마주보고 있다. 둥근 지붕 아래로 육중한 사각의 붉은 몸체가 과묵해 보인다. 성스러운 지혜(소피아)라는 이름 때문일까? 부드러운 곡선 때문일까? 질박하면서도 덕스러운 분위기가 물씬 풍긴다. 웅장하지만 위압감을 주지 않고, 투박하면서도 다감한 인상이 인자한 어머니 같다. 인류의 불가사의라고 회자膾炙되는 소피아 성당으로 들어가기에 앞서 두근거리는 가슴을 진정시켜본다.

　소피아 성당은 비잔틴 제국을 황금시기로 이끈 유스티니아누스 황제의 명령에 의해 537년에 완성되었다. 건물이 지어지는 동안 성령의 은혜를 구하는 주교들의 기도가 끊이지 않았다고 한다. 기둥도 없이 어마어마한 돔의 무게를 받쳐주는 건물은 7대 불가사의로, 이후 천 년 동안 이와 같은 건물은 세계 어느 곳에서도 지어지지 않았다.

두근거리는 가슴을 진정시키고 성당 안으로 들어서자 넓은 공간이 나왔다. 황제만 이용했다는 육중한 문을 통과하는 순간 기둥도 없이 하늘에 매달려 있는 거대하고 웅장한 돔에 시선이 고정되고 말았다. 아! 이것은 예술의 초월이다. 인간의 능력으로 빚어낼 수 있는 산물이 아니요, 신의 작품에서 접할 수 있는 경험이 아니다. 신과 인간이 일치를 이루는 신비한 힘에서만 맛볼 수 있는 감동인 것이다. 넋을 빼앗긴다는 것이 이런 것인가?

멍~하니 한참을 서 있다가 서서히 벽면으로 시선을 옮겼다. 순간 나는 깜짝 놀라고 말았다. 위층 발코니 벽면을 아랍글자가 커다랗게 씌어진 둥근 판들이 빙 두르고 있지 않은가. 성당이 세워진 이래로 공사와 보수가 끊이질 않았다는 가이드의 설명을 듣고 보니 온전한 곳이 없어 보인다. 16세기 건축가 시난의 보수공사로 현재까지 건재할 수 있었단다. 지금도 본당 중앙에 바리게이트를 올려놓고 한창 공사 중이다. 그랬구나. 뜯겨지고 망가지고 덧칠해져 고단함에 지쳐 있었구나. 이런 아픈 모습은 보지 못하고 외관의 아름다움에만 도취되어 예술의 조화니 종교의 하모니라고 운운했구나.

귀중한 물건들은 십자군들이 모두 약탈해 가고, 비잔틴을 점령한 오스만의 술탄은 "하느님은 없고, 알라만 존재한다"고 외친 후 성당을 몰수하여 십자가를 떼어내고, 이슬람 성지인 메카의 방향에 미후

랍을 설치했다. 이콘으로 장식한 성화는 회칠하여 덮어버리고, 코란 글귀가 쓰려진 둥근판을 벽면에 붙여버렸다. 외부에는 이슬람의 상징인 네 개의 탑을 증축하고 모스크로 개조하여 오스만제국이 무너질 때까지 477년 동안 이슬람의 사원으로 사용했다. 1923년, 터키공화

국이 수립되면서 박물관으로 지정하였다.

　나는 고개를 들고 둥근 돔 아래에 있는 창문들을 바라보았다. 블루모스크와는 달리 차분한 빛이 은은하다. 침침했던 성당 안이 서서히 본래의 모습으로 되살아난다. 돔에 새겨진 아랍글자가 지워지고,

아야 소피아 성당
(Hagia Sophia)

코란을 쓴 원판이 떼어지고, 섬세한 디자인으로 음각된 대리석 기둥들이 원래의 빛으로 되살아난다. 황금빛 모자이크 성화가 눈이 부시다. 각양각색으로 치장된 문이 활짝 열리며 "솔로몬이여, 내가 그대를 승리했도다!" 쩌렁쩌렁한 유스티니아누스 황제의 외침이 울려온다. 성전 준공식이 거행되던 당시의 장면을 상상하며 한참 황홀경에 빠져 있는데, 남편이 다가와 손을 끌었다. 정신을 가다듬고 기념촬영을 위해 기다리고 있는 일행들 쪽으로 달려갔다.

아르테미스 신전에서 뽑아다 세운 기둥들이 보물급이며, 빛의 각도에 따라 창문이 블루모스크보다 더 밝단다. 이런저런 설명을 들으며, 왕후를 태운 가마가 오르내렸다는 나선형 길을 따라 위층으로 올라갔다.

비잔틴 시대의 궁전 여성들이 예배하던 곳에서 바라본 내부의 모습을 어떤 말로 표현해야 할까? 일정한 규격과 패턴이 없어, 웅장한 내부를 도대체 모방할 수가 없단다. 2층 벽면에 그려진 예수님과 성모님과 요한의 성화는 다 뜯겨지고 윗부분만 조금 남아 있다. 성화를 먹으면 살아 돌아온다는 설 때문에 십자군들이 실제로 뜯어 먹은 흔적이란다.

언제쯤 소피아 성당이 성스러운 지혜의 성당으로 회복될 수 있을까? 인류를 위한 어머니의 몫을 언제쯤 할 수 있을까? 황제가 우연히 머리를 댔다가 두통이 사라졌다는 '기적의 기둥'에 엄지손가락을 넣고 한 바퀴 돌면서 나는 소원을 말했다.

"소피아 박물관이 성스러운 지혜의 성당으로 거듭나기를, 그리고 블루모스크와 진정한 하모니를 이루기를…."

순교로 피어난 꽃

에페소에 도착했을 때 나는 대리석조각 전시장에 온 줄 알았다. 단단한 돌에다 어떻게 이렇게 섬세하고도 아름다운 문양들을 빈틈없이 새겨 넣을 수 있단 말인가? 음악을 연주하던 오데온 극장, 에페소의 기원과 전설이 새겨진 히드리아누스 신전, 아름다운 티케여신이 조각된 아치문, 포세이돈과 정사를 벌였다는 메두사조각상, 종려가지를 든 니케여신상, 재생을 상징하는 의술지팡이 등, 도시 전체가 대리석 조각상으로 채워져 있다. 에페소를 설계한 사람은 분명 예술가임에 틀림없다. 아마도 그는 세계 건축사에 영광스러운 한 획을 그었으리라.

"만져 보아도 돌이요, 두들겨 보아도 돌임에 틀림이 없다. 연한 나무가 아니요, 물씬물씬한 밀가루 반죽이 아니고, 육중하고 단단한 돌을 가지고 저다지도 곱고 어여쁘고 의젓하고 아름답고 빼어나고 공교롭게 잔손질을 할 수 있으랴" 작가 현진건이 다보탑을 보고 찬탄했던 표현 그대로이다. 그가 이곳에 왔다면 어떤 말로 감상문을 썼을까?

에페소 셀수스도서관
(Librairy of Celsus)

관광객들로 붐비는 에페소에서 여유를 갖고 관람하기란 쉽지가 않다. 깃발을 들고 앞서가는 가이드의 설명을 들으랴 유적도 살펴보 랴 자칫하면 일행들을 놓치기 쉽고, 차분히 감상할 수가 없다. 듣고 보아야 할 게 너무도 많다. 차라리 이어폰을 주머니에 넣고 설명도 포 기한 채 헬레니즘 문양을 하나라도 더 사진에 담으려고 애를 쓰는 남 편의 선택이 탁월하다는 생각이 든다. 로마의 유적이 로마보다 터키 에 더 많다는 게 실감이 났다.

사도 바오로가 전교하던 당시, 에페소는 동서양을 잇는 교통의 요 충지로 로마제국의 4대 도시 중 하나였다. 시민이 30만에 육박했을 정도로 규모가 컸으며 세계 각처에서 몰려온 상인들, 예술가, 관광객들로 대성황을 이루었다. 이런 에페소의 영화도 AD 3세기경 동고트인들의 침입으로 도시 전체가 파괴되었고, 게다가 지진으로 항구로서의 기능도 상실되었다. 1863년 영국의 고고학자에 의해 유물遺物이 발굴되면서부터 에페소의 고색 찬란했던 옛 모습을 되찾아가고 있다. 뼈대처럼 앙상하게 서 있는 기둥들만 보아도 당시 얼마나 화려하고 부유했는지 짐작이 가고도 남는다.

에페소의 건축물은 모두 대리석을 조각하여 만든 예술품들이다. "돌을 돌같이 쓰지 않고 마치 콩고물이나 팥고물처럼, 마음대로 뜻대로 손가락 끝에 휘젓고 주무르는 신통력을 가졌으리라. 귀신조차 놀래고 울리는 재주란 것은 이런 솜씨를 두고 이름이리라" 신라의 석공들을 극찬했던 현진건의 표현이 어쩌면 그렇게도 딱 들어맞는지 놀라울 뿐이다.

4월인데도 햇살이 따갑다. 나무 그늘이 없어 한여름엔 여행객들이 일사병으로 쓰러질 정도란다. 그나마 잠시 쉬어 갈 수 있는 쉼터는 수세식 공중화장실이다. 공중목욕탕에서 흘러나온 물이 용변기 밑으로 흐르도록 수세식으로 설계되어 있어 지금 보아도 청결하다. 상수도를 비롯하여 어느 것 하나 과학적이지 않은 것이 없다. 화장실은 한번에 50명까지 수용할 수 있는데 칸막이가 없어 용변기에 나란히 앉아 대화도 나누고 정보도 교환하고 연주도 들었다 하니 이보다 더 유쾌한 사교장이 있었을까?

안토니우스와 클레오파트라가 수시로 드나들며 보석과 화장품을 구입했다는 아케이드 거리에는 가게들마다 기하학적 문양의 타일이 깔려 있다. 오늘날처럼 수천 년 전에도 인프라의 효과를 내기 위해 저마다 개성 있게 가게를 꾸몄나 보다.

에페소의 백미라 할 만큼 아름답고 아기자기한 건축물은 AD 2세기경에 지어진 셀수스 도서관이다. 모든 것이 다 파괴됐지만 그나마 전면이 원형 그대로 남아 있어 당시 학문의 수준이 어느 정도였는지 짐작할 수 있다. 예지, 덕성, 사려, 학술을 상징하는 여신들의 동상을 현진건이 보았다면 어떻게 표현했을까? "이런 기상천외의 의장은 또 어디서 온 것인고! 바람과 비에 시달린 지 천 년을 지낸 오늘날에도 조금도 기울어지지 않고, 옛 모양이 변하지 않았으니, 당대의 건축술 또한 놀랄 것이 아니냐" 다보탑의 팔모 난간을 보고 극찬했던 현진건의 감상문을 다시 적용해본다. 내 짧은 언어로는 도저히 표현할 방법이 없기 때문이다.

에페소는 학문의 도시이며 환락의 도시였다. 도서관 지하에는 사창가와 연결된 도로가 있다. 여행객들 중 누군가 말했다. "2천 년 전에도 공부를 핑계로 엉뚱한 곳으로 새는 놈들이 있었나보지?" 도서관 근처에는 머리 장식을 한 여자 얼굴과 하트, 돈, 발바닥이 새겨진 인류 최초의 대리석 광고판이 있다. 사람들을 유혹하면서도 발바닥보다 작은 미성년자는 출입을 금지시켰다고 한다.

바로 이 환락의 거리에서 사도 바오로는 "우리의 전투 상대는 인간이 아닌 악령들이다" 외치며 전도했다. 그는 유대인과 그리스인들이 살고 있는 이곳에 교회를 세우고 에페소서, 로마서, 고린도전서, 필립보서 등을 기록했다. 풍요의 여신을 숭배하던 사람들이 바오로를 따르자 신전 모형을 팔아 경제적 이익을 보던 은장이들은 시민들을 선동하여 바오로를 원형경기장 밑에 가두었다. 기독교 박해 당시 원형극장에 신자들을 모아놓고 돌로 쳐 죽였는데, 그 때 사용되었던 돌을 가져다 사도 요한교회의 출입문을 만들었다고 한다. 사도 요한은 예수님께서 부탁하신 말씀에 따라 성모 마리아를 모시고 에페소에서 여생을 보냈다. 성모마리아의 집터가 저 멀리 보이는데도 일정 때문에 아쉬운 발길을 돌려야만 했다.

에페소를 관람하고 나오는 길목에서 양귀비꽃들이 한들한들 잘 가라고 인사한다. 순교의 넋인가 사랑의 불꽃인가, 그리스도의 사랑 몸부림치며 전하던 성인들, 붉은 야생으로 피어나 순례자들에게 미소 짓고 있구나.

성모어머니께 드리는 기도

장미와 라일락 꽃잎이 살갑게 소곤대는 5월
하늘의 별이 하나의 꽃으로 피어난 아름다운 이 밤
장미 향기로 다가와 감싸 안는 어머니!
세상의 모든 자식 다 감싸 안은
어머니의 가슴은 한없는 사랑입니다
어머니의 눈빛은 최고의 응원입니다

이승의 마지막 깃발인 어머니를 불러봅니다
어머니!
오! 하느님을 낳으신 성모 어머니!
뜨거운 뙤약볕 아래
못에 박혀 십자가에 걸린 아들
"아서라, 차라리 나를 못 박아 세워다오."
외침 대신 침묵하시는 어머니!

아직도 당신의 아들 마음 알지 못해
어두운 길 찾아 헤매는
철도 없이 모질게 박아대는 저희를 위해
아픈 매보다 더 아픈
무서운 외침보다 더 무서운
눈물도 감추시고
저희를 위해 빌어주시는 어머니!

장미와 라일락 꽃잎이 살갑게 소곤대는 5월
하늘의 별이 하나의 꽃으로 피어난 아름다운 이 밤
장미 향기로 다가와 감싸 안는 어머니!
세상의 모든 자식 다 감싸 안은
어머니의 가슴은 한없는 사랑입니다
어머니의 눈빛은 최고의 응원입니다

아씨시 (Assisi)

알함브라 궁전의 추억

탱고와 투우가 있는 정열의 나라, 스페인에 왔다. 어떻게 하면 멋진 여행을 할 수 있을까? 머리를 맞대고 의논한 지 2년 만이다. 아름다운 추억을 남기리라. 멋진 사진도 찍으리라. 잔뜩 기대를 하고 왔는데, 추적추적 비가 내렸다. "귀빈들이 오니까 귀한 비까지 내리잖아요." 이 정도 비쯤이야 아무렇지도 않다며 우리는 농담을 했다. 오히려 비 때문에 텅 빈 스페인 광장에서 발을 구르고, 몸을 돌리며 세비야에서 보았던 플라멩코 춤을 추지 않았던가. 고삐 풀린 망아지들처럼 머플러를 흔들면서 뛰놀지 않았던가. 올리브 나무가 끝도 없이 펼쳐진 안달루시아의 평원을 달리는 버스 안에서 우스갯소리를 하며 여행을 즐기고 있지 않은가. 비와는 상관없이 우리는 흥겹기만 하다.

이틀 전, 젊은 기사가 길을 잘못 드는 바람에 까마득한 낭떠러지 언덕을, 한치 앞도 보이지 않는 안개 속을 장장 6시간 동안이나 헤맸다. 얼마나 무서웠던지 눈을 꼭 감고 묵주 알을 열심히 돌렸다. 자정이 넘어서야 겨우 호텔에 도착했지만 누구 하나 불평하지 않고 오히려 박수로써 서로를 위로했다. 손님들의 다양한 행태에 대해 조크를 섞어가며 즐겁게 해주던 가이드는 우리에게 최고의 손님이라며 칭찬을 아끼지 않았다.

여행의 매력은 감동을 담아오는데 있다. 위험을 알면서도 고생을 각오하고, 짜릿한 해방감을 맛보며, 많이 웃고 즐거워하며, 생생한 얼굴로 와! 이런 기분 최고야, 정말 좋다! 이렇게 모든 것을 직접 느껴보는 것이다. 명랑한 기분이 들도록 충전하는 것이다.

누구와 함께 하느냐에 따라 여행의 품격과 맛이 달라진다. 한 달에 한 번 저녁식사를 하고 왁자하게 웃으며 이야기꽃을 피우고 추억

알람브라 궁
(Alhambra)

을 나누고 다음 행선지를 꿈꾸는 우리 네 쌍의 부부는 '긍정적인 마인드'가 공통점이다. 〈소나무합창단〉 단원인 남편들의 관계도 각별하지만, 우리 여성들도 20년 넘게 우정을 다져왔기에 허물이 없다. 우리는 아이들이 자라는 모습을 지켜보면서 희로애락을 함께 해왔다. 이제는 자식들이 곁을 떠나게 되는 세월의 아쉬움과 남은 인생을 행복하게 살고자 하는 공통된 마음으로 여행을 다닌다. 발랄하게 여행을 즐기다가 생기를 얻고 일상으로 돌아와 열심히 생활한다.

"비오는 날엔 〈fado〉가 제격인데." 윤정 언니의 말이 떨어지기가 무섭게 가이드가 포르투갈의 가수 아말리아의 〈fado〉를 틀어주었다. 처절하게 슬픔을 토해내는 노래를 들으며, 경관이 수려하기로 이름난 남南 스페인의 하얀 풍경에 젖어들었다. 그라나다에 도착할 무렵 "와! 무지개 좀 봐." 누군가의 환호성에 나는 깜짝 놀라 잠에서 깼다. 땅에서부터 하늘로 치솟은 영롱하고 선명한 오색무지개가 그라나다에 입성하는 나를 커다랗게 서서 반겨주었다.

스페인의 도시는 저마다의 빛깔로 나를 설레게 했다. 그 중에서도 어린 시절부터 동경했던 그라나다가 내 가슴을 뛰게 했다. 무려 800년 동안, 아프리카로 돌아가던 1492년까지 이베리아를 점령했던 이슬람의 문화가 고스란히 남아 있는 그라나다를 얼마나 동경했던가. 그라나다의 시가지가 한 눈에 내려다보이는 조망 좋은 천체의 요새로 들어왔다. 와~~! 섬세한 문양으로 화려하게 치장된 사절단 접견실, 이런 분위기에서 어떻게 왕을 경외하지 않을 수 있단 말인가. 붉은 사암으로 연결해 놓은 투박한 직사면체의 외관과는 전혀 다른 세상. 어느 성당, 어느 사원, 어느 절에서도 볼 수 없는 '인류가 만든 가장 아름다운 건축물', 과장된 말이 아니다. 궁전의 기둥과 벽면을 장식한 아라베스크 문양은 도무지 사람의 손으로 새겼다고 믿기 어려울 정도로 세밀하다. 화초를 추상화한 도안과 기하학적인 문양들의 향연에 그저 감탄만 나올 뿐이다. 아라비아 이야기에 등장하는 마법의 궁전이 바로 이런 곳일 게다.

두 공주의 방에 들어오면 누구라도 마법에 걸리고 만다. 하얀 레이스 커튼처럼 조각한 대리석 아치와 벌집처럼 입체적으로 꾸며진 하얀 천장은 보는 이의 넋을 가차 없이 앗아가 버린다. 우상숭배를 금하는 이슬람의 문화가 인류에게 선사한 최고의 선물이리라. "밤하늘의 별들도 천상을 영원히 떠도는 대신, 알함브라 궁전에 머물고 싶어 하리니"라는 시가 있을 정도이다.

궁전 어디를 가나 졸졸졸 물소리가 들린다. 기도시간마다 손을 씻는 이슬람의 의식 때문이란다. 건물바닥에 파여진 홈을 따라 방들로 연결된 수로와 분수는 그때까지 기독교 문화에서는 알지도 못했던 방식이다. 12마리 돌사자로 꾸며진 분수는 한 마리 입에서 물이 나오면 1시, 두 마리 입에서 나오면 2시, 물시계 기능을 했다고 한다. 그동안 몇 번의 지진에도 무너지지 않았고, 어떤 가뭄에도 물이 마르지 않았다는 알함브라 궁전, 얼마나 많은 사람들의 수고가 깃들였을까.

고교시절, 나는 〈알함브라 궁전의 추억〉의 감미로운 기타연주를 들으며 막연히 환상에 젖곤 했다. 누가 만든 곡인지, 무엇에 관한 것인지도 모르면서, 이 곡을 듣는 순간만은 달콤하고 행복했다. 첫 부분이 무한 반복되는 애절한 멜로디가 내 사춘기의 감성을 마구 흔들었다. 그 시절 나는 알함브라 궁전이 어떤 곳일까? 은은하고 차분하고 달콤한 작은 음들이 끊임없이 마음의 빈틈을 파고들었던 우수적인 멜로디를 들으며 알함브라 궁전을 동경했다. 스페인 작곡가인 타레가는 콘차 부인을 가르치다가 사랑하게 되었고, 실연을 당한 뒤 혼자서 알함브라 궁전에 머물며 〈알함브라 궁전의 추억〉을 작곡했다. 그는 상처받은 쓸쓸한 감정을 이 곡에 고스란히 담아냈으리라. 달빛 드리워진 궁전의 아름다움을 따라 자신의 사랑을 떠올리며 작곡했으리라.

'왕비의 정원' 곳곳에 괴괴한 이야기들이 많이 숨어 있단다. 후궁과 근위대장의 비극적인 사랑을 전해주는 흉물스런 나무를 왜 베어버리지 않고 그대로 방치해 두는 걸까? '무어인들의 마지막 한숨'이라는 언덕을 바라볼 때 암울한 음색의 〈fado〉가 환청처럼 들려왔다. '인류가 만든 가장 아름다운 건축물'을 남기고 쫓겨 가던 무어 왕의 심경이 어땠을까.

이슬람과 기독교가 빚어낸 몇 개의 건물을 지나 궁전 밖으로 나왔다. 방금 지나온 곳에 내가 그렇게도 그리워했던 아름다운 궁전이 존재했던가. 꼭 꿈을 꾼 것만 같다. 오래 전에 읽었던 책일지라도 감명 깊게 읽었던 부분은 기억에 뚜렷이 남아있듯 알함브라 궁전은 내 기억에 선명하게 오래오래 남으리라.

윤정 언니가 말했다. 추적추적 가을비가 내리면 신들린 듯 열정적으로 부르는 〈fado〉를 들으며 스페인을 추억하자고. 더 이상 여행할 수 없을 정도의 나이가 되었을 때, 테레가의 매혹적인 기타소리를 들으며 그동안 모아온 추억의 장을 차곡차곡 떠올리며 행복했던 순간에 잠겨보리라.

3부　나에게 선사한 하루

애그라 성
(Agra Fort)

나에게 선사한 하루

나는 오늘 북촌을 염두에 두고 나온 것이 아니다. 그냥 머리를 비우고 차분히 걷고 싶어 인사동에 왔다가 발걸음이 이곳으로 향했다. 기분전환하기에 북촌이 좋다는 말을 언젠가 들었던 것 같다. 경관이 좋은 곳에서 무거운 감정을 내려놓고 차분하게 걷고 싶다.

삭막한 고층 건물만 바라보다가 지붕이 나지막한 동네에 들어서니 마음이 차분히 가라앉는다. 같은 서울이면서도 시간이 다르게 움직이는 느낌이 든다. 마치 과거로의 시간여행을 떠나온 듯 고즈넉하다.

관광객들의 움직임이 왁자한 골목을 벗어나 천천히 걸어야 제 맛을 느낄 수 있는 소박한 골목으로 들어섰다. 발길 닿는 대로 오르다보니 한옥의 처마선과 절묘하게 어울리는 소나무가 눈에 띈다. 한복을 곱게 입은 여인이 살며시 문을 열고나올 것만 같은 연륜이 묻어나는 기와집을 카메라에 담았다. 담장 밖으로 고개를 내민 호박넝쿨과 붉은 감이 주렁주렁 매달린 풍경도 담았다. 한 폭의 수채화 같다.

1930년 후반부터 1960년대 초반까지 왕족이나 권세가들이 살던 대저택이 헐어지고 작고 표준화된 한옥이 들어선 북촌. 한때는 개발 정책으로 한옥을 허물어뜨리고 추녀가 없는 슬라브주택을 세웠지만 지금은 건축가, 미술가들에 의해 다시 한옥단지로 거듭나고 있다.

푸른 하늘로 치켜 올라간 추녀는 우리 선인들의 정서요, 부드러운 곡선으로 이루어진 처마는 우리 겨레의 맵시다. 우리 선인들의 고운 마음결에서 우러나온 여유와 멋이다. 과묵해 보이는 검은 기와집들이 옹기종기 이마를 맞대고 있어 따뜻한 정이 오갈 것 같은 분위기다.

이것저것 볼거리가 많아 심심할 틈이 없는 골목을 걷다보니 낯익은 광경이 보인다. 70년대의 개량한옥들이 빚어낸 회색빛 골목, 그동안 애면글면 끌어안고 지내온 무거운 짐이 회색빛 골목에서 보인다. 만삭의 엄마가 도시락을 들고 허겁지겁 뛰어오는 모습. 엄마를 못 본 척 버스에 올라탄 중학생인 나, 달리는 버스 꽁무니만 멍하게 바라보던 엄마. 점심값을 두둑이 챙겨 넣고도 시치미를 뗀 나, 온종일 걱정했을 엄마.

구불구불 이어진 길을 걷다보니 어느새 산중턱에 다다랐다. 붉게 물들고 있는 저녁노을이 너무 아름다워 울고 있는지도 몰랐다. 엄마가 돌아가신 이후, 맏딸로서의 의무와 책임을 다하려고 어른인 척 버텨왔던 내가 울고 있다. 동생들의 감정을 헤아리지 못하고 불같이 화를 내고 분노를 터트렸던 나. 엄마에 대한 연민이 위험수위를 넘을 때마다 엉뚱하게 동생들에게 짜증을 부렸던 나. 이런저런 상념에 잠기다보니 우주의 거대한 손이 여기까지 인도했다는 느낌이 든다.

"네 엄마가 살았어도 너희들이 이보다 더 잘 되진 않았을 게다. 네가 수고가 많았다." 아버지가 눈을 감기 전, 하신 말씀이 위로가 된다. 이제야 어떤 무거운 짐을 내려놓았다는 기분이 든다.

미로 같은 골목을 돌아 아래로 내려오니 나무간판이 멋진 찻집이 보인다. 예스런 분위기가 여느 카페와는 다르다. 한옥과 어울리는 고가구와 소품들이 편안함을 주고, 고목테이블도 아늑하다. 아기자기하게 꾸민 정원과 연못이 보이는 대청에서 조용한 음악을 들으며 차를 마신다. 꽃잎이 곱게 우러난 따뜻한 차를 마신다. 아 밑바닥에 깔려있던 감정이 스르르 풀린다. 무거운 것들로부터 자유로워졌다는 생각이 든다. 오늘 보았던 풍경 속에 편안함으로 전환시켜주는 어떤 힘이 있었던가?

돌담 너머로 보이는 창덕궁의 아름다운 전경, 부드러운 곡선이 빚어낸 북한산 자락의 스카이라인, 낮게 줄지어 서 있는 담벼락, 빛바랜 한옥들이 빚어낸 소박한 골목, 댓돌에 놓인 하얀 고무신, 옹기종기 모여 있는 항아리, 어디에서 위로를 받았을까?

일찍이 나에게 이런 순간을 선물한 적이 있었던가. 오늘 나만의 시간 속으로의 여행은 '나에게 선사한 하루' 소중한 선물이다.

낙엽

　조용한 몸짓으로 가을이 성큼 다가왔습니다. 저마다 아름다운 빛깔로 각자의 개성을 마음껏 연출하는 계절이지요. 내 생애 가장 멋진 화려함으로 단장을 했습니다. 장밋빛으로 정성들여 화장한 얼굴은 정말 고왔습니다.

　맑은 하늘은 연일 우리를 축복해 주었고, 어떤 친구들은 술에 취한 듯 유혹의 손짓을 보내기도 했답니다. 즐거운 축제가 계속되는 중에 친구들이 하나 둘 어디론가 사라져 갔습니다. 아마도 사랑의 짝과 입맞춤하러 갔겠지요? 내게도 멋진 사랑의 짝이 미소를 머금고 다가올 것만 같았습니다. 설레는 마음으로 그동안 열심히 익혔던 춤을 있는 힘을 다하여 발휘해 보았습니다. 마치 발레를 하듯 말입니다.

　마침내 환희의 절정에서 저는 자유로움을 느꼈습니다. 멀리 떠오르는 듯 잔잔히 가라앉는 듯. 아! 정말 감미로운 순간이었습니다. 지금껏 한 번도 맛보지 못한 황홀감으로 지그시 눈을 감았습니다. 부드러운 침상에 내려앉는 듯하여 살며시 눈을 떠보니 파란 하늘이 보입니다. 눈물겹도록 행복했습니다. 여전히 제 몸은 아름다웠구요.

꿈결 같은 순간인 줄 알았는데 소슬바람이 제 몸을 마구 흔들었습니다. 주위를 돌아다보니 먼저 갔던 친구들이 더럽혀진 몸으로 조용히 침묵을 지키고 있었습니다. 사랑의 몸짓은 이런 거라고 누군가 속삭여 줬지만 공포와 두려움으로 제 몸은 얼마나 떨었는지요. 거짓말처럼 제 몸은 바삭거리며 말라갔습니다. 그토록 곱던 빛깔은 흔적도 없이 사라지고 몸부림치며 흐느낄 사이도 없이 저 멀리서 무서운 발자국 소리가 들려왔습니다. 귀를 막고 얼굴을 가리운 채 몸을 움츠렸습니다.

따스한 봄햇살에 이슬을 머금고 엄마 품에 안겨 살며시 눈을 뜨던 때를 생각해 봅니다. 아지랑이 기운을 몸에 휘감고 속살을 틔우는 순간이 저의 탄생이었습니다. 바람에 얼굴을 비비고 풍성한 젖을 빨면서 저는 무성히 잘 자랐습니다. 이른 아침부터 친구들이 찾아와 단잠을 깨웠고, 밤에는 별바다에 온 몸을 적시우곤 했습니다. 아침햇살에 몸을 말끔히 말리울 때는 얼마나 수줍던지요.

우리 집은 언제나 풍요로워 지나가던 이들에게조차 쉼터가 되었고 마실 나온 초승달도 잠깐씩 놀다가곤 했습니다. 가뭄이 계속되는 어려운 때를 대비하여 사랑의 창고를 지하에 두기도 했습니다. 저는 몸의 유연성을 위하여 바람결에 맞추어 끊임없이 운동을 하였습니다. 아름답고도 행복한 꿈을 위해서 말입니다. 친구들의 노래에 맞추어 눈물겹도록 열심히 춤도 배웠답니다. 물론 뜨거운 아픔의 날들도 무서운 폭풍의 시련도 있었지만 저는 늘 푸르고 명랑했습니다. 야무진 꿈도 있었구요.

어느 마음씨 고운 소녀의 일기장 속에 숨겨져 은밀한 사랑을 받고 싶었습니다. 아니 뜨겁고도 애절한 사랑의 편지와 함께 긴 여행을 하고 싶었다고 할까요. 그것도 아니면 태고의 안개 자욱하고 누구의 발길도 얼씬하지 않는 한적한 곳에서 내 몸의 피가 다시 이슬로 맺혀지길 바랬었나 봅니다.

지금에 와서는 한낱 욕심에 지나지 않는 꿈들을, 이 무서운 공포 앞에서 생각해 보는 순간 제 몸은 사정없이 짓밟히고 말았습니다. 마침내 내장까지 문드러지고 바스러졌습니다. 내 가련한 육신과 영혼이 찢어지는 아픔의 순간이었죠.

절망과 죽음의 순간에 다다라서야 내 몸이 가루가 되어 다시금 생명의 근원이 된다는 것을 알았습니다. 땅 속 깊이 사랑의 실천을 하는 것이 최고의 기쁨이 된다는 것도 알게 되었습니다. 숨 막히도록 짓밟히고 바스러져 뒹굴려도 우리는 서로의 몸을 힘차게 부둥켜안고 가슴과 가슴으로 서로를 위로했습니다. 우리의 슬픔쯤은 사랑의 싹을 틔울 수 있는 자리를 마련하기 위하여 감출 줄 알아야 한다고 말입니다.

부디 내 몸 부서지고 썩어져서 새 생명을 잉태하는 젖줄이 되길 바랄 뿐입니다.

예전에 그토록 서럽게 들려주던 친구들의 노래 소리가 귓전에서 후렴처럼 들려왔지만 울지는 않았습니다. 아름다운 추억만을 이 작은 가슴에 가득 안고서 숨소리를 바람결에 날리우고 대지에 녹여봅니다.

민들레

어디서 꽃씨 하나 날아와
생명이 되었을까
수많은 발자국에
짓밟히고도
의연하게 지켜온 목숨
잠깐의 눈 맞춤인데
가득히 번져오는 환희
주어진 자리에서
미소 짓는 너의 의지가
참으로 아름답구나!

여백의 미학

며칠 전, 새 아파트로 이사한 친구가 몇몇 친구들을 초대했다. 우와! 천국이 따로 있을까? 60평도 넘는 공간을 어쩌면 그렇게도 시원하고도 예쁘게 꾸며 놓았는지. 대학생 딸 하나에 달랑 세 식구가 살기에는 궁궐 같았다.

입을 다물지 못하고 돌아온 나는 가슴이 답답하고 짜증이 나기 시작했다. "천국이 따로 없더라구…. 나도 그런 곳에서 한 번 살아 볼 수 있을까?" 왕실 같은 침실이며, 최첨단 부엌을 떠올리며 한참 넋두리를 하고 있는데, "이 사람아, 집 좁다고 투정만 부리지 말고 정돈이나 좀 하고 살아라." 남편이 핀잔을 주었다.

버리자니 아깝고 그냥 두자니 짐이 되는 것들로 가득 찬 우리 집, 버려야지, 하면서도 끝내 제자리에 주저앉히고 말았던 책과 이불, 그릇, 등등. 이번 기회에 정리 좀 해봐야겠다. 이 가을 나뭇가지들도 다 털어버리고 빈 모습으로 돌아가지 않는가. 단순하고 깔끔하게 정리해보자.

맙소사! 탐욕과 게으름으로 먼지를 뒤집어 쓴 물건들, 욕심으로 가득한 나의 내면을 보는 듯하다. 쓸만한 것들은 추려서 수거함에 넣고, 쓰지 못할 물건들은 봉지에 담아 땀을 뻘뻘 흘리며 내다버렸다. 이것저것 정리하면서 가구 배치를 바꾸어 놓으니 좁다고만 여겨졌던 공간이 제법 넓어졌다. 공간구성의 효과일까, 시각적 효과일까? 가구 배치만 조금 달리했을 뿐인데 똑같은 공간이 쓰임새가 더 나아진 것 같다. 집이야 마음대로 늘릴 수는 없지만, 가구를 어떻게 배치하느냐에 따라 활용도가 달라진다.

웬만큼 정리를 끝내고 식탁에 앉아 창밖을 보니 노랗게 물들었던 은행나무가 밤새 잎을 털어버리고 빈 모습으로 서 있다. 동양화 한 폭을 보는 듯하다. 비어 있지만 생성의 기운이 충만한 공간, 바로 '여백의 미학'이다.

동양화에서 여백은 무無의 실체화가 아니다. 형형색색의 요소들을 화면 가득 집어넣는 서양화와는 다르게 동양화는 오히려 여백을 줌으로써 표현하고자 하는 이상의 것을 나타낸다. 여백은 작품의 완전한 한 부분으로 보다 적극적인 의미에서 그려지지 않은 그림이다. 말 그대로 '아무것도 없는 곳'을 아무것도 칠하지 않은 채 남겨두어 보는 사람으로 하여금 비워둔 공간에 각자의 생각을 채우도록 하는 것이다.

여백이 없는 사람을 상상해 보라. 얼마나 빡빡하고 숨이 막히는지. 구구절절 설명하지 않음으로써 시詩에 여운이 남듯, 빈 공간이 있어 건축물이 편안하듯, 쉼표라는 여백이 있어 음악이 아름답듯, 세상도 마찬가지리라. 한계를 모르고 앞으로만 치닫는 사회, 활동으로만 가득 찬 삶은 내면을 피폐하게 만든다. 우리는 빈 곳을 찾아 피곤에 지

친 삶을 내려놓아야 한다. 여백의 공간에서 적절한 유머와 따뜻한 감
정을 회복해야 한다. 쉼을 통해 이웃에게 눈인사를 건넬 여유를, 길바
닥에 핀 작은 꽃에게 웃음을 던질 여유를, 낡은 책장을 넘기며 미소 짓
는 여유를 찾아야 한다. 비움은 정서적으로 풍성하고 아름다운 삶을
살게 해 준다.

여백이 있는 사람이 아름답다.

빈틈이 없고
매사에 완벽하며
늘 완전무장을 하고 있는 듯
보이는 사람보다는

어딘가 한 군데는
빈 여백을 지니고 있는 듯해 보이는
사람이 정겹게 느껴진다.

여백이 있는 풍경이 아름답듯
여백을 지닌 사람이
더 아름다운 사람이 아닐까?

욕심을
털어버린 모습으로

허공을 등지고 있는 모습이

- 도종환 -

노자의 도덕경에 '있고 없는 것은 서로 상대하기 때문에 생겨난다(有無相生)'는 구절이 있다. 이는 여백의 또 다른 표현이다. 빈 부분이 존재하면서도 빈틈이 없이 짜여진 구도, 이런 구성의 묘미를 생활에 적용하고 싶다. 정신세계나 일상생활, 내가 쓰는 글에도 여운과 자유가 넘나드는 '여백의 미학'을 적용시켜보고 싶다. 빈 채로일 곳은 빈 채로 놔두는 자세를. 욕심을 버리고 깨끗하고 아름다운 것으로 풍성히 채울 수 있는 '여백의 미학'을 이 가을에 배우고 싶다.

판데온
(Pantheon)

아라한 阿羅漢

　　대웅전에서 스님과 차를 마신다기에 부지런히 일행들의 뒤를 따라 들어갔다. 그렇잖아도 따끈한 차 한 잔이 간절했다. 전남 진도에서부터 날씨가 음산하게 조화를 부리더니 사찰 미황사에서 내려올 때는 기어이 눈발이 맹렬하게 앞을 가렸다. 그 바람에 몸이 꽁꽁 얼었다. 더구나 이곳은 다산茶山 정약용이 주지선사와 차를 마시며 시국담을 나누었던 백련사가 아닌가. 커다란 난로를 두 개나 켜놨지만 공기가 차고 마룻바닥이 냉골이다. 우리 일행들과 동문이라며 국문학이 부전공이라는 말로 자신을 소개한 스님은 백련사의 유례에 대해 설명하셨다.

　　백련사는 신라 때 창건되었으며, 고려 땐 8국사國師를 배출했고, 고려 말에는 흔들리는 국권을 바로잡기 위해, 또 불교의 민중화를 위해 이곳에서 백련결사를 맺었다고 한다. 대웅전 내벽에 걸려있는 정자체로 쓴 현판 백련사白蓮社가 '절 寺' 자가 아닌 '모임 社' 자로 쓰여진 것은 이런 연유에서라며, 어려운 선계나 경구를 모르더라도 마음으로 자신을 들여다보면 누구나 깨달음을 얻는다는 희망을 전파했다고 한다. 효령대군도 백련사에 입산하여 8년간 수행했다 하니, 19대 후손인 내가 왠지 감회가 새롭다.

불교에 문외한인 나는 스님의 말씀에는 별로 관심이 가지 않고, 언제쯤 차가 나올까? 온통 신경이 쓰였다. 따끈한 차 한 잔이 간절하다. 조금 전, 발걸음을 다원茶院으로 향하다가 뜻밖에 스님과 대웅전에서 차를 마신다기에 기대를 하고 왔는데…. 두툼한 방석에 올라보지만 여전히 발이 시리고 춥다. 언제쯤 차가 나올까? 다산 정약용과 우정을 나눴다는 주지승 혜장도 이 자리에서 차를 대접했을까? 승려이면서도 유학에 능한 혜장의 명성을 듣고 찾아온 다산의 날카로운 질문에 스님은 정중히 무릎 꿇고 큰절을 올리며 가르침을 청했다고 한다. 이후 다산은 혜장에게 경학經學을, 혜장은 다산에게 선禪과 다도茶道를 가르쳤고, 이때부터 다산이 차를 제대로 즐기기 시작했다.

스님은 대웅전 내부의 그림에 대해 설명하셨다.

"우측을 올려다 보세요. 부처님께 봉양을 올리는 천녀와 천동들이 발가벗었죠? 남자일까요? 여자일까요?"

"이건 여자고 저건 남자 같은데요."

"남잔지 여잔지 알 수가 없어요. 다른 나신들은 부처님을 찬불하거나 게양을 올리거나 법명을 듣는데 딴 짓거리하는 나한들이 보이나요?"

신성한 법당에 웬 나신들? 화재를 방지하는 그림인가? 불경스런 그림들이 왜 경건한 법당에 그려져 있을까? 남녀의 구분이 없다는 다섯 분의 '나한도'가 너무도 자유분방해 보인다. 졸고 있는가 하면 잠을 자는지, 달을 보는지 모두가 딴 짓을 하고 있다. 젖과 배꼽을 다 드러 내고 잡담하는 모습이 그야말로 무질서의 극치다. 무질서는 다르게 표현하면 자유분방함인데…. 부처님이 열반에 들기 전 "너희는 현세 에 나가 민중을 구제하라"고 했단다. 다섯 나신들은 인간들 속에 숨 어 사는 바로 우리들 모습이라고 했다. 장구를 치고, 대금을 불고, 아 쟁을 연주하는 천녀들은 모두가 동글동글한 몸매에 하늘거리는 천을 걸쳤다. 여백의 미와 함께 곡선의 미도 한국적인 미이며, 곡선 또한 자유분방함의 일부분이다. 웅장하고 신령스러워 보이는 대웅전이 온 통 익살과 파격으로 가득하다.

스님께서는 천장 깊숙한 곳이나 기둥 옆, 구석구석에 손전등을 비 춰가며 그림들을 하나하나 느긋하게 설명하셨다. 이제 차는 포기해야 겠다. 어쩌면 내가 잘못 전해 들었는지도 모른다. 더구나 우리 일행들 은 일정 때문에 여유가 없다. 드디어 소석 선생님께서 마무리를 해달 라고 말씀하셨다. 스님은 듣는 둥 마는 둥 태연하게 그림에 얽힌 이야 기만 길~~게 하셨다.

천장에는 연꽃들이 별처럼 가득하고, 그 아래로 천도복숭아를 공 양하는 천녀들과 악기를 들고 찬불하는 건달바들이 귀엽게 그려져 있 다. 대들보에는 웃음을 참지 못하겠다는 듯 킥킥거리는 용의 얼굴이 튀어나와 있고, 걸침 대와 한 덩어리로 조각된 봉황이 코믹하게 붙어 있다. 봉황과 사자, 어리숙한 사람의 모양을 한 새, 도끼를 입에 문 용 등 익살스런 표정과 장난기가 가득한 목각들이 즐비하다. 250년 전 대웅전을 중건할 때 조각한 것들이라며 다른 절에서는 볼 수 없는 민화란다. 신성한 불당에 무속巫俗 색채가 짙은 민화를 왜 그려 넣었을까?

파격이나 일탈이 전혀 어울리지 않는 법당에 숭고한 불화佛畵 대신 익살과 해학이 주가 되는 민화를 그렸다는 사실이 놀랍다. 천진스럽고 장난기 가득한 그림을 그린 분(僧侶 畵工)은 분명 자유로운 영혼의 소유자였을 것이다. 무기교의 기교, 무질서의 질서, 자유롭게 그림을 그리도록 허락한 주지승 또한 넓은 품을 지닌 분이었을 것이다. 이런 분들이야말로 진정한 깨달음의 경지에 다다른 아라한阿羅漢이 아닐까?

그러고 보니 대웅전에 처음 들어섰을 때, 근엄함으로 경직되었던 내 마음이 어느덧 흐트러지면서 편안해졌다. 얼었던 몸도 따뜻해졌다. 꾸밈이 없는 매력이란 이런 것인가. 한 치의 흐트러짐이 없는 질서가 얼마나 사람을 긴장되게 하는가. 비록 차는 마시지 못했지만 '단순하고 소박함이 주는 편안함'에 대해 깨달음을 주신 스님께 감사를 표하고, 입가에 알 듯 말 듯 자애로운 미소를 짓고 있는 삼존불께 합장을 하고 나왔다.

〈동국대고전문학〉 팀에서 여름과 겨울에 다니는 답사 덕분에 나는 우리강산 도처에 있는 수많은 사찰과 문화유산을 만났다. 이번 2박 3일 서남도 답사에서는 양도공 22대 후손인 이창헌 선생님 댁, 내산서원, 불갑사, 백제불교도래지, 운림산방, 고산유적지, 윤두서고택, 미황사, 다산초당 등을 방문했다. 진도 펜션에서는 반주도 없이 25명 전원이 돌아가며 노래를 불렀고, 문화관에서는 흥겨운 〈진도아리랑〉을 배웠다. 일정을 마치고 돌아오는 버스에서 나는 소석 선생님의 '회혼의 날에' 시를 낭송했다.

> 여보! 60년 전
> 두 몸으로 태어난 우리는
> 한 몸이 되었지
> 당신의 등에 얹혀 온 지 예순 해
> 크게 다툼이 없었다 함이 금실 좋다 여겼더니
> 애정이 적어서였음을 이제야 알만 하네.
> 부부의 만족으로
> 남녀의 애정쯤은 가려진들 어때
> 당신 왼발 나의 오른발이
> 한 발작씩 걷는 걸음으로
> 뚜벅뚜벅 더디 걸어
> 남은 햇살 늘려가며 삽시다.
>
> — 소석 이종찬 —

일행들 모두가 '감동적인 시'라며 박수를 쳤다. 박수가 잦아들자 "나는 마누라가 회혼시를 지어서 주던데, 그러고 보니 소석 선생과 나는 뭐든 반대로 살아온 것 같아." 긴내 선생님의 말씀에 박장대소가 터졌다. 스물한 번 이사를 하고서야 처음 집을 장만했다는 소석 선생님과 주변머리가 없어 오십 년째 한 번도 이사를 못해봤다는 긴내 선생님과의 입담이 만담처럼 재밌었다. 어찌나 우습던지 정 교수님께서 "두 분 선생님들 참 귀여우십니다" 하여 또 한 차례 웃음바다가 되었다.

그렇다. 어떤 깨달음의 경지를 넘어선 자들만이 천진스러워질 수 있는 것이다. 까마득한 후학들 앞에서 어린아이들처럼 장난스럽게 농을 주고받는 두 분 선생님은 언제 뵈어도 소박한 민화처럼 편안하시다. 백련사 대웅전에 그림을 그린 분과 이를 허락한 주지승, 소석, 긴내, 두 분 선생님은 '모든 공부를 이루어 번뇌가 없고 허물이 사라지고 자유로운 마음을 가졌다'는 '아라한'이다.

코르도나따 계단
(Cordonata Capirolina)

능소화로 피어난 여인

　강릉에서 '수필의 날' 행사를 마치고 허난설헌(許蘭雪軒 1563~1589)생가를 찾았다. 싱그러운 소나무 숲을 지나 고택에 들어서니 집주인의 성품이 배어있는 듯 집안 분위기가 고즈넉하면서도 차분하다. 아름다운 자연풍경과 향기가 맑게 묻어나는 곳에서 자랐기에 그토록 고운 시를 뽑아 낼 수 있었던가. 세월의 깊이를 더해주는 이끼 낀 기와와 연륜이 묻어나는 전통가옥에 마음이 편안해진다. 7월의 더위도 잊은 채 숨바꼭질 하듯 사랑채와 행랑채, 곳간을 지나 외부와 차단된 안채로 들어섰다.

　탐스럽고 고운 빛깔의 능소화가 수줍은 듯 반갑게 맞아준다. 초록 저고리를 입은 난설헌이 규방 깊숙한 곳에서 살짝 문을 열고 나와 발꿈치를 들고 밖을 내다보는 모습과 오버랩 되어 보인다. 긴긴 세월 오로지 지아비만을 기다리던 난설헌의 넋인 양 담장 너머로 고개를 내밀고 있는 자태가 왜 그리 슬퍼 보이는지.

　요즈음은 어디서나 볼 수 있는 꽃이지만 예전에는 궁궐이나 양반가에서만 볼 수 있던 귀한 꽃이다. 여자의 정조를 상징하는 꽃으로, 딸이 좋은 가문에 간택 받기를 바라는 양반가에서만 심었다고 한다. 조선 선조 때 태학의 영수領袖를 아홉 번이나 지낸 난설헌의 아버지 허엽許曄도 사랑스러운 딸 초희가 좋은 가문에 간택받기를 바라는 마음에서 심었을 것이다.

화려한 겉모양과는 달리 능소화에 관한 전설이 슬프다. 자태가 곱고 어여쁜 궁녀 소화가 임금의 눈에 띄어 하룻밤을 지내고 빈嬪의 자리에 앉게 되었다. 어찌된 일인지 임금은 한 번도 처소를 찾아주지 않았다. 담장을 서성이며 발자국 소리라도 나지 않을까, 그림자라도 비치지 않을까, 기다림에 지쳐 병이 든 소화는 담장 가에 묻어달라는 유언을 남기고 죽었다. 긴긴 외로움이 붉은 꽃으로 화한 것인가. 온갖 새들이 꽃을 찾아드는 무더운 여름, 소화는 임금을 보기 위해 담장을 타고 올라가 붉은 꽃으로 피어났다. 하늘을 향해 고개를 길게 뺀 모양을 보고 하늘을 능히 이긴다는 뜻으로 '능소화'라고 하였다.

아버지의 바람대로 5대째 급제한 명문가로 시집을 갔지만, 난설헌은 긴 한숨과 떨어지는 눈물로 세월을 보내야만 했다. 당대 최고의 명문가에서 오빠들과 동등하게 가르침을 받았고, 서얼들과도 교분이 돈독할 정도로 자유분방한 분위기에서 곱게 자란 그녀에게 기방 출입하는 남편과 시어머니의 호된 시집살이는 숨 막히는 족쇄요 굴레였다. 바느질이나 살림보다는 책과 묵향을 좋아하는 며느리를 곱게 봐주지 않는 가부장적인 시가媤家에서 그래도 정 붙일 데라곤 남편밖에 없었는지, 남편에 대한 그리움을 주제로 한 시를 많이 지었다.

허균은 "누이 부부의 사이가 좋지 못했다"고 하였다. 하지만 조선

의 여자로 태어나 김성립의 아내가 된 것이 가장 원망스럽다며 '장안
유협경박자長安遊俠輕薄子' 라고 남편을 비하했던 그녀도 때로는 지아비
가 그리웠던 모양이다. 그러기에 '그 사람 그리움에 심장이 찢어지네.
밤새껏 그리움에 잠 못 이룰 제, 비단 이불 쓸쓸하고 찬 기운만 감도
네… 깊은 규방에 묻혀서 그리움을 끊으려 해도, 그대가 생각나 심장
이 터질 것 같다' 며 독수공방의 외로움을 한탄하였다.

조선 중기 양반가의 아낙인 난설헌은 남편이 어디에 가 있는지 소
식도 모른 채 외부와 차단된 담장 안에서만 기다림의 나날을 보내야
했다. 조금이라도 더 멀리 밖을 내다보기 위해 고목을 휘어 감고 높이

올라가 담장 밖을 내다보는 능소화처럼 고개를 내밀고 담장 밑을 서성였을 것이다. 남존여비의 유교사회에서 여성이 느끼는 한이 그녀의 시상詩想을 북돋았는가, '임의 얼굴을 못 보거니 그립기나 말았으면 좋으련만 하루가 길고 한 달이 지루하다'며 지아비를 그리워하는 여인의 한을 섬세하면서도 온화한 시적 감각으로 승화시켜 우리 가사문학의 정수인 '규원가'를 남겼다

능소화는 넝쿨식물이라 고목이든 담장이든 기댈 곳만 있으면 수 미터까지 올라가 여름 내내 황적색으로 주변을 환하게 밝혀준다. 난설헌도 예술적 재능을 존중해주고 귀히 여기는 너그러운 남편을 만났더라면 높은 학문과 풍부한 문학적 감성으로 더 높은 경지의 문학을 꽃피울 수 있었을 것이다. 예술의 선계를 넘나드는 시선詩仙이 되었을 것이다.

낙화의 순간까지 고운 형태를 고스란히 간직하고 있다가 어느 순간 통째로 장엄하게 최후를 마치는 능소화처럼 난설헌도 스물일곱의 꽃다운 나이에 요절하였다. "부용꽃 스물일곱 송이 붉게 떨어지니, 달빛 서리 위에서 차갑기만 해라" 죽음을 예견한 시를 남기고 낙화하였다. 한창 아름다움을 뽐내는 어여쁜 순간 툭 화관을 내려놓듯 떨어지고 말았다. 여성의 재능이 전혀 표출될 수 없었던 봉쇄된 사회에서 시대를 앞서갔던 그녀는 남편과의 불화와 시집살이, 어린 자녀들의 죽음과 친정의 몰락 등 이승에서의 흔적을 모조리 지워 버리고 싶었던지 일생 동안 창작했던 작품들을 모조리 불태우라는 유언을 남겼다.

방 한 칸 분량이 될 정도로 많은 시문詩文은 철저히 버림받고 불태워졌지만, 다행히 누이의 작품을 아까워하던 허균에 의해 빛을 보

게 되었다. 친정에 남아있던 시를 명나라 사신에게 보내어(1608년) "빼어나면서도 화사하지 않고, 부드러우면서도 뼈대가 뚜렷하다"는 극찬을 받았다. 〈난설헌집〉이 간행될 때는 종이가 모자란다는 말이 나올 정도로 선풍을 일으켰다. 그녀의 시를 연모한 명나라의 한 여성은 소설헌小雪軒이라 이름을 짓고 난설헌 시에 일일이 화답하는 시문 123수를 엮어 〈해동란海東蘭〉을 출간하였다. 명나라 사신들이 조선에 올 때마다 난설헌의 시를 얻기 위해 허균의 집은 문전성시를 이루었으며, 1711년에는 〈난설헌집〉이 일본으로 건너가 많은 문인들에게 애송되었으니 허난설헌이야말로 한류열풍의 원조라 하겠다.

> 사랑하는 낭군을 보기 위해
> 한여름 뜨거운 담벼락을 타고 올라가
> 고개를 숙인 듯 수줍게 핀 꽃이여!
> 오직 사랑하는 임을 보기 위해
> 고목과 담벼락을 부여잡고
> 불빛으로 타오른 여인이여
> 그토록 그리워하더니
> 심장이 터져 불꽃이 되었는가
> 사랑이란 저리도 붉은 것인가
> 행여 낭군의 목소리 들릴까
> 생채기라도 낼 듯
> 담벼락을 움켜잡고 귀를 활짝 열고
> 뜨거운 여름 내내 기다리는 여인이여!

붉디붉은 꽃잎을

이끼 낀 기와에 살며시 괴더니

끝내 기다림에 지쳐 담벼락 아래로

눈물방울 떨어트리듯

툭

통째로 떨어지는가!

– 이선재 –

　고운 빛깔로 탐스럽게 피어있는 능소화를 눈에 가득 담고, 솔밭에서 불어오는 시원한 바람을 따라 산책길로 들어섰다. 초록 이파리와 대비되어 더욱 돋보이는 주황색 꽃송이가 주렁주렁 주렴처럼 늘어서서 내게 따뜻한 미소를 보낸다. 빼어난 스물일곱 송이는 이울었어도 맑은 향기만은 그대로라. 해마다 여름이면 아름다운 자태를 한껏 뽐내며 솟아오르리라, 사랑의 등불로.

화합의 장

작은 공 하나가 삽시간에 대한민국을 축제의 장으로 만들었다. 세계 최강국 독일을 2 : 0으로 이기다니. 누구도 기대를 안 했는데, 정말 이길 줄 몰랐는데, 2002년도의 기적을 다시 한 번 즐기다니, 비록 8강에는 들지 못했지만 그 이상 즐겁고 신났다. 수비벽을 절묘하게 뚫고 위협적인 슛을 날릴 때마다 우리는 목이 터져라 외쳤다. "대~한~민~국 짝짜~자 짝짝"

한국-독일 전은 늦은 시각이라 집에서 남편과 아들과 함께 응원했다. 손에 땀을 쥐고 판독을 기다리다 얻은 첫 골! 막판에서 얻은 또 한 골, 2 : 0. 골키퍼 조현우, 손흥민 파이팅! 아시아 최초로 독일을 잡은 선수들이 자랑스럽다.

한국-우루과이 전 때는 여동생 집에서 응원했다. 통닭과 족발에 맥주를 마시며, 열 살짜리 유진이의 선창에 따라 혀 꼬부라진 소리로 "대~~한 민국"을 외쳤다. 슛이 날릴 때마다 와~~ 얼싸안고 방방 뛰고 하이파이브를 날리며 집이 떠나가라고 소리쳤다. 이리저리 옮겨 다니던 볼을 향해 벌떡 일어나 함성도 질렀다. 머리에 붉은 수건을 동여맨 남편이 "8강을 위하여!" 힘차게 건배사를 외쳤고, 유진이도 "대~~한 민국" 짝짜~자 짝짝 손뼉을 치며 응원에 참여했다. 제부와 여동생, 나와 남편은 맥주를 쭈~욱 들이키며 월드컵을 만끽했다.

남아공월드컵 때는 남편과 함께 영동대로에서 응원했다. 와! 붉은 물결! 생생한 함성! 절대로 집에서는 맛볼 수 없는 열기 속에서 우리는 방방 뛰면서 응원을 즐겼다. 바로 이 맛. 레드 컬러패션은 기본이고 붉은 악마를 상징한 바디페인팅과 액세서리가 월드컵의 열기를 더욱 뜨겁게 해주었다. 튀어도 멋지고 섹시해도 애교스러운 월드컵 패션을 입은 아가씨들! 스크린이 너무 높고 화장실이 불편해도, 승리를 부르는 마음을 모아 우리는 목청껏 응원했다. 하지만 아쉽게도 그날의 경기는 아르헨티나에 4 : 1 로 참패했다.

2006년 토고 전에는 학원생들을 데리고 코엑스 대로변에 가서 붉은 악마 띠를 두르고 신나게 구호를 외쳤다. 어디선가 "See~~Bal~~See~~Bal~~" 무슨 구호? 한참 어리둥절하던 나는 조재진 선수가 침을 뱉으며 '씨발' 하는 장면을 보고서야 욕이라는 것을 알았다. "See~~Bal~~" 그날의 구호는 정말 최고였다. 학부형으로부터 전화가 왔다. 뚱하게 말도 안 하던 아이가 응원을 다녀온 뒤로 말도 잘하고 얼굴도 밝아졌다고. 욕으로 스트레스를 확 날려버려서 그런 것 아닐까?

2002년 월드컵 때만 해도 나는 축구에 별 관심이 없었다. 8강에 들고서야 축구를 알게 되었고, 응원에 참여했다. 연장전에서 안정환이 골든골을 터트렸을 때, 학원생들은 먹던 피자도 집어 던지고 거리응원에 나가자며 떼를 썼다. 아무리 흥분을 가라앉히려 해도 막무가내였다. 학생들을 자동차에 태우고 경적을 울리며 응원 장으로 향했다. 차창 밖으로 고개를 내민 청년들이 태극기를 휘날리며 허스키한 목소리로 "대~한~민~국" 외쳤다. 우리 학생들도 함성을 질렀다.

뒷골목에 차를 세우고 강남역에 들어서니 "오~필승코리아♬♪ ♬ 레오~레♬♪~~" 함성이 하늘을 찔렀다. 〈아리랑〉을 부르는 젊은이들을 중심으로 한 덩어리가 된 사람들이 승리의 기쁨을 만끽하고 있었다. 불꽃같은 열광은 밤늦도록 끝날 줄을 몰랐다. 나는 학생들을 인솔해오느라 무척이나 애를 먹었다. 하지만 그날의 열띤 분위기를 그만큼만이라도 즐겼다는 것이 두고두고 기분 좋았다.

월드컵 응원은 이제 신나는 '축제의 장'으로 자리 잡았다. 뿐만 아니라 가족 간의 화합을 도모하고 이웃과의 갈등을 해소시켜 주는 '화합의 장'이기도 하다. 거나하게 취하고 목이 터져라 구호를 외치며, 얼싸안고 신명나게 방방 뛰면 소원疏遠했던 감정도 한방에 날아간다.

오늘, 우리 가족은 모처럼 유쾌하게 웃고 떠들며 '월드컵 축구'를 즐겼다. 4년 후를 기대한다.

가우디 아파트
(Casa Mila in Barcelona)

영혼을 위한 노래

초등학교 동창모임에서 충격적인 비보를 들었다. 나와 단짝이던 혜정이가 죽었다니. 그것도 사랑하던 남자의 변심에 비관하여 스스로 목숨을 끊은 지가 20년이 넘었다니. 믿기지 않았다. 깔끔하고 똑똑하고 공부 잘하던 혜정이가 죽다니, 그것도 스무 살의 나이로 자살을 했다니….

사랑이 인생의 전부라고, 사랑을 위해 목숨을 버리는 것만큼 감동적이고 아름다운 죽음은 없을 거라고, 생각되던 때가 있었다. 이제는 사랑이 인생의 전부가 아니고 어느 경우에도 사랑 때문에 목숨을 버리는 일이 미화되거나 정당화될 수 없다는 것을 알게 된 나이. 아무리 사랑이 소중하다 해도 목숨을 버릴 만큼 소중했을까?

본인이야 얼마나 처절하고 절박했으랴만 하나뿐인 목숨을 포기한 행위는 어리석은 짓이며, 안이한 방법으로 고통을 회피한 이기적인 행위가 아니었느냐고 혼백이라도 붙들고 꾸짖고 싶다. 아픈 상처를 체액으로 감싸 안아 영롱한 진주를 만들 듯, 고통과 아픔을 가슴에 삭여 더

넉넉하고 성숙한 자신을 만들었어야 하지 않았느냐고 따지고도 싶다. 사랑이 뜻대로 되지 않는다 하여 목숨을 버리는 것은 남은 자에게 가혹한 벌을 뒤집어씌우는 짓이며, 평생 죄책감에서 헤어 나오지 못하도록 묶어 두는 고문인 것이다. 짤막하게 이야기를 들려준 친구는 이미 그 사건을 잊었는지 담담한 얼굴로 말머리를 돌렸다.

그동안 몇몇 친구들끼리 가끔 만난 적은 있지만 이번이 정식으로 갖는 첫 동창모임이다. 27년 만에 보는 얼굴들. 내 얼굴이 전혀 생각이 나지 않는다며 초등학교 때 찍은 학급사진까지 들고 온 친구가 어느 정도 기억의 실마리를 잡았는지 건배를 하자며 맥주를 따라 주었다. 고향의 향기와 친구를 잃어버린 아픔을 유리잔에 가득 담아 쭉 들이켰다. 오늘만은 흠뻑 취하고 싶다. 술김에라도 혜정이의 죽음을 이해하고 싶다. 반갑다며 이 친구 저 친구가 따라 주는 술을 사양치 않았다.

돈다. 방 안이 돌고 친구들의 얼굴이 돌고 하늘이 돌고 땅이 돈다. 시계도 돈다. 오랜 세월 닫혔던 과거를 향해 거꾸로거꾸로 돌던 시침이 딱 멈춘 곳은 초등학교 4학년 교실. 키가 큰 신사의 손을 잡고 여자아이가 들어왔다. 선생님은 서울에서 전학을 온 친구라며 소개했고 아이는 또박또박 이름을 밝힌 후 얌전히 자리에 앉았다. 신사는 새로 부임해 온 감리교 목사였다. 서울 말씨에 단정한 옷차림인 그 아이는 시골에서 막 자라는 우리들과는 달랐다. 우리 아랫동네에 사는 그 아이와 나는 차츰 친해졌고 단짝이 되었다. 경쟁은 물론 시기나 질투를 몰랐으며 "네가 더 예쁘고 공부도 더 잘해." 서로 우기곤 했다. 난 혜정이의 모든 것을 좋아했고 그 아이 역시 나를 무척 좋아했다.

우리는 온 산과 들에 지천으로 피어있는 꽃들을 한 아름씩 꺾어다 교실과 교무실, 선생님의 하숙방을 장식했다. 개울물에 첨벙덩 들어가 미역도 감고 고동도 잡았다. 눈이 펑펑 쏟아지던 어느 겨울날, 눈싸움을 한 후 양지 쪽 짚단에 쪼그리고 앉아 언 손을 녹이며 '알프스의 소녀', '성냥팔이 소녀'의 주인공이 되어 눈물을 줄줄 흘리기도 했다.

유난히 볼이 붉었던 혜정이는 언니들의 졸업식장에서 송사를 읽게 된 나에게 예쁘게 보여야 한다며 머리와 옷매무새를 나보다 더 신경써 주었다.

6학년에 올라가자 혜정이는 다른 교회로 부임해 가는 아버지를 따라 다시 전학을 갔다. 헤어지는 것이 서운했지만 같은 군내에 있는 중학교에서 만날 수 있을 거라는 희망으로 슬퍼하지 않았다. 그러나 얼마 지나지 않아 이번에는 우리 집이 서울로 이사를 했다.

나는 혜정이가 보고 싶은 날이면 밤늦도록 눈시울을 붉히곤 했다. 고교진학을 앞둔 어느 날 주소를 들고 무작정 혜정이 집을 찾아갔다. 너무나 오랜만에 만난 우리는 그리움과 반가움으로 얼싸안았고 누구의 제안이었는지 모르지만 사진관에 가서 사진을 찍었다. 늘 지갑 속에 넣어가지고 다니자는 약속을 하고서.

오늘, 나는 서랍 속에 넣어 두었던 사진을 지갑에 넣어 가지고 왔다. 해맑은 웃음을 머금은 단발머리 두 소녀. 마지막이 되어버린 그날, 이 사진을 찍지 않았더라면 혜정이의 얼굴은 내 기억 속에서 영영 사라졌을 것이다. 설레는 마음으로 오늘을 기다리며 달려왔는데 혜정이가 죽은 지 20년이 넘었다니. 가슴이 싸하게 아파온다. 나는 내 유년의 추억 속에서 가장 아름답고 선명하게 자리하고 있는 혜정이를 왜

진작 찾아보지 않았을까. 그동안 무엇을 추구하고 무엇을 쫓으며 살아 왔기에 친구의 죽음을 이제야 알게 되었나. 가끔씩 혜정이가 생각날 때마다 '어디선가 잘 살고 있겠지' 막연하게 그리워했는데…. 만약 혜정이가 내 입장이었다면 20년 만에야 소식을 들었을까?

두 개의 잔에 술을 가득 따랐다. 나는 흥건히 괴어오르는 울음을 삼키며 잔을 들었다. 미안하구나, 혜정아! 꼭 너만이 듣고 고개를 끄덕일 노래를 불러줄게, 너도 잔을 들고 들어보렴.

꼭 한 사람만을 사랑하기 위하여
새벽이슬처럼 깨끗한 스무 살의 나이로
붉은 노을 같은 슬픔을 남겨두고 떠난 친구여
단발머리 해맑은 웃음
문득문득 그리움이 날아와 생각나면
너의 영혼을 위한 노래를 불러주리.

– 이선재 –

잔을 부딪쳤다. 사진 속의 친구가 살며시 미소 지으며 내게 손을 내민다. 그래, 너는 죽지 않았구나, 살아 있었구나. 마지막 눈을 감은 뒤 누군가 기억해주고 그리워해주고 그 영혼을 위해 기도해준다면 그는 죽지 않은 것이다. 먼저 간 많은 사람들이 살아 있는 사람들의 가슴 속에, 기억 속에 남아 있는 것처럼. 다정했던 친구 혜정이는 내 유년의 추억과 함께 나의 가슴 속에 영원히 살아 있을 것이다.

옛 모습은 사라졌어도

　우리가 살던 나지막한 5층짜리 아파트가 사라지고 그 자리엔 고층 아파트가 하늘 높이 솟아올랐다. 아직 미완이라 들어가 볼 수는 없지만 아마도 우리가 살았던 옛 모습은 자취를 감추었으리라. 옛 모습은 사라졌어도 그곳에서의 추억만은 내 가슴 속에 선명하게 간직되어 있다.

　1층으로 우리가 이사 왔을 때, 2층에 별난 사람이 산다고 소문이 자자했다. 우리 집 전 주인도 위층아주머니와 다투고 집을 팔았다고 하였다. 모녀 3대가 살고 있는 위층과 부딪히지 않아야 할 텐데, 은근히 걱정되었다. 그러던 어느 날, 베란다 쪽에서 욕하는 소리가 들렸다. 가만히 들어보니 위층할머니가 우리 아들을 칭찬하는 내용이었다. 내가 너무 예민했는지 18이라는 숫자를 욕으로 들었던 것 같다. 중학교 1학년인 우리 아들이 위층 할머니를 볼 때마다 인사를 드렸는데, 할머니는 동네사람들을 붙들고 "18년 만에 처음으로 인사를 받아봤어." 우리 아들을 칭찬하는 소리였다.

어느 날 아파트 입구에 대롱대롱 매달려 있는 예쁜 애호박을 할머니가 똑 따서 나에게 건네 주셨다. "어머나 예쁜 걸 그냥 보게 놔두시지…." 된장 지져 먹으라며 하나를 더 따 주셨다. 나는 고맙고 황송해서 냉장고에 있는 고기를 꺼내어 할머니께 드렸다. "치아가 없으신데 잡수실 수 있으세요?", "자근자근 다져서 먹지." 흔쾌히 받아든 할머니는 아파트 공터에서 손수 농사지은 깻잎과 상추, 고추를 여름 내내 주셨다. 나는 고기를 조금 더 사서 나누어 드렸다.

할머니는 평일에는 후줄근한 몸뻬에 머리에 수건을 동여매고 바삐 움직이다가도 일요일이면 변신을 했다. "할머니 고우세요." 곱게 한복을 입고 하얀 틀니까지 하고 교회에 다녀오시는 할머니께 인사를 드리면 환하게 웃으셨다.

하루는 뻥튀기강냉이를 들고 우리 집에 마실을 오셨다. 나에게 독서 지도를 받고 있던 중학생 녀석들이 와− 달려들어 순식간에 먹어치우고는 공부할 생각은 않고 장난만 쳤다. "할머니! 이놈들 위해 기도 좀 해 주세요." 맙소사! 발음도 시원찮은 할머니가 목사님 버전으로 기도를 드리는데, 어쩌면 그렇게 발음이 또랑또랑하고 또 긴지. "하나님! 학생들에게 명석한 머리를 주옵시고…지혜를 주옵시고…주옵시고…" 녀석들은 재밌어 죽겠다는 듯 키득키득 거렸다. 그리고는 "아멘!, 아멘!" 할머니의 기도에 맞춰 추임새까지 넣었다. 할머니는 더 힘찬 목소리로 "하나님 일꾼이 되게 하옵시고… 하옵시고…하옵시고…" 길게 기도하셨다.

강냉이과자를 들고 나타나는 할머니에게 먼저 안기려다 넘어지기도 하고 할머니 볼에다 뽀뽀하려고 다섯 녀석들이 쟁탈전을 벌였다.

그럴 때마다 할머니의 얼굴에는 꽃 같은 미소가 가득 번졌다.

어버이날을 며칠 앞두고 나는 카세트가 달린 자그마한 라디오를 사서 박스를 벗기고 분홍보자기에 싸서 "제가 쓰던 거에요." 할머니께 선물로 드렸다. 목사님 강의를 듣고 싶은데 카세트가 없어서… 할머니는 지나가는 말로 푸념을 했었다. 며칠 후, 보자기를 풀지도 않은채 라디오를 들고 와서 "이거 새 거지? 새 거지?", "아녜요, 쓰던 거예요", "아니야, 냄새가 새 거야" 사용법을 자세히 알려달라며 눈시울을 붉히셨다.

할머니와 친하게 지내고 있기에 위층아주머니와는 별문제 없으려니 했는데 아니었다. 밤늦게 물을 쓴다. 수돗물 소리가 심하다. 별거 아닌 걸로 트집을 잡았다. 나는 "아주머니! 신경과민 같은데 단독에 가서 사세요" 툭 쏘아붙이고는 무시해버렸다. 할머니도 당신 딸이지만 아주머니를 별로 좋아하지 않았다.

하루는 허겁지겁 신발과 옷가지를 들고 할머니가 우리 집으로 부리나케 들어오셨다. "쌍과부 집에 누가 장가를 들겠어." 손녀딸이 할머니의 존재를 신랑에게 알리지 않고 결혼하는 바람에 손주사위가 오면 피신을 다닌다고 했다. 할머니는 딸이 아파트를 살 때 당신의 전셋돈을 보탰는데, 후회가 된다며, 당장 전세라도 얻어 나갔으면 좋겠다고 한탄하셨다.

야트막한 동산 아래에 자리한 우리 아파트 주변에는 소나무, 대나무, 아카시아나무가 울창했다. 온종일 새소리가 끊이질 않고 밤이면 소쩍새가 울었다. 봄의 전령인 목련을 시작으로 개나리 진달래, 벚꽃이 연달아 피고 가을엔 단풍이 곱게 물들었다. 아파트 공터에는 할머니가 일구어 놓은 상추, 고추, 깻잎, 토란 같은 농작물이 싱싱했다. 우리 집 뒤쪽으로 난 산책로에는 갖가지 꽃들이 만발했다.

꽃향기를 따라 벌과 나비가 날아다니는 모습이 정말 아름다웠다. "공주님 보라고 키가 큰 꽃을 심었지." 우리 딸 방 창문너머로 할머니가 가꾼 붉은 접시꽃들이 넘실거렸다. 한번은 이른 아침 산책을 나갔다가 나는 깜짝 놀랐다. 전날까지 우리 집 화단에 소담스럽게 피어있

던 자목련 세 송이가 싹둑 잘려나갔던 것이다. 할머니께 말씀드렸더니 당신 딸이 꺾어다 집에 꽂았다며 "못된 년"이라고 욕을 했다.

할머니의 즐거움은
고추, 상추, 깻잎, 호박
키우고 나눠주는 것이라네
오고가는 이들에게 보고 즐기라고
아름다운 꽃 보고 기뻐하라고
채송화, 봉선화, 맨드라미, 접시꽃
몸빼바지 입고 하얀 수건 동여매고
매일매일 호미질 한다네
벌과 나비가 날아다니는 꽃밭은
할머니가 있어 더욱 아름답다네

―이선재―

몇 년 후, 나는 학원이 딸린 상가주택으로 이사를 했다. 할머니와 포옹하던 학생들은 대학에 가고 예전에 그만한 녀석들이 수업을 하고 있다. 어느 날 야채를 들고 오신 할머니를 보고 녀석들이 미간을 찡그렸다. 나는 할머니와 형들에 얽힌 이야기를 들려주었다. 어떤 녀석이 "할머니~~" 안길 듯 달려가더니 화장실로 휙 가버렸다. 멋쩍은 표정으로 서 있는 주름이 자글자글한 할머니를 내가 꼭 안아드렸다.

들리는 얘기로 위층아주머니는 집을 팔아 딸네 집으로 갔고 할머니는 요양원으로 가셨단다. 나는 결혼해서 일곱 번 정도 이사했는데,

할머니에게 푸성귀를 받아먹던 때가 가장 즐거웠다. 애호박과 풋고추, 깻잎이 들어있는 까만 비닐봉지를 걸어 놓고 가시던 할머니를 꼭 한 번 뵙고 싶다.

해맑은 소년

울외장아찌 한 상자를 선물로 받았다. 현대문학 모임에서 정원모 선생님의 두 번째 수필집 출판기념회를 조촐하게 마련해드렸는데, 회장직을 맡고 있는 내게 답례로 보내주신 것이다.

출판기념식 날, 식당 벽면에 플래카드를 걸고 풍선으로 꽃장식도 하고 정성을 담은 편지와 축시를 읽고 노래도 불러드렸다. 선생님께서 얼마나 기뻐하시던지, 지금도 눈에 선하다. 사모님은 동반하지 않았지만 두 분의 스카프도 마련해 드렸다. 언젠가 선생님께서 튤립 한 다발을 사서 사모님께 드렸는데, 싫지 않은 표정을 보고 "나는 전리품을 여왕에게 바친 충성스러운 신하처럼 더없이 행복했다"고 하셨다. 그날 선생님은 꽃바구니와 선물을 한 아름 사모님께 안겨 드리고 무척이나 자랑스러워 하셨을 것이다.

귀한 반찬이라 동인 선생님들과 나눠먹으려 했는데, 미국에서 딸 내외가 오는 바람에 계획이 어긋났다. 사위가 컬럼비아대학 교수로 임명됐다는 기쁨을 얼떨결에 오십 명이나 되는 성가대에 발표했고, 축하

한다는 환호에 그만 나는 한 턱 내겠다고 했다. 그때 주먹밥과 돼지수육에 울외장아찌를 곁들였는데 얼마나 인기가 있었는지, 두고두고 인사를 받았다.

대여섯 개 남겨두었던 울외장아찌를 오늘 꺼냈다. 된장같이 생긴 물컹한 술지게미를 흐르는 물에 깨끗이 씻어내고 도마 위에 올려놓으니 울외의 참모습이 나왔다. 노로소롬하면서도 투명한 빛깔이 왠지 해맑은 정원모 선생님과 닮았다는 생각이 든다. 어느 날 선생님께서 젊은 남녀가 키스하는 장면을 보고, 젊은이 둘의 나이를 더한 것보다 곱절이나 많은 당신의 눈에 조금도 이상스럽게 보이지 않았다며 "새순 돋는 봄날을 그린 풍경화 같았다"고 하셨다. 구순을 앞둔 어르신께서 '에끼 이놈들!' 하지 않고 '새순 돋는 봄날 풍경'이라니 얼마나 싱그러운 감성인가.

불과 3개월 전만 해도 선생님은 비교적 건강한 모습으로 문학모임에 참석하셨다. 연락도 없이 불참한 것은 지난 모임이 처음이다. 다음 모임은 선생님 댁 근처에서 하자고 했는데, 뜻밖에 비보를 받았다. 호리호리한 큰 키에 붉은 베레모를 쓰고 반짝이는 구두의 깔끔한 노신사, 20여 년 동안이나 만나오던 인연을 이제 끊으셨다. 우리와의 마지막이던 날, 선생님은 송시인이 숟가락에 얹어 주는 고기와 버섯을 안주 삼아 맛있게 드시고 소량이지만 식사도 하셨다.

오드리 헵번처럼 다소곳하지는 않지만 그렇다고 마구 나대지는 않아서인지 선생님은 우리 여성회원들을 무척이나 좋아하셨다. 언젠가 시내 허름한 식당으로 우리들을 데려가 식당의 내력과 유명인사에 관한 이야기를 구수하게 들려주셨다. 이희승 선생님께서 말년에 거동을 못하실 때, 며느님이 이 식당에서 국을 사다드릴 정도로 설렁탕 맛이 특별하다며 당신도 젊은 시절부터 단골이라고 하셨다. 먹거리가 부족했던 시절엔 냄비에 국물만 사다가 찬밥을 말아 먹었는데, 그 맛이 기가 막혔다고. 말씀만 하셔도 군침이 도는지 음식이 나오기도 전에 소주를 쭉 들이키셨다. 주로 남자 어른들이 고객인 분위기가 좀 거북스러워 다음엔 사양했다.

선생님의 수필 중에서 '김치 동냥'이 백미이다. '독에서 마지막 우거지까지 떠낸 국물을 냉장고에 모셔놓고, 야금야금 덜어 먹어 갈 때, 그 맛은 극치를 이룬다.', '고깃점과 김치조각을 함께 씹으니 그것이 어우르는 감칠맛이 혀의 미각신경을 한껏 자극한다.' 입안에 군침이 돌 정도로 맛깔스런 표현이다.

반찬이 아무리 좋아도 묵은 김치가 없으면 도무지 밥을 먹는 것 같지 않다 하시던 선생님은 별다른 양념 없이 참기름만 넣고 무쳐도 별미인 울외장아찌를 즐기셨을 것이다. 언젠가 집들이 초대를 받았을 때, 사모님께서 손수 만드신 요리를 보고 우리는 맛도 보기 전에 비주얼에 놀라 입을 다물지 못했다. 선생님의 입맛을 아주 편협하게 길들이신 사모님께서 선택하여 보내주신 귀한 울외장아찌. 그러고 보니 애주가인 선생님과 울외장아찌는 술이라는 공통점이 있다.

청주를 거르고 난 술지게미에 삼 개월 동안 푹 담아 발효시킨 울외장아찌를 '나라스케라' 하여 일본음식인 줄 알지만 사실은 삼국시대부터 부유층에서 먹던 전통음식이다. 섬유질이나 미네랄, 비타민이 풍부하고 혈액순환에도 좋아 영양식품으로 평가받고 있다. 아삭하면서도 쫀득하여 식감이 좋고 뒷맛도 깔끔하다. 흰밥에 얹어 먹어도 좋고 고기나 죽 등 어떤 음식과도 궁합이 잘 맞는다.

선생님은 참 깔끔한 성품이셨다. 식사 전, 입가심으로 꼭 소주를 드셨지만 구순의 연세에 이르도록 적량은 반드시 지키셨다. 다만 이십여 년 전, 지방으로 문학행사를 갔을 때의 일화는 당신께서 밝히고 싶지 않은 사건이다. 술을 얼마나 많이 드셨던지, 한밤중에 비몽사몽 일어나신 선생님은 장롱 문을 열고 볼일을 보셨다. 화장실인 줄 착각하시고. 아뿔싸! 그 옆에서 주무시던 교수님의 얼굴에 튀어 한 바탕 난리가 났었다. 모두들 웃고 넘어갔지만 당신이 받은 충격은 대단했던 것 같다. 이후 한 번의 실수가 없을 정도로 조심하셨다.

문학교실을 처음 찾았을 때, 선생님은 "나는 해군장교로 퇴임했지만, 헤엄을 칠 줄 모른다. 세상을 헤쳐 가는 헤엄도 못 치기는 매한가지다" 말씀하셨다. 하지만 글쓰기만큼은 위트와 재치로 듬뿍 재주를 발휘하셨다. 〈볼록렌즈〉, 〈9월의 기억〉 두 권의 수필집에 사사로운 일상들을 얼마나 재미나고 맛깔스럽게 표현하셨는지 미소가 절로 나온다.

울외를 얇게 썰어 베보자기에 담아 물기를 꼭 짰다. 참기름과 통깨, 매실청과 풋고추를 잘게 썰어 넣고 조물조물 무쳤더니 야들야들하면서도 새콤달콤하고 오도독 씹히는 감촉이 단무지와는 차원이 다르다. 무더위 때문인지 입맛이 없던 나는 오늘 고소하고 짭쪼롬한 울외장아찌 덕분에 밥 한 그릇을 뚝딱 비웠다.

참외 서리하러 가는 아이처럼 조심스레 문학교실 문을 두드렸다는 선생님! 단맛과 술맛, 감칠맛까지 고루 갖추었지만 어쩌다 상에 오르는 귀한 울외장아찌처럼 당신도 문학모임에서 귀한 존재였지요. 현재 열두 분인 문학모임에서 이제 한 분의 남자선생님만 남겨두고 글쓰기를 종신終身하셨네요. 우물물 먹던 우리 아낙네 같다며 오드리 헵번을 좋아하셨던 선생님! 어느 해인가 동인 여선생님과 노래방에서 춤출 때, 당신은 춤출 기회가 있었음에도 배우지 않았다며 '그때 배울 걸' 속으로 후회하셨다지요. 이제 맘 놓고 하늘나라에서 춤을 추십시오. 해는 뉘엿한데 길은 머니, 촌각을 아끼는 구두쇠가 되어 배우며 익히며 써 볼 작정이라던 글도 마음껏 쓰십시오. 서리를 인 소년이 아닌 진짜 소년의 모습으로. 그리고 혀에 감겨오는 묵은 김치의 삭은 맛을 거기에서도 맛보셨으면 좋겠습니다.

선생님과 팔짱끼고 버스 정류장까지 배웅해 드린 마지막 날, 우리의 뒷모습을 김정숙 선생님이 스케치하여 페이스 북에 올렸을 때만 해도 상상도 못했습니다. 이렇게 빨리 가실 줄을. 선생님과 마주하며 글 공부하던 그 시절이 두고두고 생각나겠지요. 정. 원. 모. 선생님! 당신은 우리에게 해맑은 소년이었습니다.

그림 : 김정숙

신사임당의 후예

고풍스러운 정취가 물씬 풍기는 남산 한옥마을에 들어섰다. 조선시대 한량들의 놀이터로 명성이 자자했던 남산골에 한복을 곱게 입은 여인들이 손님맞이에 한창이다. 올해부터는 율곡의 뜻을 기리기 위해 남성들에게도 문호를 개방했다. 그래서인지 행사장 분위기가 여느 해보다 활기차 보인다.

단청이 고운 청우각 마루와 마당에는 전국에서 모여온 수백여 명의 참가인들이 그동안 갈고닦은 실력들을 발휘하느라 여념이 없다. 화선지에 수묵화를 담아내기도 하고, 붓끝으로 한글과 한자를 정성스레 써내려가는 모습들이 마치 조선시대 과거장科擧場을 방불케 한다.

매년 신사임당(1504~1551) 탄신일인 5월 17일이면 대한주부클럽에서 각종 예능대회를 개최하고 새로운 사임당을 추대한다. 여성들의 재능을 발굴하고 건전한 여성상을 확립함으로써 여성문화를 아름답게 이룩하기 위한 목적으로 1969년 경복궁에서 처음 시작하여 올해로 44년째이다.

한복을 곱게 입은 여인들이 다소곳이 절을 하는 예절부문과, 단아한 모습으로 다기에 차를 따르는 다례대회를 관광객들이 발길을 멈추고 신기한 듯 카메라에 담는다. 시와 수필을 쓰는 참가자들의 모습이 연못 주변에서 눈길을 끈다. 16년 전, 나도 경복궁에서 이런 관문을 통해 '시문회'에 들어왔다.

신사임당 508주기가 되는 오늘, 나는 백일장 심사를 맡게 되었다. 심사위원석에는 각 부문에 내정되신 분들이 미리 와 계셨다. 심사위원들과 인사를 나누고 차를 마시는 중에 갑자기 천둥이 꽝 하고 굉음을 내면서 후두둑 빗방울이 떨어졌다. 연못에 잠수해 있던 소나무가 이내 자취를 감추었고 꽈~광 천둥이 몇 차례 더 울렸다. 그리고 하늘에서 구멍이라도 뚫린 듯 엄청난 소나기가 쏟아졌다. 비바람이 심하게 몰아치는 것으로 보아 쉽사리 그칠 비가 아니었다. 35년 동안 행사에 빠지지 않고 참여했다는 박진서 선생님은 이런 악천우는 처음이라고 하셨다. 그동안 갈고닦은 실력을 제대로 발휘하게 될지, 그리고 사임당 추대식은 제대로 치르게 될지 걱정이 되었다.

비를 피해 관광객들이 서둘러 돌아가고, 한복을 곱게 입고 분주하게 움직이던 회원들이 비를 피해 곳곳에 서 있다. 정원에 핀 꽃들처럼 알록달록 아름답다. 이제야 조선의 한량들이 풍류를 즐기던 남산골의 예스런 모습을 되찾은 듯하다. 비가 오는 폭우 속에서 본연의 모습을 드러낸 남산골, 나는 연못 안의 소나무와 한옥의 지붕과 담장의 곡선을 넋을 놓고 바라보았다.

비바람이 몰아치는 상황에서 시와 수필 80여 편이 올라왔다. 모두들 긴장되고 떨렸을 텐데…. 심혈을 기울여 우수작을 뽑았다. 심사가 끝나갈 무렵, 반짝 구름 사이로 태양이 빛을 냈다. 모든 회원들이 탄성을 지르며 기쁨을 감추지 못했다. 하늘이 이 행사를 축하해주는 게 틀림없다는 생각이 들었다. 갑자기 소나기가 내린 것처럼 갑자기 하늘 속에서 태양이 이글거리며 나타났다.

오후 2시, 드디어 신사임당 추대식이 거행되었다. 노란색 당의를 입은 역대 사임당들이 귀품 있게 입장하고, 뒤를 이어 올해의 사임당이 입장했다. 그 뒤에 손자와 손녀, 남편과 아들, 며느리, 딸 사위, 그리고 붉은 치마에 흰 저고리를 입은 회원들도 뒤를 따랐다.

김천주 회장은 추대사에서 오늘의 날씨가 바로 신사임당의 얼이며 자존심이라고 했다. 사임당의 덕행과 예술은 그냥 얻어진 게 아니다. 여성들에게 불리했던 시대적 조건을 뛰어넘어 자신만의 독특한 예술 세계를 담아 훌륭한 작품을 남겼다. 가난한 살림에도 자아성취의 끈을 놓지 않았던 사임당은 현명한 아내로서 어진 어머니로서 교육자로서, 뿐만 아니라 자신의 재능을 갈고닦아 당당하게 꿈을 펼쳤다. 그러기에 오늘날 현대 여성들에게 귀감이 되고 모델이 된다. 바로 이러한 뜻을 이어받고자 오늘의 행사가 있는 것이다.

아내가 재능을 발휘할 수 있도록 묵묵히 외조를 해준 사임당의 남편처럼 오늘 사임당으로 추대되신 허윤정 선생님의 남편도 아내의 자질을 인정해 주고 응원을 아끼지 않았다고 한다.

"오늘, 기쁨의 배경에는 어려운 길을 걸어온 과거가 자리하고 있습니다. 특히 미국 유학시절, 나는 공부에 정신이 없었고 아내는 생활의 어려움을 극복하는데 고생이 많았습니다. 그런 어려움을 '시인'으로 '신사임당후예'로 승화시켰습니다.", "우리는 내 선생, 네 선생 따로 없이 모든 것을 함께 했습니다"는 대목에서 관중들로부터 여러 차례 박수를 받았다. 먹구름을 헤치고 파란 하늘에서 찬란하게 비추고 있는 태양처럼 과거의 그런 어려움이 있었기에 오늘의 영광이 더욱 빛나 보였다.

> 기쁨도 눈물이 없으면 기쁨이 아니다.
> 나무 그늘에 앉아
> 다른 사람의 눈물을 닦아 주는 사람의 모습은
> 그 얼마나 고요한 아름다움인가.
>
> — 정호승 〈내가 사랑하는 사람〉에서 —

눈물과 그늘이 없는 깨달음은 진정한 깨달음이 아니다. 진정한 깨달음을 얻은 성숙한 사람은 다른 사람의 아픔과 불행을 이해하고 따뜻한 마음으로 감싸 안을 줄 안다.

울긋불긋 꽃나비처럼 춤을 추는 축하공연이 자리를 더욱 빛내 주었다. 덩실덩실 흥겨운 농악놀이 잔치에 마치 사임당의 존령께서 오신 듯 관객들도 장단을 맞추며 한 마음으로 기쁨을 나누었다.

세상은 맑은 날씨만 있는 게 아니다. 아름다운 꽃을 피우고 튼실한 열매를 맺기 위해 설한풍을 견뎌야 하듯 인생도 고통과 역경을 통해 아름다워지고 성숙해진다. 역경은 삶의 귀중한 일부분이며 아름다운 삶을 살기 위해 사색할 수 있는 절호의 기회이다. 오늘처럼 예상치 못한 폭풍우를 만나게 되면 자연의 섭리에 모든 걸 맡기고 잠시 기다리면 폭풍은 지나가고 찬란한 태양이 떠오를 것이다.

프라하 천문 시계
(Astronomical Clock, Orloj)

우리만의 속도와 온도를 유지하며

　　우리는 한동안 소식이 없다가도 환한 웃음으로 만나 밥을 먹고 차를 마시며 스스럼없이 이야기보따리를 풀어놓는다. 고교 1학년부터 40년 넘도록 우정을 다져온 사이라 마음이 편안하다. 지난 달 남편들과 함께 대만을 다녀온 우리는 지금 커피숍에서 노트북을 펼쳐놓고 그곳에서 담아온 사진들을 감상하고 있다. "애, 우리 남편은 매일 그 옷이 그 옷 같지 않니?" 매일 갈아입었는데도 같은 옷으로 보인다며 사연을 털어놓는다. '마추픽추'로 가기 위해 머문 어느 마을에서 친구남편은 눈 깜짝할 사이 소매치기 당할 뻔했는데, 그 후부터 소지품을 안전하게 보관할 수 있는 아웃도어만 입는단다.

　　이런저런 이야기를 나누며 앨범을 넘기는데 안전모를 착용하고 찍은 사진들이 시선을 끈다. 낭떠러지 아래로 옥색물줄기가 까마득하게 보이고 산꼭대기에 시선이 못 미칠 정도로 험준한 타이루거 협곡, 해발 3천m 산들을 뚫고 도로를 만드는데 무려 49년이 걸렸으며 212명이 순직할 정도로 험준한 곳이다. 아직도 군데군데 낙석의 위험이 있어 안전모를 착용해야만 굴을 통과할 수 있다.

터널의 위쪽을 올려다보면 사람이 직접 바위를 쪼고 깎은 흔적들이 보이는데, 이렇게 험난한 작업을 어떻게 인력만으로 했을까 믿기지 않는다. 굽이굽이 구부러진 터널을 걷다보면 거대한 절벽 사이사이 열림 공간이 나온다. 그곳에서 바라보는 경관이 압권이다. 오랜 세월 침식으로 생긴 크고 작은 구멍들이 예술품으로 보이는데, 제비들의 안식처인 연지구이다. 올려다보아도 까마득하고 내려다보아도 아찔한 이런 험난한 대협곡에 도로를 만들다니 대만인들의 집념이 놀랍기만 하다.

대만에 지진이 났다는 뉴스를 보고 나는 여행을 포기할까 생각했다. "포항에 지진이 났다고 한국에 여행 안 오니?" 친구의 말만 믿고 아무런 대비도 없이 나섰는데 덕분에 5일 동안 알차게 구경했다. 친구 부부는 여행지를 정하고 나면 도서관에 가서 그 나라의 언어는 물론 문화나 그 밖의 것들에 대해 섭렵한다. 6개월 정도 공부하고 현지에 가면 별다른 어려움 없이 자유여행을 만끽할 수 있다며 세계 곳곳을 탐험한다. 안전하게 패키지여행을 다니는 우리와는 달리 친구 부부는 도처에서 위험을 만나지만 그만큼 에피소드도 많고 재미가 있단다. 우리보다 딱 하루 먼저 타이페이에 도착한 친구 부부는 현지인과 스스럼없이 말을 하고 대중교통을 이용해 박물관도 가고 맛집도 척척 잘 찾았다.

야류해상공원에서 친구와 찍은 사진들이 마치 수학여행 때처럼 명랑해 보인다. 오랜 세월 파도의 침식과 풍화작용에 의해 독특한 모양으로 형성된 바위를 배경으로 찍은 사진들을 보다가 "선재야, 네가 아파트를 다시 샀을 때 얼마나 좋았는지 몰라." 뜬금없는 친구의 말 한 마디가 내 마음 한가운데로 떨어졌다.

20여 년 전, 학원을 한다며 아파트를 팔아 상가를 샀을 때 친구는 걱정을 많이 했단다. '걱정'이라는 말이 내 가슴에 들어와 박힌다. 그 무렵 친구가 얼마나 큰 힘이 되었는지 말하지 않았다. 친구는 자신의 아이들은 물론 주변의 학생들을 모아 우리 학원에 보내주었다. 내가 아파트를 다시 마련했다고 했을 때 친구는 진심으로 기뻐했다.

많은 사람들과 수없이 만나고 헤어지는 인연 속에서 진심으로 잘 되길 바라고 격려해주는 친구가 곁에 있어 든든하다. 외국 어느 출판사에서 '친구'라는 단어를 가장 잘 설명해 줄 수 있는 말을 공모한 적이 있는데, '온 세상이 나를 등지고 떠날 때 나를 찾아오는 사람'이 1위로 뽑혔다. 절친했던 친구도 아스라이 기억에서 스러져가는 나이에 오랜 세월 변함없이 친구가 곁에 있다는 것이 얼마나 큰 축복인가.

언젠가 친구 남편이 종교문제로 자문을 구한 적이 있다. 직장동료들이 대부분 천주교 신자라며 성당에 나가고 싶다고 했을 때, 나는 교회에 나갈 것을 권했다. 학창시절부터 독실한 개신교 신자였던 친구와 함께 신앙생활하기를 바라서였다. 친구는 남편은 설득하지 못했지만 불교신자인 시어머니가 세례를 받는 데는 성공했다. 뇌경색으로 쓰러진 시어머니를 3년 동안 봉양했는데, 목욕을 시키다가 똥 세례를 수없이 받았을 정도로 정성을 다했다. 며느리에게 감동을 받은 시어머니가 스스로 세례를 받겠다고 할 정도로 효부였다.

많은 사람들이 정년퇴임 후, 마음껏 여행하는 꿈을 꾸지만 이런저런 이유로 실천에 옮기는 경우는 흔치 않다. 친구 부부는 자녀들이 혼인하여 곁을 떠나자 세계 전역을 목표로 여행을 다닌다. 새로운 활력을 받는데 여행이 최고라며 세계 구석구석에서 다양한 추억을 쌓아가고 있다. 우리에게도 다리가 부실해지기 전에 부지런히 여행을 다니자고 권한다. 친구 부부는 고집스러울 정도로 여행의 원칙을 지킨다. 숙박비나 교통비를 아껴 그 지역의 먹거리에 돈을 낭비할 정도로 사용한다. 덕분에 우리는 타이페이, 화렌, 지우펀, 단수이 모든 곳에서 맛있고 유쾌한 식사를 했다.

가슴이 뻥 뚫릴 정도로 전망이 탁 트인 지우펀의 어느 찻집에서 여유롭게 앉아 우롱차를 마시던 장면이 떠오른다. 따뜻한 차를 마시면서 바라본 바다의 풍경이 얼마나 아름다운지 영화의 한 장면 같았다. 베니스 영화 수상작인 〈비정성시〉의 촬영지로 유명하단다. 주렁주렁 홍등이 매달려 있는 전통가옥, 다양한 먹거리와 기념품을 파는 아기자기한 상점들, 관광객들이 빼곡한 층층 골목을 오르내리느라 피곤했는데, 피로가 확 풀렸다.

노트북을 덮은 후에도 우리는 여행지에서의 아름다운 추억을 더듬으며 시간 가는 줄 모르고 수다 삼매경에 빠졌다. 평화롭고 화사한 기운 때문에 웃음이 떠나질 않았다. 살아온 분량이 어느 정도 차오르면 그걸 탈탈 털어서 보여 줄 친구가 곁에 있다는 것이 참 좋다. 아무것도 셈하지 않고, 무엇도 바라지 않으며 있는 그대로를 기쁘게 받아들이는 친구가 있어 행복하다.

앞으로도 우리는 세월의 흐름만큼 변해가는 얼굴을 바라보며 도란도란 수다를 떨 것이다. 봄날의 풋풋했던 신록도 아름답지만 가을바람에 곱게 물든 단풍이 아름답듯 정신적인 지혜로움이 더해진 친구의 모습이 참으로 아름답다. 가볍지 않아 덜 흔들리고 묵직해져서 덜 뒤돌아보게 되고, 차분해져서 좋다. 우리는 우리만의 속도와 온도를 유지하며 앞으로도 계속 우정을 쌓아갈 것이다.

타이완 국립중정기념관
(國立中正紀念堂)

기다림의 대상

청년들이 보드 위에 몸을 납작하게 맡기고 사람들 사이를 요리조리 빠져나간다. 한 발은 보드 위에 올리고 한 발로는 바닥을 구르다가 유턴을 하고는 다시 질주를 한다. 자유자재로 움직이는 숙련된 모습이 참으로 멋지다. 능숙한 기술이다. 바람을 쌩쌩 가르며 아찔한 속력으로 달려가는 모습을 보니 당시 중학교 2학년이던 재현이가 생각난다. 공부에는 관심이 없고 보드 타는 것을 좋아하던 재현이는 내 과외학생이었다. 중간고사를 며칠 앞둔 어느 날, 재현이는 공부할 기분이 아니라며 수업하기를 거부했다. 이유는 엄마가 자기 사정은 묻지도 않고 막무가내로 혼을 낸다는 거였다. 사정은 이랬다. 이틀 전 토요일 정오 무렵, 부모님과 누나, 가사 도우미와 기사 아저씨까지 예식장에 가는 바람에 집안에 아무도 없었단다. 마침 인테리어를 했기에 원목마루가 반질반질 유리알처럼 반짝거렸다. 기회는 이 때다 싶어 보드를 꺼내어 신나게 탔단다. 쌩쌩 90평이 넘는 실내에서 한창 보드 삼매경에 빠져 있을 때, 수학과외 선생님이 오셨다. "커피 한잔 타오너라" 보드를 타고 지그재그 묘기를 부리며 멋스럽게 커피 잔을 건네려는 순간, 선생님의 바짓가랑이에 뜨거운 커피가 쏟아졌다. "앗! 뜨거!" 선생님의 팔 뒤꿈치가 재현이 갈비뼈를 강타했다. "왜 사람을 쳐요?" 반사적으로 재현이도 팔 뒤꿈치로 선생님의 갈비뼈를 내리쳤다. "이 자식이 선생님을 치네.", "선생님이 먼저 쳤잖아요" 치고 박고 둘이 맞붙어 코피가 터지도록 몸싸움을 했단다. "이 버르장머리 없는 놈, 네가 대학을 가면 내 손에 장을 지진다, 이 멍청한 놈아!" 눈물이 찔끔 나도록 갈비뼈가 아팠지만 그보다 더 충격적인 것은 선생님의 막말이라고 했다. 그렇잖아도 "강남 것들, 강남 것들." 비아냥거리는 말투가 싫었는데, 선생이 아니라 인간쓰레기라며 씩씩거렸다. "선생님, 제발 엄마한테 말씀 좀 잘해주세요." 재현이는 나에게 통사정했다. 시험이 낼 모레인데 시험만이라도 치러야 한다며 엄마는 윽박만 지른다고 했다.

나는 재현이가 겪고 있는 심적 고통에 대해 어머니께 말씀드렸다. 재현이 어머니는 아들을 키우기가 너무 힘들다며 다음과 같은 사연을 털어놓았다. 재현이 출산 후, 위암수술을 받는 바람에 젖도 못 물려봤다고. 이 사람 저 사람 손에 키워져서 그런지 성격이 산만하고 집중력이 없고 누나들과는 영 성격이 다르다고 했다. 나는 아들 때문에 속상해 하는 재현이 어머니께 박완서의 소설 《나의 가장 나아종 지니인 것》 내용을 대충 들려주었다. 건장했던 대학생 아들이 민주화운동을 하던 중 쇠파이프에 맞아 죽자 '나'는 실의에 빠져 생명만 겨우 부지하며 살아간다. 어느 날 친구의 손에 이끌려 '나'는 일면식도 없는 여고 동창을 방문한다. 뺑소니차에 치여 식물인간이 된 아들을 간병하며 살아가는 동창은 치료비로 가산을 탕진하고 산동네에서 어렵게 살고 있다. "이 웬수야 어서 처먹고 뒈져라" '나'가 들고 간 파인애플을 아들 입에 넣어주며 악담을 한다. 욕창이 생길까봐 하루에도 수십 번씩 굴려줘야 한다며 "아이고, 대천지 웬수. 무겁기도 해라. 천근이야, 천근. 내가 널 두고 뒈져봐라. 니 신세가 뭐가 되나." 땀을 뻘뻘 흘리며 소만한 큰 아들을 굴리고 또 굴린다. 아들 병치레에 머리가 하얗게 새어버린 동창이 안쓰러워 '나'는 환자에게 손을 댄다. 그 순간, 미친 듯이 난폭해진 환자가 괴성을 지른다. 그 때 악만 남은 줄 알았던 동창의 입가에 미소가 번진다. "이 웬수 덩어리가 또 효도를 하네" 엄마와 아들만이 나눌 수 있는 교감을 보면서, '나'는 비록 식물인간일망정 만질 수 있고 느낄 수 있는 생명의 실체를 부러워한다. 식물인간이면 어쩌랴, 생명 자체가 질투가 날 정도로 부러운 것을.

이야기를 다 듣고 난 재현이 어머니는 서점에 가서 그 책을 꼭 사서 보겠다고 했다. 늦둥이로 어렵사리 얻은 아들이 자신 때문에 스트레스를 많이 받는다며, 이제 인내심을 갖고 참아 보겠다고 했다. "재현이가 공부에는 흥미가 없지만 성격이 좋고 친구관계도 좋으니 적성에 맞는 걸 찾기만 하면 집중력 있게 잘 할 거예요." 나는 어머니의 손을 꼭 잡고 위로했다. 그날 이후 재현이는 밝은 표정으로 수업에 집중했다. 그리고 성적도 조금 올랐다. 다음 해, 나는 학원을 개업하는 바람에 수업을 중단하고 말았다. 재현이가 근처에 있는 고등학교에 입학했다는 소식까지만 들었다. 부모들이 자녀에게 스트레스를 주는 가장 큰 요인은 조급함이다. 공부가 좀 늦어지면 닦달하고 이것저것 과다하게 부담을 준다. 여유를 갖고 끊임없이 기다려 주어야하는 기다림의 대상이 자식인 것을 명심해야 한다.

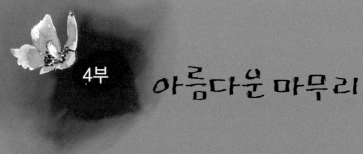

4부

아름다운 마무리

성 베드로 성당
(Basilca di San Pietro)

한마음 대축제

황홀한 밤이었고 행복한 잔치였다. 다섯 살 꼬맹이부터 백발의 어른에 이르기까지 모두가 즐겁고 유쾌한 축제였다. 모두의 덕분에 모두가 즐겁고 행복했다. 전 교우들의 감정과 마음이 하나가 된 개포성당한마음 대축제! 두고두고 담소를 즐길 것이며 추억을 나눌 것이다.

각 구역에서 성가 1곡과 자유곡 1곡을 발표하는 음악경연대회는 실력도 중요하지만 참가 인원이 많아야 점수의 비중이 높다고 하였다. 구역 신자수의 비율로 보면 우리 구역은 43명이 넘으면 최고점수를 받을 수 있다.

공연 두 달 전, 피아노 반주도 없이 구역장님의 지휘에 맞춰 노래를 하는데 과연 무대에 설 수 있을까? 걱정스러웠다. 참여인원이 너무 적기 때문이다. 구역장님과 반장님들이 애를 쓴 결과 네 번째 모임부터는 형제 16명과 자매 25명이 나왔다.

인원이 확충되자 여기저기서 의견이 나왔다. 음악을 전공한 헤레나씨가 지휘를 맡았으면 좋겠다, 명랑한 곡으로 바꿔보자, 여성들의 의상은 성가의 가사에 나오는 '파아란 하늘' 색상으로, 남성들의 넥타이도 같은 색상으로 만들자 등. 출전 2주 전, 그동안 연습했던 곡을 과감하게 버리고 〈주님을 찬미하여라〉, 〈바위섬〉으로 확정이 되었다.

처음엔 콩나물도 볼 줄 모른다며 엄살을 부리던 분들도 연습량에 따라 노래가 점점 나아졌다. 허리를 펴라, 입모양을 둥글게 하라, 배에 힘을 주어라, 지휘자의 요구사항이 많았지만 절대 복종했다. 가사를 외우라는 것만 빼고서.

화음은 소리의 공간에서 멜로디를 명료히 해주는 기능을 한다. 비교적 남성들이 많은 우리 팀은 화음에 중점을 두고 연습했다. 구역장님은 타 구역에 비해 남성이 많기 때문에 화음이 좋다며 잘하는 편이라고 했다. 기대를 해도 될까?

그러나 꿈은 깨지고 말았다. 리허설이 있던 날, 다섯 살 꼬맹이부터 일흔이 넘은 어르신까지 악보도 없이 노래를 하는데 몇 달을 연습했으면 저렇게 밝은 표정이 나오고 가사를 다 외울 수 있을까? 우리는 마음을 비우고 출전하는데 의의를 두기로 했다.

드디어 8월의 마지막 토요일 오후 4시, 주임신부님의 기도를 시작으로 음악회가 개최되었다. 구역마다 배정된 자리 800석이 꽉 찼다. 심사위원의 소개가 끝나고 첫 팀이 무대에 올랐다. 인원은 적지만 화음이 좋고, 여학생이 독창으로 부르는 〈I have a dream〉이 인상적이었다. 노래하는 내내 분홍빛 하트가 눈과 귀를 즐겁게 해 준 팀은 율동을 곁들여 더 활기차 보였다. 우렁찬 징소리와 함께 풍악을 울려라! 트~랄랄라라 야~호호! 알프스 소녀 복장이 명랑하고 경쾌했으며, 몸이 불편하신 지휘자의 열정도 대단했다. 아름다운 세상 우리 함께 만들어

가요, 카랑카랑한 어린이들의 노래가 성당 가득히 울려 퍼졌다. 주님 보시기에 얼마나 예쁠까. 꿈나무들 파이팅! 힘차게 박수를 쳤다.

우리 팀도 최선을 다했다. 음악은 순간예술이기 때문에 정신을 바짝 차리지 않으면 안 된다. 화음이 움직여 나가는 과정에서 전체적인 윤곽을 선명하게 표현하려면 지휘자의 표정을 잘 보아야 한다. 스타트에서 부드러운 양탄자를 깔 듯 묵직한 베이스가 나오고 이어 명랑한 소프라노가 올라가고 다음은 테너와 알토가 합류하여 4성부가 각각 다른 음을 부르게 될 때 최고조의 화음을 이루었다. 시작에서부터 마지막 지점에 다다를 때까지 4성부가 함께 어우러지도록 흐름의 방향을 차분히 따라 서로의 음이 헤어졌다 만났다 방향을 전환했다가 다시 만나는 각자의 역할에서 최선을 다했다.

무대에서 내려오자 몇몇 자매들이 〈바위섬〉은 모두가 잘 아는 노래라 따라 불렀으며 의상도 눈에 확 띄었고 넥타이가 통일감이 있어 보기에 좋았다며 칭찬을 해주었다. 굵직한 남성들의 소리가 화음을 이루어 합창의 맛을 더해 주었다고 하였다. 기대를 해도 될까?

꿈은 바로 깨지고 말았다. 검정 구두에서부터 가슴에 단 붉은 코사지까지 검정 스커트에 흰 블라우스, 통일성을 갖춘 팀, 와! 품격이 달라보였다. 〈우정의 노래〉의 선곡이 기가 막혔다. '소리 높이 외쳐라, 하늘보다 더 높게 손에 손을 맞잡고서 다 함께 노래 부르세, 오!'

가사가 오늘의 분위기와 딱 맞았다. 역시 전문 지휘자의 가르침은 달랐다. 청사초롱을 흔들며 에헤헤야아~ 얼얼얼~ 거리고 방아로다. 때때옷을 입은 어린이들이 잔치 분위기를 한껏 풍성하게 해주었다.

커다란 핑크빛 리본을 가슴에 달고 나오신 수녀님 세 분과 〈선녀

와 나무꾼〉을 부른 보좌 신부님도 흥겨움을 더해 주셨다. 어느덧 무대
와 객석이 일치가 되었고 기쁨이 충만한 분위기에서 1부가 끝났다. 저
녁식사로 맛있는 국수를 먹고 2부가 시작되었다.

교우들의 눈과 귀를 즐겁게 해준 한마음축제는 그야말로 최고의

잔치였다. 웃음꽃을 피우느라 시간 가는 줄 몰랐다. 전 장르에 걸친 다양한 노래를 감상할 수 있어서 좋았고 숨어 있던 재주꾼들의 아이디어에 깜짝 놀랐다.

아! 꿀맛 같은 주님 사랑에 내 인생을 걸었잖아, ERES TU, 경복

까를교
(Charles bridge)

궁타령, 사랑이여, 장미, 동반자, 날 좀 보소 등 친숙한 멜로디가 연주되자 관객들은 손뼉을 치며 박자를 맞추며 기립박수를 쳤다. 모두들 개성적이고 경쾌한 리듬으로 관객들을 기쁘게 해주었으며, 수준 높은 공연으로 행복지수는 최고조에 다다랐다. 어린이들이 많이 출전하여 생동감이 넘쳤다.

무더운 여름 내내 갈고 닦은 재주를 보여주려고 최선을 다하는 모습들이 정말 감동적이었다. 여기저기서 한마디씩 했다. 매년 음악회를 열었으면 좋겠다. 인기상, 율동상, 단결상, 의상상 등을 만들어 모든 팀들에게 상을 주었으면 좋겠다. 무엇보다 음악을 통해 교우들과 친밀하게 되어 기쁘고 보람되다, 등등.

태극부채를 들고 건방진 춤을 추다가 컨닝 페이퍼가 떨어지는 바람에 한바탕 웃겨준 팀도 기쁨으로 남는다. 탬버린을 들고 빙글빙글 트위스트를 추며 〈장미〉를 부른 팀이 나왔을 때는 심사석에서도 박장대소가 터졌다. 이상한 선글라스를 끼고서 부채를 위아래로 돌리기도 하고 얼굴을 가리기도 하고 온갖 재롱을 피울 때는 배꼽이 빠져라 웃었다. '여러분 사랑해요' 문구가 양복 안에서 튀어나온 팀도 감동의 무대였다. 커다란 꽃을 머리에 달고 닐니리 맘보에 맞춰 율동을 한 어린이는 먼 훗날 동영상으로 자신의 모습을 보며 즐거워할 것이다.

노란색 물결로 마지막 장식을 한 팀의 홍일점은 초록 셔츠를 입은 두 어린이와 빨강 치마를 입은 꼬맹이였다. 글자를 모르기 때문에 낮에는 할머니, 밤에는 엄마가 가사를 불러주어 외웠다는 꼬맹이들은 지휘자의 표정과 몸짓에 따라 입을 오므렸다 벌렸다 온갖 표정을 다 따라했다. 빨라지고 느려지는 리듬에 맞춰 율동하는 모습이 어찌나 귀여운지 움직이는 인형 같았다. 색소폰 연주자인 할아버지가 꽃다발을 받을 때는 브라보! 앙~코르! 관객들이 함성을 지르며 기립박수를 쳤다.

방송국에서 진행을 맡고 있는 사회자도 감동을 받았다며 '나는 생명이요 사랑이니라. 우리사랑에 이끄소서.' 성가를 힘차게 불렀다. 관객들도 목청 높여 따라 불렀다. 모두들 은총의 순간이었다. 우리들의 잔치였고 즐거운 한마당이었다.

생명이요 진리요 사랑이신 성령께서 모두를 하나로 이끌어 준 음악회! 영원히 잊지 못할 추억의 장이 되었다. 심사위원들은 모든 팀들이 아마추어라고는 보기 어려울 정도로 실력이 출중하여 심사하는데 진땀을 흘렸다고 하였다. 〈우정의 노래〉를 부른 팀이 1등, 초록꼬맹이 팀이 3등, 우리 팀이 2등을 했다. 우리는 함성을 지르며 좋아했지만 사실 음악으로 하나가 된 개포동성당 20구역 모두는 최고의 합창단이다.

초가을 밤의 향연

세상에서 가장 아름다운 악기는 사람의 목소리라고 한다. 목소리를 내되 다른 사람이 내는 소리와 조화를 이루며 아름다운 화음을 이루어 내는 것이 합창이다. 어울림의 소리, 아름다운 하모니 그것이 바로 합창의 미학이다. 어울림을 이루기 위해서 Unitas 합창 단원들은 매주 세 번씩 연습을 했다.

존 루터 (John Rutter, 1945~)의 곡인 'Magnificat'을 받았을 때 당황스러웠다. 축제 분위기에 맞는 쉬우면서도 아름다운 곡이 얼마든지 있을 텐데 선생님께서는 왜 이렇게 까다로운 곡을 택했을까? 도대체 몇 달을 연습해야 음악이 완성될까? 내심 불만도 많았다. 루터의 음악은 선율이 아름답고 매력적이어서 전 세계 곳곳에서 연주되며 한국에도 알려져 있다. 하지만 우리가 받은 곡은 만만치가 않았다.

합창의 묘미는 4성부의 어긋남과 이음매에서 나타나는데 이 부분이 너무나 까다로웠다. 15세기 언어로 된 부분이 발음이 잘 되질 않아 익히는데도 어려움이 많았다. 도대체 어느 지점에 다다라야 지휘자와

4성부가 혼연일체가 되어 예술적 차원에 이르게 될지? 까마득하기만 했다.

합창은 사실상 음악적 소질이 있다 하더라도 반복된 훈련을 받지 않으면 따라갈 수가 없다. 직장 관계로 연습량이 부족한 나와 같은 단원들을 위해 사이트에 파트별로 음악을 올려놓아 연습할 수 있게 하였다.

아무리 까다로운 곡이라 하더라도 꾸준히 연습하면 되겠지 했다. 그런데 장장 여섯 달이 지나고서야 멜로디와 그 나머지 소리가 구분되기 시작했다. 지휘자는 세련되고 멋진 음악을 만들기 위해 끊임없이 연구하고 적용하는 것을 두려워하지 않는다. 선생님은 이번 행사에서 파워풀하고 환상적인 하모니를 보여주고자 'Magnificat'을 선택하셨던 것 같다.

주임신부님의 인사말씀을 시작으로 '피가로의 결혼'이 성당 가득히 울려 퍼졌다. '주 하느님', 'Caruso'를 테너 솔로가 열창하여 신자들을 매료시켰고, '호프만의 이야기' 중 '인형의 노래'를 소프라노 솔리스트가 재미있게 연출하여 관객들에게 기쁨과 웃음을 선사해 주었다. 언제 들어도 환상적인 〈축배의 노래〉를 마지막으로 1부가 끝났다.

드디어 2부에서 'Magnificat'이 시작되었다. 단원들은 바짝 긴장을 했다. 각자 제자리를 지키되 다른 파트와 조화를 이루면서 자연스럽게 선율을 따라 흘러가야 한다. 지나친 기계적 테크닉도 무리한 표현도 남용해서는 안 되며 지휘자의 표정과 지휘봉을 보면서 질서와 통일성과 아우름을 따라야 한다.

우레와 같은 박수소리가 들리자 선생님의 표정이 환해지셨다. 그제야 단원들도 첫 곡을 무사히 마쳤다는 생각에 긴장이 조금 풀렸다.

음악에도 문양이 있다. 때론 씩씩하고 힘차면서도 때론 한없이 부드럽고 평화로우며 정적이다. 'of a rose a lovely rose'는 조용하고 예리하고 부드럽게 불러야 한다. 고도로 정제된 15세기 중세 어휘라서 발음을 하는데 상당히 어려웠다. 아름다운 선율에 담은 시를 잘 표현해야 하는데, 어르고 달랜다고 해야 할까. 거의 암기하다시피 하여 예민한 부분이 잘 넘어갔다.

최대의 난코스로 여겼던 부분에서 지휘자의 표정과 지휘에 집중하였다. 미적 정서적 감동을 최고조로 끌어올리기 위하여 레가토와 스타카토로 멋을 살리기도 하고 셈과 여림을 확실히 지켜가면서 자연스럽게 리듬을 따랐다. 정확한 위치에서 들어가고 나가는 과정에서 각 파트는 주어진 길을 잘 지켜 나갔다.

'Magnificat'은 단순히 예술적 차원만을 요구하는 노래가 아니다. 고도의 기교와 표현으로 완벽한 합창을 이루어 낸다 하더라도 성령의 감화가 없으면 알맹이가 빠진 거나 다름없다. 성령과 하나가 되고자 하는 간절한 마음으로 기도하듯 노래할 때 감동의 파문이 일어날 수 있다. 7~8 세기경 암브로시오 성인이 Magnificat anima mea (주님을 찬양하여라)를 저녁기도로 장식하여 기도의 예절을 한층 더 성대하고 화려하게 끌어 올렸다고 한다. 마지막 일곱 번째 곡 'Gloria patri' 까지 이러한 영성을 담아내기 위하여 마음을 다했다.

우레와 같은 박수소리를 들으며 환희의 기쁨에 가슴이 벅차올랐다. 〈히브리 노예들의 합창〉과 〈대장간의 합창〉 마지막 곡은 그야말로 힘차게 흥겨움을 실어 불렀다.

합창은 문학과 음악의 두 분야가 결합된 종합예술이다. 그런 면에서 아쉬운 점이 있다면 일반 신자, 심지어 노래를 부르는 성가대원도 가사의 의미를 모르는 경우가 많다. 가사에 맞춰 곡이 빚어졌기 때문에 우리말을 붙이게 되면 소리와 곡이 아귀가 맞지 않아 본연의 아름다움을 살리지 못한다. 노래는 올바른 가사 전달도 중요하지만 그에 못지않게 예술적 표출이 중요하다. 시어의 어울림이 의미의 정확성보다 더 중시되는 것처럼. 이런 아쉬움을 보완하기 위해 우리말로 번역된 가사를 자막으로 볼 수 있게 하였다. 후곡으로 부른 〈You raise me up〉, "내 영혼이 힘들고 지칠 때, 괴로움이 밀려와 나의 마음을 무겁게 할 때, 당신이 나를 일으켜 주시기에 나는 폭풍의 바다도 건널 수 있습니다" 이렇게 멋진 가사가 신자들에게 전해질 수 있었다. 전 교우들이 모두 일어나 〈장하다 순교자〉를 힘차게 부르고 2시간 15분 만에 '초가을 밤의 향연'이 막을 내렸다.

감상한 모든 분들이 이구동성으로 장엄하고 아름답고 수준 높은 음악회였다며 칭찬을 아끼지 않았다. 앙코르곡 〈Nella Fantasia〉, 〈You raise me up〉을 부를 땐 감격의 눈물을 흘렸다는 분도 있었다. 주임신부님과 사목회장님도 매년 작은 음악회라도 열어야겠다며 기쁨을 표하셨다. 이틀 전, 리허설 때만 해도 음이 맞지 않아 걱정을 많이 했는데 관객들에게 감동을 주었다니 합창단 73명, 오케스트라단 42명의 일원인 나 자신도 뿌듯하고 자랑스럽다. 장장 6개월 동안 열심히 노력한 결실이다.

회식자리에서 선생님은 성공리에 음악회를 마칠 수 있었던 것은 많은 분들의 기도와 묵묵히 따라와 준 여러분의 덕분이라고 하셨다.

합창단원들은 이구동성으로 이렇게 훌륭한 음악을 맛볼 수 있게 해주신 "김철회 선생님 감사합니다." 외치며 힘찬 박수로 감사의 마음을 전했다. 이번 음악회를 통해 우리 성당이 음악을 연주하기에 최적의 음향효과를 갖추었다는 사실을 알게 되었다.

초대 신부님께서는 성전축성 미사곡을 준비할 때, 우리말로 번역된 곡을 요구하셨다. 신자들과 교감할 수 있는 미사를 원하셨던 것이다. 사제관에서 미사곡을 불러드렸을 때 기뻐하시던 신부님의 표정을 잊을 수가 없다. 하늘에서 기쁜 마음으로 음악회를 지켜보셨을 정 이냐시오 초대 신부님께 이 영광을 바친다.

가을로 가는 기차 성지순례

아침 8시, 800여 명의 개포동성당 신자들이 청량리역에 집결했다. 모두들 어린아이들처럼 생동감 넘치는 표정으로 인사를 나누고 사진도 찍고, 기차를 탄다는 기대감에 즐거운 표정들이다.

우리들만을 태운 특별열차는 달리는 성당이 되었다. 따끈한 떡으로 아침식사를 한 후, 기차선로를 따라 달려가는 거대한 성전에서 우리는 한목소리로 묵주기도를 바쳤다. 기도를 마치고 창밖을 내다보니 아름다운 남한강의 경치와 노랗게 익은 벼가 황금색 물결을 이루었다.

구학역까지 가는 내내 산과 들녘과 푸른 하늘은 가슴을 설레게 했다. 수녀님께 커피를 사 마시며, 그 옛날 삶은 계란과 찹쌀떡을 사먹던 아련한 추억 속에 잠겼다.

우리가 도착한 구학역은 그동안 단체 순례객을 태운 열차만 임시로 이용했는데, 오늘을 마지막으로 폐쇄된단다. 초록색 펜스에 갇힌 쓸쓸한 역사驛舍를 뒤로하고 숲길을 따라 물줄기가 편안한 샛강에 다다랐다.

와! 논두렁과 강둑길에 늘어선 행렬이 기차보다도 더 길게 이어졌다. 그야말로 장관이다. 여름철 물놀이 장소로 제격일 것 같은 강가에서 학 한 마리가 날갯짓하며 우리를 반겨주었다. 구학이라는 명칭을 잊지 말라는 몸짓인가?

선조들이 박해를 피해 산속으로 숨어들어 갔던, '배론성지'를 향한 순례 길에서 선발대로부터 긴 노끈을 받았다. 교통안전을 위한 아이디어가 기발했다.

"우리는 지금 호송 줄에 끌려가는 순교자들이야, 줄을 놓으면 배교하는 거야."

한바탕 웃기도 했다. 각 구역마다 깃발을 선두로 행렬이 꼬리에 꼬리를 물고 끝도 없이 이어졌다.

"손을 흔들어 주세요."

홍보분과에서 사진을 찍을 때는 예쁜 표정을 지으며 일제히 손을 흔들었다.

선조님들의 발자취를 따라 첩첩산중으로 들어가면서 육체적 고통이 얼마나 심했을까? 박해로 인한 내면적인 고뇌와 체력의 한계로 인한 갈등으로 얼마나 고통스러웠을까? 만약 나였다면 어떤 길을 택했을까? 잠시 생각에 잠겨보았다.

1시간 동안 쉬지 않고 발걸음을 재촉했다. 단순히 몸만 피곤한 순례가 되어서는 안 될 것이다. 힘든 보도순례를 계획한 의미를 생각해 보아야 할 것이다. 하지만 아름다운 풍경이 주는 원초적인 에너지와 자연의 기운에 힘입어 힘들지 않았다.

길은 무난한 듯했지만 만만치는 않았다. 가도 가도 끝나지 않을 것 같은, 길 맛도 어느 정도 식어갈 즈음, 저 멀리 배론성지의 상징물인 거대한 십자가상이 보였다. 언덕길을 올라 성지로 들어가는 길목에서 주임신부님과 선발대가 반가이 맞아주었다.

첩첩 산으로 둘러싸인 아늑한 성지에 가득 모인 순례자들, 마치 예수님의 산상설교를 듣기 위해 모여든 무리들 같았다. 단풍나무 아래에서 잔디밭에서 자연스럽게 휴식을 취하고 있는 금빛여정 어르신들의 모습은 마치 노랑 병아리들처럼 귀여웠다.

울긋불긋 단풍나무가 우거진 야외에서 꿀맛 같은 점심식사를 마친 후, 잠시 성지를 관람했다. 우리나라 최초의 신학교인 초가집과 생계를 위해 옹기를 굽던 가마굴, 신유박해(1801) 상황을 호소하기 위해 황사영이 백서를 집필했던 토굴을 둘러보았다.

1801년(辛酉年) 정순왕후는 다섯 집을 하나로 묶어 천주교인을 감시, 고발하는 오가작통법五家作統法을 발동했다. 한 집이라도 적발되면 다섯 집을 모두 처벌하는 무서운 박해였다. 황사영은 천주교 박해를 알리고 조선에서 신앙을 가질 수 있도록 외세外勢를 동원해 달라는 서한을 북경에 있는 구베아(프랑스) 주교에게 보내려다 붙잡히고 말았다. 목숨 걸고 신앙을 지켜낸 선조님들의 삶의 현장을 보니 고개가 저절로 숙여졌다.

노아의 방주를 연상케 하는 대성전에 들어서니 빈자리가 없을 정도로 신자들이 꽉 들어찼다. 사제가 되겠다고 신부님께 약속한 두 명의 어린이에게 힘찬 박수를 보내고, 순교자들의 믿음이 가슴에 새겨지길 바라는 마음으로 미사를 드렸다.

잔디밭에 모인 천여 명의 순례자들은 홍보분과 자매님의 커다란 목소리에 놀라 일사불란하게 손을 흔들며 하트도 만들고 모두가 함박웃음을 터트리며 기념촬영을 마쳤다. 바쁜 일정 때문에 최양업 신부님의 일대기가 조각된 공원과 아기자기한 연못, 아름다운 성지를 다 둘러보지는 못하고 호송 줄을 다시 잡았다.

기차를 기다리는 동안 순례자들은 논두렁에서 강 언덕에서 자유롭게 메뚜기도 잡고 담소도 나누고, 코스모스를 배경으로 사진도 찍고, 가을의 정취를 만끽했다. 청정한 가을의 기운을 듬뿍 받으며 눈앞에 펼쳐진 풍경을 감상하고 있는 모습들이 너무도 정겨워 보였다.

저 파란 하늘을 너 바라보아라.

얼마나 찬란한지 별 빛을 보아라.

저 흰 구름들도~~

형제님 한 분이 힘찬 목소리로 성가를 불렀다. 한마음 축제 때 불렀던 곡이다. 합창에 합류했던 멤버들이 화음을 넣었다. 이어 〈바위섬〉, 〈사랑해〉, 〈코스모스〉 노래가 가을들녘으로 퍼져나갔다.

논두렁에서 들판에서 쉬면서 걸으면서 담소를 나누며 가을날의 낭만을 즐기는 순례자들은 추수를 끝낸 들녘을 알록달록 수놓았다. 우리 모두는 한 폭의 아름다운 풍경화가 되었다.

두 번 다시 연출될 수 없는 아름다운 광경을 가슴에 담고 기차에 올랐다. 석양 속으로 달려가는 기차 안에서 퀴즈도 맞추고 상품권도 타고 〈사랑해〉를 부르는 주임신부님과 노래도 부르며 '가을로 가는 성지순례'의 마지막을 장식하였다.

도보로 행군하는 힘겨운 여정이지만 선조들의 순교정신은 말없는 가르침으로 나의 영혼에 스며들었다. 우리 모두 자연 속에서 하나가 되는 '가을로 가는 성지순례'는 아름다운 추억의 향기가 물씬 풍기는 여행이었다.

아름다운 마무리

육체가 영혼을 가졌는가?
아니다. 영혼이 육체를 가진 것이다.
영혼은 육체가 제 할 일을 다 했음을 잘 알고,
아주 엄격하게 그것을 한쪽으로 비껴놓은 뒤
얼룩이 묻은 옷처럼 벗어버린다.

― 루시엔 프라이스, 영혼의 기도에서 ―

위암 말기판정을 받은 미카엘 선생님은 그레고리오 형제님 부부와 우리 부부를 불러 의견을 물었다. 깊은 산속으로 들어가 산림치유를 할 것인가, 병원치료에 의존할 것인가, 몇 년 전 간암 수술을 받고 완치판정을 받았던 선생님은 현대의학을 선택했고 우리도 적극 찬성했다. 인생의 마지막 여정에서 그는 우리와 함께 하길 원하셨다.

〈사랑 그리고 마무리〉의 작가 헬렌 니어링은 죽음이 어떻게 마무리될지 아무도 모르지만 어떤 행동으로 죽음을 맞는가 하는 열쇠는 전적으로 우리 손에 달려 있다며, 준비만 잘하면 뜰을 걸어 내려가, 문을 열고 그 길의 모든 과정을 눈여겨보면서 평온한 마음으로 갈 수 있을 것이라고 했다. 미카엘 선생님이야말로 죽음이 결코 두려운것이 아님을 보여주셨다. 마지막 순간까지 명랑하고 유머 감각을 유지하셨다.

이승에서의 마지막 날, 공교롭게도 60회 생일에, 미카엘 선생님은 병상에 누워 'happy birthday to you' & '사랑해' 두 곡을 지휘했다. 우리는 팔과 다리와 가슴에 손을 얹고 울음을 삼켜가며, 그의 손끝을 바라보며 '사랑해 당신을 정말로 사랑해' 노래를 불렀다. 성가대 지휘자인 그의 손가락은 섬세하고도 표현력이 풍부한 악기였다.

미카엘 선생님이 있는 곳에는 항상 기타와 노래가 있었다. 우리 아이들이 유치원 다닐 즈음, 몇몇 가족이 '시민의 숲'에 가서 생일파티를 한 적이 있다. 과일과 케익을 차려놓고 둘러앉아 손에 손을 잡고 'happy birthday to you'를 불렀다. 선생님이 팅기는 기타연주에 맞춰 7080 노래도 불렀다. "노는 모습이 너무 아름다워 한참이나 몰래 훔쳐보았습니다." 동네 아저씨가 볼 때마다 인사했다. 아이들을 데리고 동해로 설악으로 함께 휴가를 다니면서도 기타가 빠지지 않았다. 해외여행지인 타트라 호숫가, 에게 해, 잘츠부르크 광장에서는 아카펠라로 노래를 불렀다. 우리에게 선생님은 축제 같은 분이었다.

미카엘 선생님의 마지막 여정인 22개월 동안 우리는 토요일마다 맛 집을 순례하고 공원을 산책하고 분위기 좋은 커피숍을 찾았다. 밤이 깊어지면 그레고리오 형제님 댁에서 과일을 먹고 차를 마시며 이런저런 이야기로 배꼽 빠지게 웃으며 뒹굴기도 했다. 커다란 덩치와는 어울리지 않게 선생님은 여인네처럼 서로 눈동자를 마주보며 노닥거리는 것을 좋아하셨다. 줄줄줄 이어지는 수다는 이 줄에서 저 줄로 넘나들며 얽히고설키어 일상에서의 부대낌을 걸러주었다. 대부분 다정하고 화사한 분위기였지만 때로는 부부싸움도 하고 찔끔거리기도 했다. 그레고리오 형제님은 뭐든 함께 한다는 뜻으로 우리 모임을 '우분투Ubuntu!'라고 했다.

자연휴양림도 자주 찾았다. 담양 죽녹원, 변산 리조트, 집다리 자연휴양림, 대관령목장, 설악산 계곡에서 나오는 진초록 공기를 마시며 새소리, 벌레소리, 바람소리를 들으며 울창한 숲속을 거닐다가 자연의 품에서 잠들기도 했다. '산과 강만을 생각한다면 이 세상은 얼마나 무의미한가, 함께 생각하고 느낄 사람이 있다는 것이 이 세상을 살아 있는 정원으로 만든다'고 괴테가 말했던가. 우리는 싱그럽고 영롱한 꽃길을 거닐며, 쏟아지는 물줄기에 온 몸을 적시며 한여름의 더위를 시원하게 날렸다. 개울물이 흐르는 포천 원두막에서 밤늦도록 선생님이 튕기는 기타 연주에 맞추어 노래를 불렀다.

내 휴대폰에 그때 부른 노래가 저장되어 있다. 눈에 보이는 물질이 지상의 것이라면, 눈에 보이지 않는 소리는 천상의 것이라고 어느 시인이 말했다. 맞는 말이다. 눈에 보이는 실체는 천상으로 떠났지만, 그의 노래는 내 휴대폰에 남아있으니.

성찰의 기회도 가졌다. 선생님은 조그만 실수로 인해 생긴 불편한 관계, 억울함과 섭섭함을 문자로 빼곡히 적어놨던 메모지, 문자화된 파편들을 조각조각 찢어서 먼지 날리듯 차창 밖으로 날려버렸다. 그동안 옭아맸던 사슬에서 해방될 때 우리는 박수로 환호했다.

항암주사를 맞고 며칠을 꼼짝 못 하다가도 여행을 다닐 때에는 그나마 아픔을 잊는 듯했다. 미국 동부와 캐나다 여행 때, 나이아가라 폭포 아래에서 물벼락을 맞으며 "병이야 ~~~~나아가라" 목이 터져라 고함을 질렀다. 캐나다 천섬에서는 낙엽만 굴러도 까르르 웃는 소녀들처럼 맥없이 웃어대는 머슴아들처럼 외국인과 어울리며 사진도 찍고 얘기도 나누었다. 토론토 맛 집에서는 선생님께 맛있는 거 사드리라며 지인이 넣어준 여비로 랍스터로 만찬을 즐겼다. 프랑스풍의 도시 퀘벡에서는 건물 벽면에 그려진 벽화 앞에서 장난도 치며 아픔이 스며들지 않도록 멀리멀리 도망가도록 아기자기한 구시가지를 돌아다니며 아이스크림도 먹고 어린애들처럼 마냥 좋아했다.

미카엘 선생님의 둘째 딸이 결혼하는 날은 그야말로 기분이 최고였다. 새로 맞춘 양복을 입고 나비가 날갯짓 하듯 가벼이 지휘하셨다. 천지간에 푸르고 푸른 소나무들처럼 〈소나무합창〉 단원들은 엄숙하고도 장엄하게, 합창의 묘미를 보여주어 하객들에게 갈채를 받았다. 연말에는 음악발표회를 열어 가족과 친지와 친구들에게 아름다운 선율에 따라 멋지게 지휘하는 모습을 보여주셨다.

행복한 인생을 위한 요건 중에서 빠뜨릴 수 없는 것이 친구라고 한다. 우리는 젊음에서 늙음으로 이동하는 인생의 흐름에서 즐거움은 즐거움대로 아픔은 아픔대로 삼십여 년을 가까이 지냈다. 서로가 서로의 삶을 풍요롭고 즐겁게 해주었으며, 도타운 우정으로 교분을 맺고 신앙과 음악으로 똘똘 뭉쳤다. 더도 덜도 말고 이만큼만 행복하게 여생을 함께 보내고 싶었다.

하지만 선생님은 항암치료 횟수가 늘어감에 따라 머리카락이 빠지고 손발톱이 빠졌다. 이불을 덮고 누워 있어야 할 정도로 한기가 심했다. 건장했던 육체가 점점 시들어 가는 모습을 우리는 속수무책으로 지켜볼 수밖에 없었다. 신께서 하시는 일을 우리가 어떻게 할 것인가? 팔다리가 퉁퉁 붓고 걷기조차 힘들 땐 "아아 하느님!" 신음 소리를 토해내 곤했다. 선생님은 통증과 힘겨운 씨름을 하면서도 모임을 포기하지 않으셨다. 우리는 매주 토요일 밤을 우분투Ubuntu! 했다.

마지막 한 달가량 종합병원에 입원하고서도 모임은 지속되었다. 하루도 빠지지 않고 세 부부가 손을 맞잡고 묵주기도를 드렸다. 퉁퉁 부은 다리를 주무르며 우스갯소리도 하고 명랑하게 지냈다. 물 한 모금 넘길 수 없는 상황에서도 선생님은 우리에게 식당에 가지 말고 당신이 보는 앞에서 김치며 오이소박이며 도시락을 펼쳐놓고 식사하라고 했다. 쩝쩝거리며 맛있게 먹는 우리의 입을 보면서 그는 눈으로 먹는 것 같았다.

매달 셋째 주일, 당신이 입원해 있는 병원에서 환자들에게 위로가 되는 음악으로 10여 년 간 봉사를 해왔기에 신부님과 수녀님께서도 특별히 자주 방문하시고 기도도 많이 해주셨다. 다른 병실과는 달리 분위기가 밝고 좋다며 간호사들이 "선생님, 오늘 아주 멋진데요." 상냥한 목소리로 인사하면 "우리 따로 만날까?" 농담으로 응수하셨다. 조카와 친척과 친구들이 눈물을 흘리며 왔다가 밝게 웃으며 돌아갔다.

이제 헤어져야 할 시간에 다다랐다고 생각했는지 저 세상으로 떠나기 3일 전, "요한형님, 데레사, 군다형수님 그레고리오 대부님," 한 사람 한 사람 이름을 부르고 눈동자를 마주보며 "덕분에 기쁘고 행복하게 살다 갑니다. 고맙습니다." 이별 인사를 하셨다. "윤숙아! 사랑했어. 엄마랑 여행도 다니고 재미있게 잘 살아. 사랑해" 아내의 뺨에 입맞춤을 하고는 성급하게 저쪽 세상으로 가고 싶어 하셨다. 죽음을 고스란히 받아들인 선생님은 이승에서 졸업하기를, 영혼을 담은 그릇에 불과한 껍질에서 어서 벗어나기를, 제 할 일을 다 끝낸 육체에서 어서 해방되기를 간절히 원하셨다.

60회 생신날에, 'happy birthday to you', '사랑해' 지휘를 마친 선생님은 세 시간 후, 천상의 세계로 가볍게 넘어가셨다. 그가 살아온 삶의 방식을 반영한 죽음이었다. '죽음은 삶의 절정이자 마지막에 피는 가장 아름다운 꽃'이라고, 라즈니쉬가 표현했던 것처럼, 생명이 다하는 그 순간까지 충실하게 살다가 죽음의 문턱에서 미련 없이 옷을 벗으셨다. 강인했던 육체가 시름시름 시들어가는 마지막 여정에서도 선생님은 멋지고 눈부셨다. 참으로 아름다운 마무리였다.

미국 국회의사당
(United States Capitol)

하늘에 가져갈 수 있는

것이 있다면

오직 사랑으로

점철된 추억 뿐.

부부간의 사랑,

가족 간의 사랑

이웃을 향한 사랑을

귀히 여기십시오.

그것이 진정한 부富입니다.

– 병상에서 스티브 잡스가 남긴 말 –

용서 못할 잘못은 없다

성가대가 창립된 지 30여 년 만에 처음으로 단원이 하늘나라로 갔다. 몇 분의 지휘자와 단원이 다른 성당으로 옮겨간 후에 세상을 떠났지만 현 단원이 사망하기는 처음이다. 성가대원들은 검은 예복을 입고 성가를 부르며 고인의 뒤를 따라 미사에 입장했다. 죽음은 영원한 이별이 아니라 부활을 향한 입문이며, 이승에서 저승으로 건너가는 파스카(Pascha)라고 신부님께서 위로해 주셨다. 하지만 유족들과 단원들은 물론 많은 신자들이 눈시울을 적셨다. 천주교 식으로 거행하는 모든 절차에서 손수건을 적셨다. 곤궁했던 베로니카의 삶을 생각하면서.

베로니카는 5년 전, 대축일을 앞두고 성가대에 입단했다. 소리의 균형을 위해, 아름다운 소리를 얻기 위해 지휘자는 주의를 기울여 자리를 배정한다. 대개의 경우 일정한 음악적 수준에 오르지 못한 신입 단원은 비교적 실력 있는 성가대원 옆에 앉힌다. 평생 40kg를 넘어보지 못했다는 베로니카는 체격만큼이나 목소리가 작았다. 그녀는 오디션을 거쳐 안나언니 옆자리에 배치되었다. 안나언니는 몇 번이나 불만을 토로했다. 그럴 때마다 "아무래도 성가대를 그만두어야겠어요." 연배가 비슷한 나와 루시아를 붙들고 하소연했다. 우리는 그녀가 성가대에 와서 얼마나 얼굴이 밝아졌는지 알고 있기에 설득하고 만류했다. 안나언니가 겉으론 무뚝뚝하지만 인정 많고 좋은 분이니 조금만 참으라고.

베로니카는 고등학생 딸과 단둘이 살면서 경제적으로 많이 힘들어했다. 영어과외가 직업이지만 예전 같지 않아 수입이 신통치 않다고 했다. 설상가상으로 친구에게 사기를 당해 아파트까지 경매로 날렸다며 힘들어했다. 무엇보다 이혼문제가 급선무였다. 딸아이가 학교 생활하는데 불이익을 받을까봐 13년 동안이나 이혼을 미뤘던 것이다. 우리는 그녀를 설득했고 1년 만에 해결되었다. LH 도움으로 햇볕이 잘 드는 아파트로 이사도 하고, 정부의 지원으로 자격증을 취득하여 석 달 뒤부터는 근처 동사무소에서 근무하기로 했다. 그런데 출근을 며칠 앞두고 미사를 드리던 중에 그녀가 쓰러졌다. 건강검진 결과 유방암이었다.

성가대원인 세시리아와 루시아와 나는 집에서 요양 중인 베로니카를 방문했다. 누룽지를 놀놀하게 끓여 주었더니 "내 입맛에 딱 맞네." 맛있다며 한 공기를 다 비웠다. 그녀는 암보험이 나와 빚을 다 갚았다며 홀가분하다고 했다. 표정이 얼마나 밝고 행복해 하는지, 목련이 한창 흐드러지게 핀 창문을 바라보며 우리는 왁자하게 웃고 떠들며 과일도 먹고 커피도 마시며 재밌게 보냈다. 이제 회복만 잘하면 된다고 격려해 주었다. 그런데 그날이 집에서의 마지막이었다.

석 달가량 입원해 있던 베로니카는 의사의 권유에 따라 진통제를 제외한 모든 치료를 포기해야만 했다. "베로니카! 그동안 수고 많았어. 사랑해, 잘 가" 꼭 안아주었다. 그 순간, 미동도 없던 그녀가 부르르 떨면서 눈가에 반짝 눈물을 비추었다. 그리고 다음 날 아픔도 고통도 없는 하늘나라로 떠났다. 나는 눈을 감겨주고 팔과 다리를 반듯하게 펴주고 묵주기도를 드렸다. 모세의 주검을 놓고 천사와 악마가 씨름했다는 성서말씀을 상기하면서.

베로니카는 딱 한 가지 유언을 남겼다. 남편에게 절대로 연락하지 말라는. 그리고 물심양면으로 도움을 준 루시아와 안나언니께 정말 감사하고 도움을 준 모든 분들께 감사하다고 했다. 그런데 생각지도 않은 남편이 성당 장례식장에 먼저 와 있었다. "장례는 상조회로 치를 겁니다." 그는 목청을 높이며 어디론가 전화를 했다. "그동안 남편 구실도 아빠 노릇도 제대로 안한 사람이 13년 만에 나타나 무슨 염치로 큰소리를 치는지 모르겠네요." 어느 형제님을 붙들고 하소연하자 "저 친구도 그동안 힘들게 살았습니다." 알고 보니 베로니카 남편의 친구였다.

베로니카는 친정식구들과도 사이가 좋지 않았다. 형제들과 경제적 다툼이 있은 후 10년 동안 전화 한 통 없이 지낸다고 했다. 병원에 입원해 있는 동안 친정에 연락하라고 채근했지만 그녀는 완강했다. 유족들에게 "어린애 키우며 혼자 힘들게 사는데 어떻게 10년 동안이나 전화 한통 없이 지냈어요?" 격하게 말을 하자, 지난주에야 위독하다는 연락을 받고 부랴부랴 전주에서 올라오던 중에 사망소식을 들었다며 큰오빠와 큰올케가 울먹였다. 죽음 앞에서 상처의 고리도 용서의 고리도 다 잘라버릴 수 있었을 텐데, 무엇이 베로니카로 하여금 형제들을 용서치 못하게 했을까? 큰오빠, 작은오빠, 큰올케, 작은올케, 여동생 내외, 조카들. 형제가 이렇게 많은데 고아라고 했던 그녀가 참 바보 같다는 생각이 들었다.

성가는 옆에 어떤 목소리가 서느냐에 따라서 음색이 달라진다. 때문에 단원들은 가급적 음정이 정확하면서도 좋은 목소리를 갖고 있는 사람이 옆자리에 앉기를 바란다. 베로니카는 자신의 작은 목소리 때문에 안나언니가 얼마나 힘들었을지에 대해 생각하지 않았다. 형제들과의 관계도 그러지 않았을까? 베로니카는 입버릇처럼 "나는 인덕이 없다"고 했다. 하지만 구역 장, 반장, 성서, 레지오, 성가대원, 많은 분들이 온갖 음식과 반찬으로 그녀를 돌봐주었다. 청소도 해주고 안마도 해주고 발랑카도 주었다. 성당 측에서 장례비용을 절반으로 할인해 주고, 봉사자가 꽃바구니도 선물했다. 많은 신자들이 기도와 조의금을 주셨고 연령회와 성가대가 주관하여 장례를 치렀다.

장례를 마치고 유족들이 떠나기에 앞서, 나는 베로니카에 관한 이야기가 문득 떠올라 다음과 같은 일화를 들려주었다. 지난 해, 수녀님께서 주관하시는 성서특강에 베로니카가 낯선 할머니를 모시고 왔기에 누구냐고 물었다. 결혼 전에 할머니의 집에서 세를 살았었는데, 지금은 할머니가 베로니카 집에서 신세를 지고 있다고 했다. 할머니의 아들이 친구에게 사기를 당해 오갈 데가 없게 됐다는 것이다. 베로니카는 무려 2년 동안이나 할머니께 침대를 내드리고 작은 방에서 딸과 함께 지냈다. 이야기를 마치자 누군가 말했다. "베로니카가 인덕이 많은 이유를 알겠네요." 성가대원들이 유족들에게 인사했다. "마음 편히 돌아가세요. 베로니카는 좋은 곳에 갔을 겁니다." 감사하다는 인사를 마치고 성당 문을 나서는 베로니카 형제들의 발걸음이 쓸쓸하면서도 가벼워 보였다.

한줄기 소나기

폭염이 2주일 이상 계속되면서 최근 폭염주의보가 내려졌다. 일사병으로 사람들이 쓰러졌다는 뉴스도 나왔다. 뜨거운 김을 훅훅 토해내는 아스팔트, 탈수 증세에 축 늘어진 가로수, 사상 최악의 더위는 모든 것을 말려버릴 듯 기세가 등등하다. 바람 한 점 없는 불볕더위에 사람들의 발길도 뚝 끊겼다. 움직이지 않아도 땀이 줄줄 흐르는 정오 무렵, 이웃에 사는 정이 엄마로부터 급히 와 달라는 전화가 왔다. 다급한 목소리만 아니었어도 나는 꼼짝하지 않았을 것이다.

옆 동에 사는 은이 엄마가 먼저 와 있었다. 웬 낯선 여자아이가 있기에 누구냐고 묻자, 버스 정류장에서 서성대는 모습이 심상치 않아 데려왔단다. 여드름인지 땀띠인지 얼굴이 벌겋게 부었고, 헝클어진 머리카락이며 불안정한 눈빛으로 보아 온전한 상태가 아닌 듯 보였다. 몇 살이냐, 어디에 사느냐, 묻는 말에 입을 떼지 않았다. 땀으로 뒤범벅이 된 모습이 안타까워 욕실로 여자아이를 밀어 넣었다. "맙소사!" 만삭이었다.

어찌하여 이 지경이 됐단 말인가. 정이 엄마와 은이 엄마와 나, 셋이 달라붙어 목과 겨드랑이, 정강이까지 온 몸을 씻겨주었다. 땀띠로 뒤범벅이 된 몸은 성한 곳이 없었다. 헝클어진 머리카락을 푸는데도 한참이나 걸렸다. 전신에 땀띠약을 발라주고 머리카락도 말려주고 정이 엄마의 원피스를 입혀주었다. 어머나, 예쁘장한 소녀가 아닌가.

빵과 우유를 먹고 난 후, 긴장이 풀렸는지 묻는 말에 목멘 소리로 입을 떼기 시작했다. 집은 서울이며 열일곱 살, 중학교 3학년 때 가출하여 레스토랑에서 일하다가 집으로 들어갔을 때는 임신 7개월이었단다. 중절수술하자는 엄마의 손을 뿌리치고 우리 동네까지 어떻게 왔는지 자신도 모른다고 했다. 낡은 핸드백 속에는 담배 몇 개비와 동전 서너 개가 전부였다. 만삭의 어린 딸을 무책임하게 쫓아낸 부모의 잔인함에 분노가 솟구쳤다. 어쩌자고 철없는 짓을 하고서 이토록 감당치 못할 멍에를 짊어져야 하는지, 가슴이 저렸다.

불볕더위에 어디를 헤매고 다녔기에 이 꼴이 되었을까. "병원은 왜 가지 않았니?" 가슴이 답답하여 나무라듯 소리를 질렀다. "차마 그럴 수는 없었어요." 고개를 푹 숙이고 울먹이는 소녀, 생명의 존귀함을 알아서였을까? 수치심으로 어두워진 소녀보다 당당한 내 자신이 더 부끄러웠다. 낙태가 만연한 이 시대에 중절에 대한 강경한 대응은 누가 할 것인가? 비명 한 번 지르지 못하고 살해당하는 생명에 대해 누구도 분노하거나 슬퍼하지 않는다. 누가 열일곱 가슴에 돌을 던지고, 주홍글씨를 달라 할 수 있단 말인가. 어린 소녀가 감당하기엔 너무도 힘에 겨운 짐인 것을, 미약하나마 도움을 줄 수 있다면….

은이 엄마의 제안으로 우리는 지갑을 열었다. 몇몇 이웃들에게 도움도 청했다. 찌는 폭염 속에서 도움의 손길은 시원한 바람을 일으켰고, 임신복과 속옷, 여러 가지 물건을 구입하고 얼마의 지참금도 마련했다. 수소문 끝에 청주에 있는 미혼모 집에 연락이 닿았다. 그곳에서는 미용을 비롯한 여러 가지 기술을 배우고 자격증까지 취득할 수 있단다.

다음날 소녀의 아버지와 어렵사리 통화를 했다. 문제의 부모에게서 문제아가 나온다는 말이 틀리지 않았다. 부녀간의 골이 너무도 깊었다. 좀 더 따뜻한 말로 딸을 포용했다면 아버지가 아니라고 몸부림치지는 않았을 것이다.

청주로 가는 자동차 안에서 이러저러한 말로 위로도 해주고 열심히 살겠다는 다짐도 받았다. 그곳에서 기술을 배우고 사회에 나오면 취직도 할 수 있고, 다시 학교에도 갈 수 있으니 마음을 다잡고 잘 적응하라고 거듭거듭 당부했다.

피임교육을 제대로 받지 못하고, 사후대책이 없는 상황에서 미혼모 비율이 점점 늘고 있는 현실이다. 사회의 차가운 시선과 심한 차별로 인해 피해는 고스란히 소녀들이 떠안는 실정이다. 특히 십대인 경우 심리적, 정신적 피해는 물론 호르몬의 변화로 성장이 억제된단다. 이렇게 심각한 문제를 어린 소녀가 감당하기엔 너무나 버겁다. 그나마 홀로 설 수 있도록 미혼모를 위한 시설이 있다하니 다행이다. 임신 중이거나 출산 직후의 미혼모는 아이와 함께 모자공동시설에 들어갈 수도 있단다.

청주 모 산부인과에서 봉사자와 상담이 끝난 뒤 건강검진을 받았다. 산모와 아기는 건강하며 분만예정일은 한 달 후라고 했다. 대기하고 있는 순서에 의해 이미 양부모가 정해져 있었다. 아기가 좋은 부모에게 입양되기를 간절한 마음으로 기도했다. '아가야, 엄마를 원망하지 말아다오, 너에게 생명을 준 열일곱 살 엄마를 이해해 다오.' 소지품을 봉사자에게 건네고 소녀가 필요할 때 언제라도 쓸 수 있도록 봉투도 건넸다. "길거리에서 점괘를 봤는데 제가 인덕이 많데요." 고맙다는 표현인지 소녀는 머쓱한 표정을 지었다.

갓 태어난 아기가 쓰레기통에 버려져 생명을 잃었다는 기사를 본 적이 있다. 무심코 외면하기 쉬운 이웃에 대한 정이 엄마의 관심이 한 생명을 구했다는 생각이 든다. 소녀를 봉사자에게 인계하고 나와 나지막이 내려앉은 잿빛 하늘을 올려다보았다. 한바탕 소나기라도 쏟아졌으면….

상선구수 上善求水

아버지는 나를 "작은 테레사야!" 라고 불렀다. 외가에서는 엄마의 세례명과 같은 '데레사' 라며 못마땅해 했다. 어렸을 적엔 '작은' 이라는 수식어가 엄마와 나를 구분 짓기 위한 것이라고 생각했다. 나중에야 성녀 소화 테레사 이름을 따서 내 세례명을 지었다는 것을 알게 되었다. 매사에 꼼꼼하고 까다로우신 아버지께서 그 많은 세례명을 놔두고 '소화 테레사'로 세례명을 지었을 때는 그만한 이유가 있었으리라.

고교 진학을 앞두고 아버지는 "작은 데레사야! 이모가 계신 까리따스 수녀원에 가면 어떻겠니?"라며 수녀원에 갈 것을 권유하셨다. 나는 단번에 거절했다. "안 돼요. 시집가서 멋지게 살 거에요." 어렸을 적 성모님께 약속드렸던 기억이 되살아났기 때문이다.

초봄부터 늦가을까지 온갖 꽃들이 연달아 피어나는 성당 마당에서 "봉숭아꽃잎 따서 손톱에 물들이자.", "아카시아 줄기로 뽀글뽀글 파마할까?" 친구들과 소꿉놀이하며 어린 시절을 보냈다. 깨진 기왓장, 사금파리, 알밤만한 돌멩이가 있는 성당 마당은 우리들의 놀이

터였다. 라일락, 아이리스, 백일홍, 맨드라미, 구절초, 별의별 꽃들이 피어있는 마당에서 "데레사야!" 저녁 먹으라며 엄마가 부를 때까지 놀았다. 집에 돌아가기 전에는 손을 탈탈 털고 성모님께 두 손 모아 기도를 드렸다.

4학년 즈음으로 기억된다. 그날도 친구들과 고무줄놀이를 끝내고 어느 영화 속 주인공을 상상하며 '신랑과 아이들 손잡고 예쁜 옷 입고 성당에 다니겠습니다.' 성모님께 기도드렸다. 그리고 까마득히 잊었다. 그러다가 중학교 3년 때 수녀원에 가지 않겠느냐는 아버지 말씀에 화들짝 놀라 순간적으로 기억이 되살아났던 것이다.

시골에서는 모두가 데레사, 방지거, 마리아, 모이세, 루치아, 세례명을 불렀다. 서울로 이사를 오자 세례명을 부르는 집은 우리 가족 뿐이었다. 당시 동네사람들은 우리 집을 '아다다 댁' 이라고 했다. TV에서 〈백치 아다다〉가 방영됐기 때문이다. '아가다' 가 '아다다' 로 들렸던 것이다.

중학생인 나는 너무 창피했다. 시골뜨기를 면하려면 세례명이 아닌 이름을 불러야 한다고 엄마에게 여러 번 주의를 주었다. 하지만 한 번 입에 붙은 이름이 쉽사리 떨어지질 않았다. 그래서 셋째동생까지는 세례명으로 부르고 넷째부터는 이름으로 불렀다. 아장아장 넷째가 골목으로 뛰어나가면 "상재야!" 부르며 꽁무니를 따라다녔다. 내가 중학교 3학년 때 태어난 막내여동생의 이름은 내가 지었다. 열 개 정도 이름을 지어놓고 그 중에서 골랐는데, 아버지는 내가 지은 '화수' 를 호적에 올리셨다. 나는 우리 아이들에게도 세례명이 아닌 이름으로 불렀다. 기도할 때만 '안나', '마티아' 로 호칭한다. 남편에게는 "요

품페이
(Pompei)

한씨"라고 세례명을 부른다. 나이가 들어가면서 이름보다는 세례명이 더 정감 있게 들린다. 촌스럽다며 세례명으로 동생들을 부르지 못하게 했던 것이 이제는 후회가 된다.

사실 '이름'은 자의적이고 임의적인 것이다. 언어의 의미와 기호를 마음대로 결합한 것으로 이름은 구성원들이 정해놓은 약속에 불과하다. 하지만 세례명은 필연적이다. 그래서 세례명을 지을 때는 고민을 많이 하게 된다. 일단 성인의 이름으로 세례명을 받으면 그 성인의 삶을 본받고 공경하면서 살아야 한다. 이것이 세례명을 받는 이유이다. 어쩌면 성인과의 인연은 저 세상까지 이어져 있는지도 모른다.

나는 그동안 시행착오를 많이 겪으며 살아왔다. 동생들에게 세례명이 아닌 이름으로 부르게 했던 것 또한 나의 철없는 불찰에서 비롯된 것이다. 다행히 동생들이 불만을 토로한 적이 없고, 이름을 예쁘게 지어준 큰언니가 고맙다던 동생은 지금 호주에서 '화수 리'로 이름을 날리며 잘 살고 있다. 신랑 '요셉'과 딸 '환희'와 아들 '영광'이랑 오순도순 행복하게 살고 있다.

소화 테레사에 대한 일화가 있다. 말 한 마리가 정원으로 가는 길을 가로막았을 때 어른들은 다른 길을 찾았다. 그때, 어린 소화 테레사는 말 아래로 쏙 빠져나갔다. 언니도 동생도 뒤따라 빠져나갔다. 몸집이 작았기 때문에, 다리 사이를 쉽게 통과할 수 있었던 것이다. "사람이 작으면 이게 장점이야." 어린 소화 테레사가 말했단다. "우리는 난관을 극복하기엔 너무나 작은 존재에요. 저 아래 밑바닥으로 빠져나와야 해요." 소화 테레사가 낙담하는 이들에게 들려주었던 말이다.

큰사람들은 어려움이 생기면 자신의 능력으로 쉽게 이겨나간다.

중요한 문제들도 어렵지 않게 넘어갈 수 있다. 하지만 작은 사람들은 밑으로 빠져나가면 된다. 그들에게는 장애물이 없다. 작기 때문에 어디든 빠져나갈 수 있다. 밑으로 빠져나간다는 것은 모든 것을 심각하게 바라보지 않고 거기에 빠져들지 않는 것이다. 소화 테레사는 하느님께 이르는 지름길을 작고 소박한 일상 안에서 찾아내었다.

나에게도 소화 테레사처럼 하느님께 이르는 길을 사람들의 눈에 띄지 않는 낮은 곳에서 찾아보라고 아버지께서 '소화 테레사'로 세례 명을 지어주신 것 같다.

요즈음 나는 장자의 상선구수上善求水를 내 나름대로 정리하여 가끔씩 읊조려 본다.

물은
가장 낮은 데를 찾아
조용히 더러운 것 닦아주고
온갖 것 받아들이고
누구와도 겨루지 않는다.
장미와 경쟁하지 않고
묵묵히 장미를 이롭게 할 뿐
그 공로를 인정받으려 하지 않는다.
겨루는 일 없이 낮은 데를 찾아가
있는 힘을 다해 만물을 섬긴다.

야훼 니씨

  우리 집 거실 중앙벽면에 커다란 예수성심상이 걸려있다. 결혼 전에 구입한 것인데 그동안 여러 가지 변화가 있을 때마다 준엄한 아버지, 인자한 어머니, 다정한 친구가 되었다. 친정아버지께서 숨을 거두기 몇 시간 전이다. 가족들은 저녁미사에 가고 아버지와 나 둘만이 기도를 하고 있었다. 생기가 없던 아버지의 눈에서 갑자기 빛이 반짝 나더니 "예수님께서 오셨다." 불편한 몸을 일으키려고 애를 쓰셨다. "아버지, 정말 예수님이 오셨어요?", "너희 집에 있는 예수성심상과 똑같은 모습이야." 마지막으로 남긴 말씀이다. 잠시 후, 신부님께서 오시어 봉성체를 영하시고, 어머니와 고모님과 함께 기도드리는 가운데 2시간 후에 돌아가셨다.

  잠자리에 들기 전, 우리 가족은 예수성심상 앞에서 기도를 드린다. 그날의 성서를 읽은 후, 다 같이 손을 잡고 주모경, 자녀를 위한 기도, 부모를 위한 기도, 각자 자유기도로 마무리를 한다. 우리 아이들이 말을 배우기 전부터 그래왔다.

딸아이가 사춘기 때의 일이다. 불평 없이 기도를 잘하다가도 아이들이 때로는 꾀를 부렸다. 그날도 아들 녀석이 기도하기가 싫었는지 짜증을 부리다 겨우 자리에 앉았다. 잔뜩 찌푸린 얼굴에 뒤틀린 자세를 하고 있기에 주의를 주었다. 그러자 고교생 딸아이가 "이건 순 억지야, 형식적으로 기도하기 정말 싫어." 제 방으로 휙 들어가 버리는 게 아닌 가. 맞다. 진정으로 기도하기란 쉽지 않다. 어린 시절, 나도 그랬다. 더구나 소년 PR 단원이던 나는 의무로 배당되는 기도가 정말 싫었다. 그럼에도 내가 우리 아이들에게 똑같은 강요를 하는 것은 악기와 신앙은 어렸을 적부터 익혀야 한다는 어느 수녀님의 말씀에 공감하기 때문이다.

우리는 살아가면서 여러 길을 만난다. 소박한 꿈을 차분히 일구어 가는 알뜰한 길, 성공을 위해 일직선으로 달려가는 승리의 길, 뜻하지 않게 만난 좌절의 길, 그럴 때마다 자신을 구해 줄 인도자가 필요하다. 고통과 좌절의 길을 벗어나 희망과 행복의 길로 인도하는 빛, 그 빛을 찾는 지름길이 바로 기도이다. 예수님께서 나는 길이요 진리라고 했던 그 길.

길은
누더기를 걸친 가난한 자도
화려한 옷을 입은 부자도
절망에 빠진 자도
자신감에 넘친 자도
실직자도, 어린이도, 노인도 다 받아들인다.

집이나 직장에서 내쫓기고 해고당할 수는 있지만

길은 누구도 쫓아내지 않는다.

가벼운 발걸음

무거운 발걸음

옮기도록 묵묵히 내버려 둔다.

아! 이제야 알았다.

모든 이가 등을 돌릴지라도

인간을 위해 친히 길이 되어주신

그 분만은 오랜 고통과 좌절로

방황하고 지쳐있는 자를

받아주시고 인도하시리라는 것을.

– 아벨라르도 –

기도는 감사와 행복의 샘 줄기와도 같은 것이다. 우리 아이들에게 신앙을 강요하는 것은 어렵고 힘들 때 지혜를 깨닫게 하려는 뜻에서이다. 나는 마땅히 내 아이들에게 모든 어려움은 하느님과의 영적인 대화를 통해 쉽게 극복할 수 있다는 것을 가르쳐주어야 한다. 나도 부모로부터 물려받은 기도 덕분에 힘들고 지쳤을 때 일어날 수 있었고, 상처를 치유 받을 수 있었다. 어린 시절에 익힌 기도생활이 내 삶에 흔들리지 않는 뿌리가 되었다.

억지 같은 기도일망정 매일 하다보면 지혜를 터득하게 되고, 하느님의 사랑과 은혜가 넘치게 됨을 깨닫는다. 성서에 억지를 부려 승리한 사건이 있다. 나는 딸아이를 불러 다음과 같은 이야기를 해 주었다.

이스라엘 민족이 가나안 땅을 정복하기 위해 야말렉족과 싸움을 벌였을 때, 모세가 손을 들어 기도하면 이스라엘이 이기고 내리면 졌다. 모세의 팔에 힘이 빠지자 사람들이 돌을 갖다 놓고 모세를 그 위에 앉히고 두 명의 원로가 좌우에서 모세의 팔을 붙들어 떠받쳤다. 해가 질 때까지 팔이 지치지 않아 승리하였다. 모세는 그곳에 제단을 쌓고 '야훼 니씨'라는 이름을 붙였다. 하느님의 승리라는 뜻이다.

이야기를 다 듣고 딸아이는 밝은 표정으로 기도를 시작했다.

주님! 당신 앞에 둘러앉은 우리 가족을 당신 사랑의 끈으로 묶어 주십시오. 우리 마음이 주님과 맞닿아 사랑의 불꽃을 피우게 하시고, 우리 안에 당신의 사랑이 타올라 '야훼 니씨' 하는 삶을 살게 해 주십시오.

넘서, 나눔의 장

내가 소장하고 있는 성경책을 펼치면 창세기부터 요한묵시록까지 형형색색의 밑줄이 그어져 있다. 어떤 부분은 별표도 있다. 그동안 성서를 공부하면서 내 마음에 와 닿았던 구절들이다.

"대머리야, 올라가라! 대머리야, 올라가라!"

– 열왕기 하권 2장 –

선지자인 엘리사가 바벨로 가는 도중 어린아이들에게 놀림 받는 대목으로 나는 이 부분에 별표를 했다. 묵상하면서 까맣게 잊었던 기억 한 토막이 떠올랐기 때문이다.

어린 시절, 동네 어귀에서 놀던 아이들은 꼬맹이를 앞세워 지나가는 난쟁이를 향해 "난쟁이 거지, 난쟁이 거지" 놀려댔다. 아이들은 거지를 엄청 무서워했다. 특히 잘려나간 팔목에 쇠갈퀴를 걸고 구걸하는 거지를 보면 무서워서 꽁무니가 빠져라 도망치기 일쑤였다. 그러나

난쟁이에게는 돌멩이를 던지며 괴롭혔다. 그럴 때마다 나는 속이 상했다. 난쟁이 거지가 불쌍해서가 아니라 우리 집 손님이었기 때문이다.

추수가 끝나고 날이 추워지면 거지들이 우리 집에 많이 찾아왔다. 낡은 소반에 밥과 반찬을 수북하게 주면 그들은 이내 먹고 망태기에 곡식을 한 줌 얻어 떠났다. 그런데 꼬맹이를 앞세운 난쟁이만은 해마다 우리 집에서 한 달씩 머물다 갔다. 할머니께서 '우리 일가'라고 했기 때문에 어느 누구도 불평할 수가 없었다.

하필이면 동네 아이들에게 놀림을 받는 거지가 우리 일가라니! 내가 4학년이 되자 엄마가 알려 주셨다. 난쟁이 거지는 우리와 같은 李씨라고. 李씨는 다 일가라고.

나는 20여 년 동안 한 주에 한 번 씩 성서공부를 해왔다. 한 주에 6~7장 정도 성서를 읽고 각자의 생활을 성서에 접목시켜 이야기를 나누었다. 차 한 잔 마시면서 편안한 마음으로 한 주간에 있었던 일이나 과거의 체험을 가지고 묵상을 나누는데, 처음엔 낯설고 어색했지만 점차 마음의 빗장을 열고 꼭꼭 묻어두었던 보물을 하나씩 꺼내듯 보여주기 시작하자, 나눔의 장은 격려와 위로와 희망과 치유의 장이 되었다.

말씀의 여정 속으로 깊이 들어갈수록 굳게 닫혔던 마음의 문이 활짝 열렸다. 공부하는 분위기가 자유로웠으며 영혼은 점점 더 성숙해갔다. 같은 부분의 성서를 읽어도 묵상은 각각의 빛깔에 따라 달랐다. 나중엔 시간이 모자랄 정도로 깊이 있고 맛깔스러운 묵상들이 쏟아져 나왔다. 자유로운 시선과 열린 마음으로 서로가 감당하고 있는 아픔들을 공유하면서 많은 힘이 되었다.

엘리사가 놀림 받는 부분에서 나는 난쟁이 거지를 떠올렸고, 자연스럽게 묵상해보았다. 어린아이와 난쟁이가 혹한酷寒을 우리 집에서 보내도록 배려를 해준 할머니의 선행을 이제야 깨달았던 것이다.

> 이 빵,
> 신의 얼굴이라 불리는 이 빵은
> 모든 식탁에 놓여 있는 게 아니다
> 다른 사람이 그걸 갖지 못했다면
> 그걸 건드리지 않는 게 좋고
> 부끄러운 손으로 그걸 가져가지 않는 게 좋다
>
> – 가브리엘라 미스트랄 –

너나없이 주리던 시절, 배고픈 사람을 그냥 두고 보지 않았던 우리네 엄마들은 음식윤리를 지키며 살았다. 작은 것부터 나누는 것이 사랑의 실천이고 공동체 의식의 구체적인 실현이다. 배고픈 사람에게 밥그릇을 나누지 않는다면 아무리 그럴싸한 이론과 명분으로 사랑을 외친다 해도 공허한 몸짓에 지나지 않는다.

제 몫의 밥을 덜어 나눈다는 것, 다른 사람의 빈 그릇을 생각한다는 것은 배고픔과 어려움을 이해하고 동참하는 행위이다. 허기진 사람들에게 살아갈 수 있는 활력을 제공했던 우리네 엄마들은 공기나 햇빛처럼 밥만큼은 누구에게나 고루 주어져야 한다는 사랑을 몸소 실천하였다. 여든여덟 번의 손길이 가야 한다는 낟알, 낟알은 손질만으로 된 것이 아니다. 햇빛과 공기와 빗물로 이루어진 결정체이다. 그러기에 밥을 나눈다는 것은 신의 얼굴을 나누는 것이며 성체를 나누는 거룩한 행위이다.

　이렇듯 마음에 와 닿는 구절이 있으면 잠시 그 부분에서 머물고 묵상해 본다. 그런 다음 마음을 열고 자신을 드러내면서 잠깐 이야기보따리를 풀어놓는다. 이때, 맺혔던 것이 풀리고 아팠던 부분은 치유되며 깨달음을 얻게 되고 올바르게 사는 방법도 터득하게 된다.

　성서는 정확한 과학적 정보나 문자적 진리를 제공하는 책이 아니다. 비유를 통해 우리 스스로 깨닫게 하려는 하느님의 숨은 뜻이 있다. 성서 속 이야기는 내 삶과 연관되어 나를 드러내게 되는데, 쉽지는 않지만 드러냄을 통해 말씀은 우리를 변화시킨다. 나 자신도 성서공부를 통해 많이 변화되었다.

　성서공부하면서 하느님께는 물론 자매들에게도 큰 위로를 받았다. 그동안 성서를 완독하고자 여러 번 시도했지만 매번 도중에 실패하고 말았는데, 이번에 처음으로 완주했다.

　특별한 추억도 남겼다. 십여 명이 둘러 앉아 두런두런 나누는 나눔이 정겨웠다. 정겨운 분위기가 때론 열정의 장이 되기도 했다. 하느님을 믿고 따르는 그리스도인으로서 가져야 할 정체성에 대해 알게 되었다.

　마지막 수업을 마치고 자매들과 포옹할 때 가슴이 뭉클했다. 좋은 분들과의 만남 또한 하느님께서 주신 큰 선물이리라. 양떼를 이끌듯 따뜻한 사랑의 손길로 이끌어주신 봉사자님, 소중한 시간을 함께 했던 자매들에게 감사드린다.

젖은 장작개비도 타겠더라

　　고모님의 권유가 아니었다면 나는 뛰쳐나가고 말았을 것이다. 단상에서 "하느님 아버지~~" 봉사자가 큰소리로 외치는 기도도, 손뼉치며 부르는 성가도, 율동도 모든 것이 어색하고 거북하고 낯설었다. 분위기가 혼란스러워 나는 입도 뻥긋하지 않고 가만히 앉아있었다.

　　위선과 가면을 벗어버리고 하느님을 만나려고 했지만, 도저히 입이 떨어지질 않았다. 대신 어렸을 적, 어느 책에서 보았던 하얀 수염이 달린 하느님을 떠올려 보았다. 그때 내 머리에 누군가 손을 얹었다. 그 순간 하느님이 아닌 친정아버지의 얼굴이 선명하게 나타났다. 나도 모르게 "아버지~" 큰소리로 외쳤다. 눈물이 왈칵 쏟아졌다. 아버지께서 돌아가신 날보다 더 많은 눈물이 흘렀다.

　　하느님 대신 아버지를 뵌 순간, 나는 하늘로부터 강렬하게 돌진해 오는 어떤 힘이 느껴졌다. 미켈란젤로의 〈천지창조〉를 보면 하느님은 아담을 향해 몸을 쭉 뻗으셨다. 아담의 손끝을 향해 하느님은 팔과 가슴, 다리와 손가락을 최대한 쭈~욱 뻗으셨다. 비스듬히 누워있는 아담이 조금만 몸을 올리면 하느님과 맞닿을 수 있을 텐데, 안타깝게도 아담의 몸이 너무 무기력하다.

무기력하게 앉아 있던 내가 큰소리로 '아버지~' 외치는 순간, 나의 손끝이 하느님 손끝에 맞닿았다는 느낌이 들었다. 하느님의 강렬한 성령의 힘이 전이되는 느낌이랄까. 하느님은 내가 다다를 수 없는 신비적 존재가 아니라는 생각이 들었다. 자식들에게 사랑과 헌신을 다했던 나의 아버지처럼 하느님은 언제나 내 가까이에서 손을 내밀고 계신다.

그날 나와 아버지의 관계는 곧 하느님과 나의 관계설정이 되었다. 언제나 용기와 희망을 주셨던 아버지, 자식들이 잘되기를 얼마나 바라셨던가. 틈만 나면 성서를 읽고, 묵주기도를 드리고, 밤새 도란도란 이야기를 나누며, 딸 셋, 아들 셋, 어느 하나 소외됨 없이 사랑해 주셨던 아버지. 하물며 전지전능하신 하느님이 내 아버지라면 무엇을 걱정하랴.

아픔과 좌절의 징검다리를 건너 기쁨과 행복에 이르는 비결을 알았다. 하느님께 다가가기만 하면 언제나 나의 손을 잡아주신다는 것을, 그 무엇에도 방해받지 않을 기쁨과 사랑을 얻게 된다는 것을.

아버지께서 위암수술을 받고 투병 중일 때, 고모님은 현대의학으로 고칠 수 없는 병도 성령만 받으면 나을 수 있다며 아버지께 기도모임에 참여할 것을 강력히 권유하셨다. 마지못해 2박3일 피정을 다녀오신 아버지께 "아버지 기도모임 어떠셨어요?" 여쭈었더니 내게 귓속말로 "젖은 장작개비도 타겠더라." 짧게 말씀하셨다.

그렇다. 고모님과 함께했던 철야기도는 '젖은 장작개비와도 같은 나'를 변화시킬 만큼 강력한 성령의 바람이 부는 오순절 다락방이었다. 나는 아버지를 뵌 후, 하느님의 든든한 빽을 믿게 되었다.

구엘공원
(Park Guell)

엄마 품을 떠나는 딸 안나에게

사랑하는 나의 딸 안나야!

너희 결혼생활이 사랑과 웃음과 애정으로 가득하길 바라며 너에게 꼭 들려주고픈 말을 몇 자 적어본다. 안나야, 꼭 말을 하지 않고 표정만 보고도 마음이 통하는 관계가 부부란다. 신뢰를 바탕으로 하나가 되기 때문이지. 엄마아빠가 아름답게 사는 모습만을 보여주었다고 할 수는 없지만 불신으로 다투는 것은 보지 못했지? 시간이라는 보물을 신뢰로 잘 가꾸어 나가는 부부는 세월이 쌓여 감에 따라 그만큼 사랑도 곱게 쌓여 간단다.

안나야, 엄마가 바라던 대로 독실한 가톨릭 집안과 혼인을 하게 되어 정말 기쁘구나. 더구나 사제가 계신 집안이니 얼마나 큰 영광이니. 안나야! 집안의 외며느리로서 너의 역할이 막중하다는 것을 잊어서는 안 된다. 할머니를 비롯하여 집안 어른들께 효로써 공경하고 최선을 다해 섬겨야 한다. 결혼한 후 바로 유학을 떠나는 너희는 어른들을 자주 뵐 수 없으니 안타깝구나. 어른들에게 사랑받는 것은 세상에서 가장 큰 축복이란다.

너에게 특별히 당부하고 싶은 것은 집안의 화합이다. 온 가족이 온화한 기색이 들도록 힘써야 한다. 어른들께 자주 안부를 드려야 하며 고운 태도와 부드러운 낯빛으로 매사를 기쁘게 해드려야 한다. 가풍家風을 착실히 본받아라. 친척이나 손님이 찾아오면 기쁜 마음으로 정성껏 대접하고 흐뭇하도록 힘써야 한다. 형식적인 인사만 한다거나 무뚝뚝하게 대하여 분위기를 어색하게 만들면 가정의 평화를 망치는 일이 된다. 항상 품위 있게 행동하고 친절하길 바란다. 설령 섭섭한 일이 있다 하더라도 화를 내지 말고 미소 띤 얼굴로 너의 의견을 잘 말씀 드리도록 하여라. 되도록 참아야 하겠지만 마음에 쌓아 두는 것보다는 솔직하게 표현하는 것이 네 자신과 집안을 평온하게 하는 지름길이다. 안나야! 너희들 청첩장에 엄마가 좋아하는 성서구절을 넣었더구나.

항상 기뻐하고 늘 기도하며 어떤 처지에서든지 감사하겠습니다.

기도는 매일 할 수 있지만 어떻게 항상 기뻐하며 감사할 수 있느냐? 반문할 수 있다. 하지만 하느님께서는 불가능한 것을 요구하지 않으신다. 누구든 힘에 겨운 일에 부딪힐 때가 있다. 너희도 예외는 아닐 것이다. 그럴 때조차도 항상 기뻐하고 감사해야 하는지? 당연하다. 고난을 통해 성장하고 배워가는 것이니까. 그것을 뚫고 나아가면 힘과 지혜가 자라게 된다. 지혜란 하느님께서 주시는 최고의 축복이다. 성서를 가까이 두고 날마다 한 줄이라도 읽고 묵상하며 생활에 적용하도록 애써야 한다. 시댁 삼촌신부님께서 쓰신 책을 생활지침서로 삼으면 큰 힘이 되리라고 본다. 도저히 자신이 해결할 수 없는 문제는 마치 네가 들지 못하는 물건을 포기하듯 주님께 내려놓는 지혜가 필요하다. 그러면 네가 생각지도 못하는 방법으로 가볍게 해결되는 경험을 얻게 될 것이다.

안나야, 기쁨은 순간이지만 행복은 일생 동안 지속되는 것이다. 부와 명성은 행복의 필요충분조건이 아니다. 오히려 성공을 거듭하게 되면 욕구가 더 커져 결국 야망에 휘말려 일원적인 인간이 되고 만다. 작은 일에서 큰 기쁨을 맛보도록 하여라. 마음속에 항상 긍정적 마인드를 갖고 생활 곳곳에 숨어 있는 행복을 찾는데 노력을 아끼지 말아야 한다.

부부가 살아가면서 힘든 것 중의 하나가 사소한 일로 다투는 것이다. 부부싸움도 습관이다. 나쁜 습관은 애초부터 싹이 나지 않도록 단단히 주의를 기울여 뽑아버려야 한다. "어떤 일은 좀 미루어도 되지만 부정적인 요소를 뽑아 주는데 게으름을 피워서는 안 된다." 생텍쥐페리가 '어린왕자'의 입을 통해 한 명언이다. 비효율적인 일에 시간과 에너지를 소비하는 것은 절대 금물이다.

안나야. 어머니라는 지위는 여성의 특권인 동시에 엄숙한 책임이며 최고의 기쁨이다. 이것을 완벽하게 수행하기란 거의 불가능하다. 하지만 너무 겁낼 필요는 없다. 나도 엄마로서 여러 모로 서툴지만 너나 동생이 잘 자라주지 않았니? 어쩌면 너희가 미숙한 엄마를 두었기에 불완전한 사회와도 잘 타협할 수 있는 성격이 형성됐는지 모르겠구나. 사실 자녀 양육에는 어떠한 부모도 완벽할 수는 없단다.

엄마는 꽁하지 않는 네 성격에 찬사를 보낸다. 섭섭한 감정을 마음에 담아두지 않고 그때그때 툭툭 털어버리는 너의 성격이 시댁에서도 잘 발휘되길 바란다. 아빠처럼 유머와 위트를 상황에 맞게 잘 적용하는 여유도 가졌으면 좋겠다. 너는 머리도 영리하고 분석적인 사고력을 갖고 있으니 내조를 잘하리라고 본다. 엄마아빠는 매일 기도할 것이

까를교
(Charles bridge)

다. 그리고 현대미술의 본고장인 뉴욕에서 네 전공을 살려 네 인생을
아름답게 그려나가는 꿈도 포기하지는 말아라. 잘 할 수 있지? 사랑하
는 우리 딸, 파이-팅!

부처님 가운데 토막

컴퓨터가 나오기 한참 전의 일이다.

나는 글을 쓰고 나면 맨 먼저 남편에게 보여주곤 했다. 부족한 부분을 잘 짚어주기 때문이다. 하루는 노트에 글을 써서 장롱 밑 깊숙이 밀어 넣었다. 효자손으로 깊이 밀었다. 며칠째 그러는 것이 이상했는지 그이가 무엇을 숨기냐며 보여 달라고 했다. 별거 아니라며 한참 실랑이를 벌이다가 효자손을 빼앗겼다. 어쩌나, 도서관에서 만난 남자와 이런저런 이야기가 진행되는 사건을 그이가 알아서 좋을 게 없는데….

아니나 다를까 "이 사람아 이 따위로 글을 쓰면 어떡해." 뜨끔했다. 잘못한 것도 없는데 괜히 가슴이 두근거렸다. 그런데 내 염려와는 달리 "이렇게 맨숭맨숭하게 쓰면 되나. 리얼하게 써야지"라고 했다. 이후 나는 당당히 노트를 펼쳐놓고 감정이 이끄는 대로 막 써내려갔다. 그리고 문학모임에 나가서 발표를 했다. 다들 호평好評을 했다. 그런데 교회 권사님이라는 분이 "민망스럽게 이런 글을 왜 쓰나요?" 혹평酷評을 했다. 남편에게 말했더니 "그 사람 문학 그만두라고 해!" 퉁명

스럽게 말했다.

몇 달 후, 《월간문학》에 내 글이 실렸고, 다음 호에 수필 평이 실렸다. "〈바람은 연기 속에서〉는 이성간의 애정과 우정 문제를 화자 자신의 경우를 모델로 삼아 매우 세련된 화법으로 처리한 수작秀作이다. 도서관에서 만난 '반듯한 외모의 대학교수로부터 구애를 받고 간신히 뿌리친 화자가 '친구가 돼 달라'는 요구까지를 '이성의 감정을 디디고 올라서서 우정으로 만날 자신이 없다'며 물리친 전말을 담은 글인데, 잘 정리된 프로세스의 전개와 상황의 진전에 따른 인정 기미나 심리적인 디테일의 묘사가 순도 높은 한 편의 단편소설을 방불케 한다."

위 글을 남편에게 보여주었더니 나보다 더 기뻐했다. 내가 글을 쓸 때만큼은 그이는 어떠한 것에도 관대하다.

때로는 밴댕이 소갈딱지만큼이나 속이 좁은 그이가 이렇게 부처님 가운데 토막만큼이나 속이 넓을 때가 있다. 그이는 부처님 가운데 토막이라는 말을 자주 듣는다. 그 말의 어원은 조선시대 숭유억불 정책에 의해 산천에 있던 수많은 불상들이 고의적으로 파손되었던 데서 비롯되었다. 부처의 머리 부분은 훼손되어 다른 곳으로 굴러갔거나 세월이 흐르는 동안 땅 속에 묻혀버렸지만, 덩치가 큰 몸통 부분은 제 자리에서 나뒹구는 신세가 되었다. 부처는 비록 몸통뿐이지만 한도 많고 서러움도 많은 중생들의 애환을 지켜보고 계셨으리라. 중생들 또한 비바람에 시달리며 나뒹굴고 있는 부처의 가운데 토막을 보면서 마음에 맺힌 한을 풀고 소원을 빌지 않을 수 없었을 것이다. 어려울 때 의지하고 싶은 대상으로 굳어진 부처님의 가운데 토막은 착하고 어진 사람을 가리키는 말로 구전되었다. 부처님의 자비심이 '가운데 토막'이라는 말에 어려 있는 것이다.

그이의 관대함은 우리 아이들에게 전폭적이다. 미국에 살고 있는 딸아이가 입덧이 심하다며, 아빠가 끓여준 수제비가 먹고 싶다고 울먹였다. 멸치국물에 김치와 콩나물을 넣고 얼큰하게 끓인 '아빠표수제비'가 먹고 싶다고 했다. 그이는 당장 미국으로 가고자 했지만 바쁜 일 때문에 마음만 애달파했다. 5년이 지난 후에야 딸네 집을 방문한 남편이 팔을 걷어 부치고 수제비를 한 냄비 끓였다. 어찌나 맛있게 먹던지, 그이는 딸을 보며 싱글 벙글했다. 엄마가 해 준 맛있는 음식이 많을 텐데…, 어쩌다 한 번씩 해준 '아빠표수제비'를 찾은 것은 딸아이가 미국에서 외롭고 힘든 시기에 응석을 받아줄 아빠가 그리웠던 것 같다.

딸 바보인 그이는 아들과도 짝짜꿍이다. 부자父子가 체육관에 함께 다니는데 어쩌면 그렇게도 죽이 잘 맞는지, 서른이 넘은 아들 녀석이 낯간지럽게 "아빠 사랑해", "우리 아빠 짱이야!" 아빠한테 애교를 부린다. 그이는 한 술 더 떠서 말한다. "우리 아들 똑똑하지, 인물 좋지, 잘 될 거니까, 두고 봐." 항상 웃는 낯으로 격려하고 믿어준다.

친정아버지께서 위암수술을 받고 요양 중일 때였다. 병원에서 구할 수 없는 약을 충청도 어디에서 구할 수 있다는 얘기를 듣고 남편은 그날로 칠흑 같은 밤길을 뚫고 달려갔다. 네비게이션이 없던 시절 지도 하나만 들고서 겨우겨우 찾아갔다. 선뜻 한 달 월급을 약 값으로 내놓은 그이가 가계부 걱정으로 빈곤해진 나를 부끄럽게 했다. "이 약을 먹고 효과를 못 본다 해도 너희들 효성은 잊지 않으마." 사위 손을 잡고 놓을 줄 모르셨던 아버지는 며칠 후 돌아가셨다.

친정동생과 신혼을 시작했고, 이어 동생들이 우리 집에서 재수를 했다. 윽박지르고 혼을 내는 나와는 달리 그이는 처남과 처제에게 따뜻하게 대해주었다.

풋풋하고 생동감 넘치던 시절, 가슴 설레게 했던 우리의 운명적인 만남에 감사한다. 인연이란 참 아름다운 것이다. 그지없이 고마운 것이다. 인연이란 묘미는 얼마나 위대한 것인가. 딸과 아들, 손주들, 우리의 인연으로 맺은 사랑스런 열매들이다. 귀하고 참으로 소중한 인연이다. 나는 부처님 가운데 토막 같은 남편에게 오늘 고백을 해야겠다.

"여보 고마워, 사랑해" ♥

폼페이
(Pompei)

아름다운 날들

초판 1쇄 발행 2019년 1월 25일

지은이   이선재
그린이   이선재
펴낸이   윤형두
펴낸곳   범우사

등록번호   제 406-2003-000048호(1966년 8월 3일)
          (10881) 경기도 파주시 광인사길 9-13 (문발동)
대표전화   031)955-6900, 팩스 031)955-6905

홈페이지   www.bumwoosa.co.kr
이메일   bumwoosa1966@naver.com

ISBN 978-89-08-12449-3 03810